KB207098

오톡방

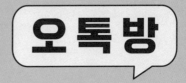

오톡방

장하늘 소설

도서
출판 더 로드
The Road Books

"가장 은밀한 곳에서 가장 치명적적인 관계가 시작된다."
말 한마디,
하트 하나,
닉네임 하나에 흔들리는 감정.
서로의 진짜 얼굴은 몰라도,
마음은 깊이 연결 된다.
하지만 그곳에서 피어난 감정은
때론 설렘보다 더 위험했다.

외로움 욕망 사랑, 배신, 그리고 진실.
현실보다 더 현실 같은 익명의 공간,
그 속에서 진짜 '나'를 마주 하게 된다.

각자의 얼굴과 신분으로 살아가는 마흔 즈음의 사람들.

그들은 세월 속에서 조금씩 자신을 감추며 살아왔다. 사춘기의 마음은 여전히 그 자리에 있는데 몸은, 그리고 그들의 위치는 이미 나이를 먹어 있었다.

그들은 오늘도 마음을 둘 곳을 찾는다. 세상의 어디쯤, 감정을 내려놓을 수 있는 조용한 틈을 헤맨다.

쉽게 흔들리고, 조용히 부서지는 관계, 그리고 각자의 마음.

마흔. 누군가는 아직 청춘이라 하고, 누군가는 이미 중년이라 부른다.

결혼을 했든, 이혼을 했든, 누구의 아내든, 누구의 남편이든 그들에게 공통된 것은 하나였다.

외로움.

잘 살아왔다고 믿었고, 괜찮다고 스스로를 다독였고, 아무 일 없는 듯 살아내던 사람들. 하지만 밤이 깊어질수록, 그리고 아무도 묻지 않는 '오늘 어땠어?'라는 말이 사라진 자리에 조용히 피어오른 감정 하나.

그 외로움이 손끝을 움직이게 했고, 누군가는 오픈채팅방을 열었다. 익명으로, 가볍게. 그 안에서 오간 말들은 대체로 가볍고 유쾌했지만, 때로는 무겁고 따뜻했다.

장소를 가리지 않고 사람이 모이는 곳이라면, 그 안엔 언제나 나름의 진심이 있다.

완벽한 연애를 꿈꾸는 이도, 마음 한편의 허기를 달래려는 이도 있었다.

오톡방을 찾은 기혼자들이 가정을 쉽게 버리려 했던 건 아니다. 그저 무너진 틈 사이, 잠시 숨을 고를 곳이 필요했을 뿐이었다. 누구나 쉽게 들어올 수 있는 활짝 열린 그 채팅방 안에서, 사람들은 각자의 이름을 지웠고, 대신 감정 하나씩을 꺼내 놓았다.

욕망을 꺼내는 사람, 위로를 찾는 사람, 사랑이라 믿고 빠져든 사람. 그리고 아무것도 바라지 않고 그저 '사람'이 그리웠던 사람.

수진은 가정 안에서 감정을 잃었고, 현수는 이유도 모른 채 이혼당했고, 은경은 오래된 가면처럼 굳어진 삶에서 탈출구를 찾았다.

그들은 그렇게, '오톡방'이라는 이름의 방에 들어왔다. 말 한마디에 가슴이 뛰었고, 이모티콘 하나에 설레고, 이야기를 나누며 해소되는 마음에 사로잡혀 잠을 설쳤다. 새로운 사람들이 몰아쳐 왔다가 머물다 사라지는 곳.

감정은 타인을 향해 열리는 문이면서도, 자신을 찌르는 칼이기도 했다.

『오톡방』은 마흔 즈음의 사람들이 겪는 진짜 어른의 외로움, 관계의 무게, 그리고 그 안에서 피어나는 욕망과 연민, 애증과 회복에 관한 이야기다.

우리는 연결되기 위해 들어왔지만, 때로는 더 깊은 상처를 안고 나간다. 그러나 그럼에도 불구하고 그 방의 온기 속에는, 사라지기 전의 진심 하나쯤 남아 있지 않았을까.

contents

마흔둘, 현수

서른여덟, 은경

마흔, 수진

수진은 마흔이 되었다.

사랑은 평범한 일상 속에 사치가 되었고,

설렘은 오랜 시간 무뎌진 감정의 뒤편으로 밀려났다.

남편과의 대화는 의무처럼 짧았고,

자녀들은 자라나 자신만의 세계를 만들어갔다.

하루하루는 흘러갔고,

그 속에서 수진은 점점 투명해지는 느낌을 받았다.

누구의 아내이자, 누구의 엄마였지만

정작 자신은 어디에 있는지, 묻고 싶어졌다.

그렇게,

어느 날 문득 오픈채팅방을 검색했다.

익명의 공간이라면,

사라졌던 '나'라는 사람을 다시 꺼내볼 수 있을 것 같았다.

무료한 일상 속

지루한 일상을 흔들 작은 파문을 바라며

수진은 조용히 한 방에 입장했다.

아무도 찾지 않는 섬

밤이 깊었다.

창밖으로 희미한 자동차 소음이 들렸다. 멀리서 개가 한두 번 짖었고, 바람이 불 때마다 나뭇잎이 창문을 스쳤다.

수진은 말없이 식탁을 바라보았다. 아무것도 남아 있지 않았다. 식사는 이미 끝났고, 깨끗이 치운 상 위에는 물컵 하나만 덩그러니 놓여 있었다. 텅 빈 공간. 정리된 식탁이 더더욱 적막했다.

시계를 보았다. 밤 10시 30분. 남편은 여전히 오지 않았다.

"늦을 것 같아."

그가 남긴 메시지는 짧았다. 이제는 너무 익숙한 말이었다.

몇 달 전까지만 해도 이럴 때면 걱정이 앞섰다.

'무슨 일 있는 거 아니야? 차가 막히나? 회사 회식이라도 있나?'

그러나 그런 걱정이 의미 없다는 걸 깨닫는 데는 오래 걸리지 않았다. 그는 자주 늦었고, 가끔은 아예 오지 않았고, 그럴 때면 문자 하나가 전부였다.

한때는 남편이 올 때까지 불을 켜놓고 기다렸다. 식탁 위의 국이 식어 가면 전자레인지에 다시 데우고 또 데우며.

하지만 어느 날 부터 남편의 밥을 챙기지 않게 되었다. 문자가 오든, 오지 않든.

식탁의 반대편, 그 빈자리는 이제 일상의 일부가 되어버렸다.

그래서 더 이상 그 자리를 쳐다보지 않았다.

아이들도 컸다. 12살, 15살. 언제부턴가 엄마에게 거리를 두기 시작했다. 학교에서 돌아오면 건성으로 인사하고 방문을 닫아버리는 아이들. 주말이면 친구들과의 약속이 더 중요했다.

"엄마, 저녁 필요 없어. 친구랑 먹고 올 거야."

이제는 그런 말이 너무 당연하게 들렸다.

아이들도, 남편도 그녀의 삶에서 한 걸음씩 멀어져 갔다.

집 안에는 가족이 있었지만, 아무도 그녀를 필요로 하지 않았다.

아이들은 자기들만의 세계에 있었고, 남편은 회사와 바깥세상에 있었다. 그렇게 남겨진 건 오직 수진뿐이었다.

혼자 간단히 저녁을 해결하고, 말없이 식탁을 치우고, 조용한 거실 소파에 앉아 TV를 보다 보면, 문득 깨닫게 된다. 그녀는 더 이상 누구의 중심도 아니라는 것을. 누구의 기다림도 받지 못하고, 누구의 기대도 필요로 하지 않는 존재가 되었다는 것을.

그런 날들이 반복되자, 남편의 방이 자연스럽게 따로 생겼다. 서로의 공간이 분리되었고, 각자의 시간이 쌓였다. 그렇게, 아무런 소리 없이 멀어졌다. 싸운 적도, 크게 다툰 적도 없었다. 그냥 서서히, 아주 조용하게.

그리고 어느 날 수진은 깨닫게 되었다. 자신이 철저하게 혼자라는 것을.

마흔, 수진

1. 섬

거울을 보다가 수진은 깜짝 놀랐다. 언제 이렇게 나이가 들어버린 것일까. 이제 만 나이로 서른여덟. '마흔'이라는 숫자는 낯설고 어색했다.

두 아이를 키우며 정신없이 달려온 세월. 첫아이가 중학생이 되고 둘째가 초등학교 고학년이 되자, 비로소 그녀에게 시간이 생겼다. 그러나 아이들의 성장은 오히려 그녀에게 낯설게 다가왔다.

무엇을 해야 할까. 허전함이 가슴 속에 번졌다.

수진은 문득 얼마 전, 은희가 말했던 것이 떠올랐다. 채팅. 카카오톡 안에 있다는 그 오픈채팅.

며칠 전, 수진은 친구 은희와 점심을 함께했다. 그런데 그날 은희는 어딘가 몹시 분주해 보였다. 손에서 핸드폰을 놓지 않은 채, 화면을 들여다보며 혼자 실실 웃기도 했다. 마치 핸드폰에 꿀이라도 발라놓은 듯했다.

당시 수진은 어이가 없어 한참을 지켜보다 결국 물었다.

"뭐야? 왜 그렇게 핸드폰만 봐?"

은희는 손을 휘휘 저으며 대수롭지 않게 대답했다.

"아, 그냥… 아무것도 아니야."

그러나 수진은 눈을 가늘게 뜨며 그녀를 바라보았다.

"아무것도 아닌데 왜 혼자 웃어?"

그제야 은희는 마지못해 실토했다.

"그냥 채팅하는 거야."

"채팅?"

"응, 오픈채팅."

수진이 어리둥절해하자, 은희는 자세히 설명을 덧붙였다.

"불특정 다수와 이야기하는 거야. 수다방도 있고, 고민 나누는 방도 있고, 잡담하는 곳도 있어. 별거 아니야."

그날 수진은 속으로 은희를 한심하게 여겼고, 대수롭지 않게 넘겼다. 하지만 며칠 뒤, 무료함이 그녀를 짓누르던 어느 오후, 수진은 무심코 핸드폰을 들었다.

검색창을 열고 무엇을 입력할까 고민하다가 장난처럼 '심심'이라고 쳐보았다. 곧 화면에는 여러 개의 채팅방이 떠올랐다.

수다방, 고독한 방, 소소한 대화방…

수진은 잠시 주춤하더니, 조용히 하나를 선택했다. 이미 채팅창은 활발하게 움직이고 있었다. 그녀가 방에 들어서자마자 누군가 말을 걸었다.

"어서 오세요, 하트[1] 눌러주세요."

"네? 하트요? 뭐를 눌러요?"

당황한 수진은 어리둥절해했지만, 방 안의 몇몇 사람들이 친절히 설명해 주었다. 그녀는 어리바리한 상태였지만, 덕분에 간신히 하트를 누르는 데 성공했다.

"공지 읽으시고, 닉네임도 우리 형식으로 바꿔주세요."

공지 사항을 읽는 동안 수진은 묘한 이질감을 느꼈다. 잘못 들어온 것이 아닐까, 가슴 한편에서 불안감이 일었다. 알 수 없는 긴장감이 그녀를 감쌌다.

핸드폰을 덮었지만, 곧 알림음이 울리기 시작했다. 수진은 마치 나쁜 행동을 들킨 듯한 기분에 채팅방을 황급히 나왔다.

검색어를 바꿨다. '친목'이라고 입력하자, 또 다른 채팅방들이 줄지어 나타났다.

〈3040~〉

그녀는 이 숫자가 연령대를 의미하는 것이라 생각했다. '나는 아직 마흔이 안 넘었는데…'

가장 위에 보이는 채팅방을 클릭했다. 이번 방은 첫 번째보다 훨씬 빠르게 움직이고 있었다. 대화들이 눈에 들어오기 전에 쏟아져

---

1 하트(♥): 오픈채팅방 상단의 '좋아요' 기능으로, 이용자들이 하트를 누르면 해당 방의 인기 순위와 노출도가 높아진다. 운영진들은 방 홍보를 위해 하트 누르기를 요청하는 경우가 많다.

올라갔다. 그 사이 누군가가 인사를 건넸다.

"어서 오세요. 하트 눌러주시고, 공지 보고 대화명 바꿔주세요."

이번엔 자연스럽게 손이 갔다. 수진은 재빨리 하트를 누르고 닉네임도 바꿨다.

"저희 방은 자동 존하대 방이에요. 편하게 말씀하세요."

나이에 따라 자동으로 말을 놓는다는 뜻인 듯했다. 방 안에는 400명이 넘는 인원이 있었다. 대화는 쉼 없이 이어졌고, 수진은 이 사람들이 모두 서로 친한 사이일까? 의문이 들었다. 하지만 대화 속도를 따라가기엔 벅찼고, 머릿속이 정리되지 않았다.

그녀는 문득 시장에 다녀와야 한다는 생각이 들어 지갑을 챙겨 밖으로 나갔다.

장을 보고 돌아온 뒤, 음식을 정리하고 다시 핸드폰을 들었다. 또다시 '친목'을 검색했다. 자세히 보니 채팅방마다 참여 인원이 표시된 것이 눈에 띄었다.

정신없이 올라갔던 채팅창이 떠오르자, 규모가 작은 곳을 선택해야겠다는 생각이 들었다. 그래서 100명 미만인 방을 골랐다.

"하트 눌러주시고요, 공지 읽고 닉네임 두 자로 설정해주세요."

이제는 능숙했다. 수진은 재빠르게 절차를 마쳤다.

그런데 또 다른 생소한 단어가 등장했다.

"얼공해 주세요."

"네? 얼공이요?"

"얼굴 공개요."

"얼굴을 어떻게 공개하라는?"

"사진 찍어서 보내주세요."

수진은 심장이 빠르게 뛰었다. 오픈채팅을 찾은 건 단순한 호기심이었지만, 얼굴을 공개하라는 말은 단순한 요구 같았지만, 그 안엔 또 다른 정체성을 강제로 부여받는 듯한 묘한 긴장감이 있었다.

그녀는 이들이 자신을 진심으로 반겨주는 건지, 그저 하트 수와 닉네임, 얼굴 공개를 두고 조용히 저울질하는 시선 속에 올라선 하나의 '대상'일 뿐인지 알 수 없었다.

머릿속은 아직도 어지럽게 생각들이 떠다니고 있었지만, 수진의 손가락은 어느새 조용히 갤러리를 열고 있었다. 하지만 얼굴이 제대로 나온 사진이 보이지 않았다. 한참을 내려가며 사진을 찾던 중, 화면이 바뀌었다.

'채팅방 관리자가 회원님을 내보냈습니다.'

'이건 뭐지?'

익명의 수다 공간쯤으로 생각했던 이 공간이 예사롭지 않았다. 수진은 고개를 갸우뚱하며 핸드폰을 뚫어지게 바라보았다. 그녀의 시선은 화면 위를 헤매다 멈췄다. 단순한 대화방이라기엔 어딘가 모를 기묘함이 느껴졌다.

겉보기엔 자유로운 듯했지만, 이곳엔 생각보다 나름의 원칙과 보이지 않는 질서가 흐르고 있었다. 그 순간, 수진은 이곳이 결코 단순한 공간이 아니라는 걸 어렴풋이 느꼈다.

2. 채팅

무슨 일일까. 방에서 내보내졌다는 알림에 수진은 당황스러움을 감추지 못했다. 자신이 무엇을 잘못한 것인지 알 수 없었지만, 핸드폰 화면을 향한 그녀의 시선은 점점 더 깊어졌다. 마치 무언가에 이끌리듯, 사냥감을 추적하듯, 그녀는 화면을 뚫어지게 바라보았다.

다시 방에 들어가려다 멈춘 수진은 이번엔 검색창을 유심히 들여다보았다. 참여 인원 44명, 그리고 '김포'라는 글자가 눈에 들어왔다. 지역을 의미하는 단어였다. 이어서 나이도 함께 표기되어 있었고, 대문에 적힌 '42'이라는 숫자가 보였다. 그것이 나이라는 걸 수진은 이제 알았다. 그녀는 주저 없이 해당 방을 클릭했다.

채팅창은 빠르게 움직였다. 곧 누군가가 인사를 건넸고, 수진도 정중하게 인사를 남기며 말을 걸었다.

"저, 죄송한데 제가 처음이라서 잘 몰라요. 자세한 설명 부탁드려도 될까요?"

"하트 눌러주시고, 공지 읽어주시고, 닉네임은 같은 형식으로 바꿔주세요."

닉네임은 두 글자로 설정해야 했다. 무엇으로 할지 고민하던 수진은 문득 커피를 마시고 싶다는 생각이 들어, 무심코 '커피'라고 입력했다. 이미 몇 번의 경험이 있었기에 비교적 수월하게 절차를 마칠 수 있었다.

"저희는 얼공 필수, 자동 존하대 방입니다. 얼공, 고고."

사진을 요구받자, 수진은 조급해졌다. 방에서 또 내보내질까 봐 그녀는 채팅창에 급히 메시지를 남겼다.

"저 사진 좀 찾아야 해서요. 찾아서 올릴게요!"

하지만 기대와는 달리, 답변은 차가웠다.

"그럼 준비되면 오세요."

그리고 다시, 그녀는 방에서 내보내졌다.

그녀는 허탈함과 함께 핸드폰을 바라보았다. 정말 이걸 계속해야 할까, 고민이 스쳤다. 하지만 이 상황은 어느새 시험을 치르는 기분으로 다가왔다. 포기할 수 없다는 다짐이 생겼다.

수진은 결국 셀카를 찍었다. 다행히 예전에 설치해 두었던 사진 어플 덕분에 사진은 자연스럽게 보정되었다. 거울 속 자신보다 화면 속 자신이 조금 더 나아 보인다는 생각에 위안이 되었다.

다시 방에 들어가자, 늘 그렇듯 정해진 흐름이 시작됐다. 하트를 누르고, 공지를 읽고, 닉네임을 '커피'로 설정했다.

누군가가 그녀를 알아보는 듯 인사를 건넸다.

"얼공 고고."

수진은 준비해 둔 사진을 올렸다. 하지만 사진은 몇 초 지나지 않아 사라졌다.

'사진이…'

당황한 그녀가 채팅창에 물었다.

"사진이 사라졌어요."

곧바로 답이 달렸다.

"사진은 순삭[2]해드립니다. 확인용입니다."

"아… 네, 고마워요."

메시지를 남기자 곧바로 채팅창은 다시 빠르게 움직이기 시작했다.

"오~"

"존예[3]"

"환영~"

"와우!"

"아꿉 못봤-_-;;"

끊임없이 올라오는 반응과 댓글들.

수진은 그 이질적인 온기가 오히려 위로처럼 다가오는 걸 느꼈다.

사진을 올리는 순간, 마치 이름 없는 무대 위에 홀로 선 기분이 들었다.

곧이어 쏟아진 말들, 환호인지 장난인지 모를 반응들 속에서 그녀

---

2   순삭(瞬削): '순간 삭제'의 줄임말. 무언가가 눈 깜짝할 사이에 사라지거나 끝나버리는 상황을 뜻하는 신조어. 예: "시간이 순삭됐다"는 말은 '시간이 정말 빠르게 지나갔다'는 의미.
3   존예: '존나 예쁘다'의 줄임말. 매우 아름다움을 강조하는 신조어. 남자는 존잘.

는 격한 환대와 관심에 어색하면서도 기분이 나쁘지 않았다.

　피식—

　그녀는 묘한 흥분과 저릿한 감정을 느꼈다. 사진이 순식간에 사라졌는데도, 그들은 이미 충분히 그녀를 본 듯 반응하고 있었다. 그 사실이 오히려 기묘한 만족감을 주었다.

　언제부턴가 집 안에서의 수진은 존재감이 흐려져 있었다. 아이들은 각자의 생활에 바빴고, 남편과의 대화는 단답형으로 끝나기 일쑤였다.

　그러던 중 또 하나의 채팅창이 열렸다.

　"이곳에 사진 한 장 더 올려주세요."

　"네? 무슨 사진이요?"

　공지 사항의 한 구절이 떠올랐다. 결혼사진이나 가족사진을 올리는 규칙. 가족 얼굴 일부는 가려도 된다는 문구도 함께 기억났다.

　수진은 가족사진을 올렸다. 그 사진도 곧 사라졌다.

　새롭게 열린 대화창에는 두 사람이 있었다. 한 명은 대문에 소개되어 있던 김포로 지역 표시된 닉네임, 다른 한 명은 처음 보는 닉네임이었다. 오픈채팅에서는 그들을 운영진이라 불렀다.

　다시 채팅방으로 돌아온 수진은 사람들의 대화를 살폈다. 하지만 어디에 끼어들어야 할지 몰랐다. 채팅창은 빠르게 흘러가고, 사람들은 스스럼없이 농담을 주고받으며 안부를 나누고 있었다.

　공지 사항을 다시 꼼꼼히 읽은 그녀는 핸드폰을 내려놓고 잠시 편의점에 다녀왔다.

　그날 이후, 수진은 핸드폰을 자주 들여다보게 되었다. 혼자 웃는 날이 많아졌고, 오가는 농담과 반응들이 자극이 되었다.

　최근 그녀의 전화벨을 울리는 것은 대부분 스팸 전화였다. 가끔 친구들과 카톡을 주고받긴 했지만, 그것도 용건이 있을 때뿐이었다.

　오픈채팅을 시작한 지 어느덧 일주일. 평범한 일상이었지만, 수진에게는 새로운 세상이 열리고 있었다. 이제야 은희가 왜 그렇게 핸드폰에 몰입했는지 이해가 되기 시작했다.

　새로운 사람들이 방에 들어올 때면, 수진도 자연스럽게 인사를 건넬 수 있었다.

　금요일. 평소와 다르지 않은 하루였다. 아이들 저녁을 차려주고, 남편은 약속이 있다며 늦는다고 메시지를 보냈다.

　밤 11시 45분.

　평소라면 잠자리에 들 시간이었지만, 수진은 침대에 누워 핸드폰을 들여다보고 있었다. 낮의 채팅방은 평범했다. 인사말이나 가벼운 농담, 날씨 이야기, 점심 메뉴 이야기. 하지만 밤이 되자 분위기는 달라졌다. 전혀 다른 방에 들어온 듯한 느낌이었다.

　야한 농담이 오가는 채팅 글들이 올라왔다. 수진은 시선을 돌리려 했지만, 쉽지 않았다. 대화는 점점 더 적나라해졌고, 참여 인원은 세 명 정도였다.

　뽀삐: 밤에 피는 꽃.

　겨울: 사랑의 대화.

호수: 가질 수 없는 너.

수진은 처음엔 당황했지만, 작게 웃음을 흘렸다. 단순한 농담인데도 이상하게 가슴이 두근거렸다. 그 감정은 오래된 기억을 건드리는 듯했다.

고요를 깨듯 채팅창에 새로운 메시지가 떴다.

겨울: 눈팅 나와~

뽀삐: 나와랏, 안 나오면 쳐들어간다.

겨울: 다 알고 있어.

겨울: 자수하여 광명을 찾아라.

뽀삐: ㅋㅋㅋ

호수: 누구?

겨울: 내가 잡으면 벌칙 있다용.

수진은 순간 손끝이 떨렸다. 혼자 웃던 장면이 들킨 것 같은 기분이었다.

커피: 아… 저요.

메시지를 남기자 곧바로 반응이 돌아왔다.

겨울: 오~ 신입인가 보네. 커피 반가워.

커피: 네, 저도 반갑습니다.

겨울: 우리만 이야기 나눌 순 없지.

호수: 커피는 어때?

커피: 뭐가요?

겨울: 커피에게 ㅅㅅ이란?

커피: 아….

순간, 수진은 말을 잇지 못했다. 그러자 곧바로 재촉이 들어왔다.

호수: 커피도 한마디?

수진은 댓글을 쓰려다가 지우고, 다시 쓰려다가 또 지웠다. 망설이고 있는 사이, '겨울'이라는 닉네임을 가진 사람이 질문을 던졌다.

겨울: 우리가 지금 심오한 대화를 나누고 있었잖아?

겨울: 커피에게 세수란?

호수: 어서?

뽀삐: 1

뽀삐: 2

뽀삐: 3

재촉하는 답변들.

수진은 잠시 머뭇거리다가 결국 댓글을 남겼다.

커피: 빛바랜 추억.

'ㅅㅅ'이나 '세수'는 그들 사이에서 섹스를 뜻하는 은어였다.

가볍게 오가는 농담이었지만, 어느새 수진은 그 대화 속에 자연스럽게 스며들고 있었다.

이어지는 농담, 이어지는 대화.

그녀는 핸드폰을 내려놓지 못했다. 마치 이 밤이 끝나지 않기를 바라는 듯, 잊고 지냈던 감정들이 다시 살아나는 듯했다.

잠이 오지 않았다. 화면 속 글자들이 계속 그녀를 부르고 있었다.

3. 벙개[4]

  수진은 그날 이후 채팅방에 머무는 시간이 점점 길어졌다. 낮이면
조용히 화면을 들여다보았고, 남편이 늦는 날이면 밤에도 자연스럽
게 그곳에 머물렀다. 낮과 밤의 분위기가 극명하게 달랐지만, 이제
는 그 차이마저도 익숙해졌다.

  낮의 채팅방은 언제나 인사로 시작되었다.

  "안녕하세요."

  "커피늅, 좋은 하루 보내세요."

  누군가 먼저 말을 건네면, 다른 이가 가볍게 농담을 덧붙였다. 때
로는 이벤트가 열리기도 했다. 가벼운 퀴즈나 숫자를 맞히는 단순
한 게임이었지만, 참여자들은 결과에 따라 웃고 탄식하며 활기를 더

------

4   벙개: 온라인에서 즉흥적으로 자유롭게 만나는 모임. 특정일을 정해서 미리 혹은 당일 누
    군가 모임공지를 하면, 시간이 되는 사람이 참석해서 불특정 다수인이 자유롭게 만난다.
    보통 커뮤니티 안에 있는 사람들과 얼굴을 보는 자리라 할 수 있다. 대부분 소규모 모임이
    될 가능성이 높다.

했다. 수진도 몇 번 참여했고, 운이 좋았던 날은 커피 쿠폰을 받았다.

오픈채팅에 들어서자마자, 수진은 곧 알게 되었다. 이곳은 단순한 대화만 오가는 곳이 아니었다. '벙개'라는 이름 아래, 수많은 만남이 일상처럼 이루어지고 있었다.

오프라인에서 직접 만나 시간을 함께 보내는 모임. 거의 매일 같이 일정표에 새로운 벙개가 추가되었고, 공지 사항을 통해 장소와 시간이 공유되었다. 참석인원을 확인하면 항상 몇 명 이상이 등록되어 있었다.

그날 밤, 채팅방의 화제는 벙개에서 있었던 일들이었다.

"어제 대박이었다."

"진짜? 무슨 일 있었는데?"

"나 2차까지만 갔는데, 3차 분위기 어땠어?"

대화는 빠르게 오갔다. 수진은 조용히 화면을 바라보며, 그 자리에 없던 자신이 점점 대화에서 멀어지는 기분을 느꼈다. 모두가 함께한 시간 속에, 그녀는 존재하지 않았다.

새로운 사람들은 꾸준히 들어왔다. 또 어떤 이들은 말없이 사라지기도 했다. 누군가는 오래 머물다 떠났고, 누군가는 며칠 머물다 조용히 자취를 감췄다. 때때로 인사도 없이 사라지는 사람들도 있었다.

그럴 때면 남은 이들이 이야기를 나누었다.

"걔, 벙개 갔다가 뭐 좀 있었나 봐."

"그러게, 술 마시고 실수했다던데?"

"누구랑 엮였나 보지."

그렇게 떠난 사람에 관한 이야기들은 뒤늦게 퍼지곤 했다. 전날 벙개에서의 에피소드, 누가 누구와 함께 있었는지, 누가 술에 취해 어떤 말을 했는지. 하루에도 몇 사람이 들어오고 나가는 이곳에서, 새로운 사람의 등장은 특별할 것 없는 일이었다. 하지만 그 안에서도 유독 자주 보이는 익숙한 얼굴들(닉네임들)이 있었다.

그 공간이 자연스러워질수록, 수진은 자주 보던 사람들에 대해 조금씩 더 알고 싶어졌다.

몇 번 대화를 나눈 이들 중에는 그녀에게 벙개 참석을 권하며 직접 확인을 요구하는 이들도 생겼다. 마음 한쪽에서는 두려움이 고개를 들었지만, 더 강했던 것은 호기심이었다.

남편은 늘 늦었고, 그녀가 누구를 만나든 큰 관심을 보이지 않는 사람이었다. 채팅방의 활기와 관심이 점점 흥미로워지면서 수진은 자연스럽게 톡방에 더 자주 참여하게 되었다.

신입의 등장은 이곳에선 자주 있는 일이었다. 마침 수진이 채팅방을 보고 있던 순간에도 신입 한 명이 입장했다. 신입 절차는 흔히 반복되는 방식으로 흘러갔고, 얼굴 공개까지 마친 그 신입은 무리 없이 자리를 잡았다.

그녀는 그 과정을 지켜보며 자연스럽게 인사를 건넸다.

커피: 어서 오세요. 반가워요.

호수: 지목해 주세요.

토미: 커피님이요.

새로운 신입이 수진을 지목했다. 이곳의 규칙에 따르면, 신입은 자신의 사진을 공개한 뒤 대화창에 있는 사람 중 한 명을 지목해야 했다. 지목당한 사람은 '답공(답례 공개)'으로 자신의 사진을 올리는 것이 관례였다.

수진은 이미 채팅방 분위기에 적응했고, 여러 장의 셀카를 준비해 두었기에 자연스럽게 사진을 올렸다.

호수: 오~

토미: 와우.

오리: 오~~~ 커피 드디어 사진 보네, 반갑.

혁기: 존예~

서기: 역시 커피.

우산: 커피눕 예뻐요.

자두: 커피 존예.

별것 아닌 농담이었지만, 수진의 마음은 어느새 들떠 있었다. 이 공간이 판타지처럼 느껴졌지만, 바쁜 생각도 멈춘 채, 살아 있다는 느낌이 또렷해졌다.

그때, 채팅창에 새로운 메시지가 올라왔다.

오리: 커피 동갑이네. 내일 뭐 해?

커피: 아무것도 안 해. 그냥 집에 있을 듯.

수진이 답하자, 오리는 곧바로 말을 이었다.

오리: 그럼 내일 보자.

커피: ?

커피: 난 신입인데.

뜻을 이해하지 못한 수진이 물음표를 남기자, 오리는 말을 덧붙였다.

오리: 아, 내일 벙개 하려고. 벙개 내가 주최할 테니까 참여하라고.

수진은 선뜻 답을 내리지 못했다. 벙개에 한 번쯤은 참석해야 한다는 걸 알고 있었지만, 언제쯤 나가야 할지, 혹은 이대로 채팅방을 나올지 결정하지 못하고 있었다. 더군다나 이 방의 규칙에는 '남녀 신입 간 1:1 만남 금지' 조항이 명시되어 있었다.

그리고 또 하나의 규칙.

'4주 이내에 벙개나 오프 모임(벙개나 정모)에 반드시 참여해야 한다.'

참여하지 않으면 강퇴. 이제 그녀도 이 규칙을 명확히 이해하고 있었다.

한참 고민하던 수진은 결국 짧은 답을 남겼다.

커피: 그래.

답장이 올라온 직후, 벙개 관련 내용이 공지로 등록되었다.

다음 날, 수진은 오랜만에 화장을 하고 머리를 정성스럽게 손질했다. 거울 앞에서 옷을 입었다 벗기를 반복하며 마음에 드는 조합을 찾으려 애썼다. 어떤 가방이 어울릴지, 루주의 색은 옅은 것이 좋을지, 진한 것이 나을지 고민하며 화장을 몇 번이고 고쳐 발랐다.

약속 장소는 집에서 30분 거리에 있는 호프집이었다. 멀지 않은 거리였지만, 준비하는 손길은 어느 때보다 신중했다. 그녀는 거울을 바라보며 문득 생각했다. 이게 뭐라고, 마치 데이트라도 나가는 것처럼 마음이 분주해졌다. 하지만 곧 고개를 저으며 마음을 다잡았다. 자신은 그런 사람이 아니라고, 되뇌듯 생각했다.

얼굴에 색을 입히며, 거울 속 자신의 얼굴을 바라보던 수진은 아주 오랜만에 '여자'라는 정체성을 실감했다.

벙개 시간은 오후 7시. 수진은 6시까지 모든 준비를 마쳤다. 집을 나서기 전, 현관 앞 거울에 비친 자신의 모습을 보고 얼굴을 살짝 찡그렸다. 시간을 다시 확인한 그녀는 방으로 들어가 미리 발라둔 루주를 지우고, 보다 짙은 색으로 바꿨다. 손목과 귀, 머리카락 끝에 향수를 살짝 뿌리고, 마지막으로 아끼는 가방을 손에 들었다.

약속 시간보다 10분 먼저 호프집에 도착한 수진은 입구에서 잠시 머뭇거리며 채팅창에 글을 남겼다.

커피: 입구에 도착했는데, 누구 먼저 와 계시나요?

오리: 입구로 나갈게.

잠시 뒤, 덩치가 크고 순한 인상의 한 남자가 나타났다.

오리: 커피? 난 오리야. 어서 와. 다른 사람들도 곧 올 거야.

자리에 앉아, 수진은 동갑인 오리와 자연스럽게 닉네임으로 대화를 이어갔다. 맥주와 소주, 먹태와 어묵탕이 차례로 테이블 위에 올랐다. 참석할 인원은 남자 넷, 여자 셋. 먼저 온 사람들은 서로를 소개하며 인사를 나눴다.

오리40, 토미43, 소라39, 투투42, 토이37, 커피40.

모두 한 시간 이내 거리에 사는 사람들이었다.

그런데 수진은 속으로 고개를 갸웃했다. 채팅방에서 보았던 얼공 사진과 현실의 얼굴 사이에는 생각보다 큰 간극이 있었다. AI 프로필보다도 훨씬 심한 차이였다. 분명 사진 속에는 화려한 분위기의 인물들이 있었지만, 실제로 마주한 그들은 어딘지 평범하고 낯설었다. 보정 효과 때문일까. 사진으로 본 인상과는 달리, 현실의 얼굴들은 평범하고 소탈해 보였다.

어느 순간 수진은 판타지에서 벗어나, 동창 모임처럼 편안한 분위기 속에서 스스로를 내려놓게 되었다. 하지만 '뿌니38'이 들어왔을 때, 그녀는 순간적으로 놀랐다. 채팅창에서 자주 얼굴을 공개했던 사람이었고, 사진 속 그녀는 매우 예뻐 보였다. 하지만 실제 뿌니는 살집이 있었고, 피부 상태도 좋지 않았으며 키도 작았다. 수진은 묘하게 자신감을 느꼈다.

술자리가 무르익자, 남자들은 자리를 옮겨가며 다양한 사람들과 이야기를 나누었다. 분위기가 한층 더 활기를 띠던 찰나, 오리가 수진에게 연락처를 물었다. 수진은 별다른 생각 없이 번호를 주고받았다. 참석한 이들 대부분이 자연스럽게 연락처를 교환했다.

처음에는 낯설었던 사람들이었지만, 어느 순간 그들은 그녀에게 가까운 존재가 되어 있었다. 아니, 어쩌면 그녀가 그들에게 더 가까워지고 있었는지도 몰랐다.

평소 술을 즐기지만, 주량은 약한 수진은 처음엔 맥주만 마셨다. 그러나 분위기에 휩쓸려 어느새 소맥을 손에 들고 있었다. 달큰한 술기운이 몸속을 데우며 기분은 한층 더 밝아졌다.

술자리가 이어지며 2차로 노래방에 가자는 제안이 나왔다. 수진도 자연스럽게 따라나섰다. 잠시 집이 걱정됐지만, 남편은 술 약속으로 늦을 예정이었고, 아이들은 그녀의 귀가에 신경을 쓰지 않았다. 남편은 보통 새벽 2시 이전엔 들어오지 않았다.

노래방에 도착한 일행은 다시 술과 안주를 주문했다. 익숙한 노래가 흘러나왔다.

마이크를 처음 잡은 이는 뿌니였다. 뿌니는 첫인상부터 눈에 띄는 외모는 아니었다. 수진은 처음 그를 봤을 때 솔직히 조금 실망하기도 했다.

하지만 시간이 지날수록 그의 매력은 다른 방식으로 드러났다. 대화를 자연스럽게 이끌 줄 알고, 위트 있는 농담으로 분위기를 부드럽게 풀어내는 사람이었다. 게다가 노래까지 잘 불러, 뜻밖의 반전 매력을 더했다.

사방이 막힌 공간 안에서 사람들은 점점 더 자유로워졌고, 분위기는 무르익었다.

순식간에 예약된 노래들이 쌓였다. 오리가 수진에게도 한 곡을 예약하라 권했고, 그녀는 어린 시절 자주 불렀던 18번 노래를 선택했다. 투투와 소라는 앞에 나가 춤을 추기 시작했다. 술기운은 이미 방 안을 가득 채우고 있었다.

뿌니는 노래뿐 아니라 춤도 능숙했다. 수진 역시 어깨를 들썩이며 리듬을 탔다. 발라드가 흘러나오자, 토미와 소라는 블루스를 추기 시작했다. 오리의 권유에 수진은 당황한 기색을 숨기며, 괜히 웃어

넘기듯 농담을 하며 손사래를 쳤다.

이렇게 노래방에서 놀았던 게 얼마나 오랜만인가. 기억조차 가물가물했다.

자정이 가까워져 노래방을 나섰다. 토미와 소라는 먼저 집으로 돌아간다며 작별 인사를 했다. 수진도 귀가하려 했지만, 오리가 3차로 가볍게 맥주 한 잔 더 하자며 그녀를 붙잡았다. 결국 다섯 명이 3차로 이동했다.

더 이상 술을 마시고 싶지는 않았지만, 수진은 맥주를 시켰다. 술기운 때문인지, 오랜만의 일탈 때문인지 기분은 여전히 들떠 있었다. 오리40, 투투42, 토이37, 뿌니38, 커피40. 서로의 닉네임을 부르며 마치 오래된 친구처럼 웃고 떠들었다.

일반적인 대화 속에는 자연스럽게 19금 농담도 섞여들었다.

커피: 아~ 기분 좋다. 술도 맛있고, 먹태가 이렇게 맛있었나? 난 1시에 집에 갈 거야.

오리는 주말부부, 투투는 기러기 아빠, 토이는 별거 중, 그리고 뿌니는 1호가 일 중독자라고 했다. '1호'는 배우자를 지칭하는 오픈채팅의 은어[5]였다.

---

5 자동 존하대: 나이가 많으면 자동 존댓말, 혹은 자동 하대.
   장기방: 오래 유지되는 오픈채팅방. 사람들끼리 관계가 깊어지는 경우가 많음.
   자삭: 스스로 삭제. 자신의 채팅 내용을 지움.
   박제: 민망한 말/실수한 글, 사진 등 내용 그대로 남기는 것.

3차 자리에서는 점점 개인적인 가정사 이야기가 오갔다. 수진은 그제야 이 자리에 있는 모두가 기혼자라는 사실을 또렷이 느꼈다. 하지만 그들은 모두 어딘가 외로운 사람들이었다. 서로 다른 사연을 품은 외로운 동지들. 그들과 함께하는 이 술자리는 왠지 모르게 처량했지만, 또 묘하게 따뜻한 위안이 되었다.

비록 처음 만난 얼굴들이었지만, 어느새 친근함이 스며든 표정들이 되어 있었다. 하지만 수진은 남편에 관한 이야기를 꺼내기가 불편했다. 자신의 가정을 어떻게 설명해야 할까. 남편과 자신은 과연 '정상적인 부부'라고 할 수 있을까.

커피: 1호는 비즈맨? 아니면 배드맨? ㅋㅋㅋ

술기운 때문인지, 수진은 자꾸 웃음이 났다.

1시가 되어 수진이 집에 가겠다고 자리에서 일어섰다. 오리와 토이도 함께 일어섰다. 배웅을 하는 건지 오리와 토이도 수진을 따라 밖으로 나왔다. 오리는 벙개 주최자였기에 마무리해야 했고, 토이는 자기 집 가는 길에서 조금만 돌아가면 된다며 수진을 데려다주겠다고 제안했다. 그러나 수진은 부담스러워 사양했다.

커피: 나, 잘 가. 잘 갈 쑤 이써. 그럼, 걱정 마. 흐허허허. 집 도착하면 톡방에 톡 남길게. 빠빠이. 들어가~ 들어가~

최대한 멀쩡하게 말하려 애썼지만, 말끝은 술기운에 살짝 흐트러졌다. 오리가 손을 내밀었다. 수진도 손을 내밀자, 오리는 지긋하게 그녀의 손을 잡았다.

말없이 토이도 손을 내밀었다. 수진이 토이 쪽으로 다시 손을 내밀자, 토이가 덥석 양손으로 수진의 손을 감쌌다. 거친 촉감이 손등에 그대로 전해졌다.

이상했다. 잠깐의 악수가 아닌, 신호를 전하는 듯한 느낌의 손길, 그리고 가볍게 스치는 정도가 아닌 지속적으로 부여잡고 있는 손. 거부해야 하는데, 거부할 힘이 생기지 않았다. '이건 단순한 배웅일까? 아니면 그 이상의 감정일까?' 수진은 그 손을 뿌리치지 않았다. '마지막으로 남편? 아니 남자와 손을 잡은 게 언제지?'라는 생각만이, 그 짧은 시간 속에 머물렀다.

택시가 도착했을 때, 토이는 그제야 손을 놓았다. 택시 뒷자리에 앉은 수진은 천천히 숨을 내쉬었다. 술 냄새가 후욱 하고 퍼져 나왔다. 머리에 뿌린 향수 냄새가 함께 목구멍을 타고 올라왔다. 조금 전까지만 해도 멀쩡했던 정신이, 갑자기 흐려지는 듯했다. 얼굴이 뜨겁게 달아올랐다.

수진은 택시 창문을 살짝 열었다. 차가운 공기가 얼굴을 스치자, 눈을 감았다. 심장이 미친 듯이 뛰고 있었다. 머릿속은 엉켜 있었다.

'나는 지금… 도대체 뭘 하는 걸까.'

술기운 때문일까, 아니면 방금 느꼈던 그 손길 때문일까.

수진은 온갖 생각에서 도망치듯 눈을 꼭 감았다.

4. 메시지

수진의 핸드폰은 하루에도 몇 번씩 진동을 울렸다. 전날 벙개에 함께했던 남자들에게서 개인 메시지가 연달아 도착하고 있었다.

오리: 커피~ 오늘 뭐 해? 점심 먹었어?

토미: 커피, 오늘 하루는 잘 보내고 계셔? 저녁 맛있는 거 먹구~

투투: 커피, 점심은? 오늘 날씨 좋던데 산책이라도 다녀오시면 좋을 듯!

토이: 눕, 뭐 해? 나 심심해. 누나, 어제 어땠어?

메시지가 도착할 때마다 수진은 예의를 다해 답장을 남겼다. 하지만 메시지는 멈출 기미가 없었다. 처음엔 단순한 안부일 거라 여겼지만, 어느새 말투와 빈도, 감정의 결이 조금씩 달라지고 있었다.

오리는 늘 편안했다. 특별한 목적 없이 안부를 묻고, 자연스럽게 이야기를 이어 나갔다. 토미는 예의 바르고 부드러웠다. 강요 없이 말을 건넸고, 일정한 거리감을 지키는 태도가 느껴졌다. 투투도 친절하고 무난했다. 은근히 약속을 제안했지만, 수진은 가볍게 웃으며 넘길 수 있었다.

하지만 토이는 달랐다. 말투가 다소 경계심을 일으켰다. "눕은? 심심하면 말해. 언제든 난 콜이야."라는 메시지는 어느새 일상 너머의 선을 넘고 있는 듯했다.

수진은 잠시 손가락을 멈춘 채, 단체 채팅방을 열어보았다.

[3040 친목 방]

토미: 오늘 벙개 즐거웠네요~~ ㅋㅋ 다들 잘 들어갔죠?

오리: 다들 잘 가셨지여? ㅎㅎ

투투: 뿌니 노래 실력 대박!

토이: ㅋㅋㅋ 맞아, 뿌니눕 노래 최고였어여!

뿌니: 다들 실력자던데요. 뭘.

소라: ㅋㅋㅋ 다음엔 투투옵 노래 들어야지~

수진은 채팅창을 천천히 내려 보았다. 마치 아무 일도 없었던 것처럼, 모두가 평소처럼 가벼운 농담과 인사를 주고받고 있었다. 하지만 그 평온한 분위기가 어쩐지 더 이상하게 느껴졌다. 특히 토이. 전날 밤까지 누구보다 친밀하게 다가왔던 그가, 단톡방에서는 아무렇지도 않은 척 행동하고 있었다.

다시 개인 메시지 창을 열자, 수진의 핸드폰에는 또다시 쌓인 톡이 보였다. 수진은 가장 무난한 투투의 메시지에 먼저 답장을 남겼다.

커피: 네, ㅎㅎ 저도 즐거웠어요. 다음에 또 뵈어요~

투투: 커피 덕분에 분위기 더 좋았어~

그다음은 오리에게.

커피: 응, 잘 들어갔어. 오리 너도?

오리: 나야 뭐 ㅋㅋ 잘 갔지. 이번 주말에 뭐 해?

수진은 잠시 답을 미루었다. 오리는 자연스럽게 다음 약속을 잡으려는 분위기였지만, 그다지 부담스럽지는 않았다. 오리의 말투는 여전히 편안했다. 마지막으로 토미에게도 정중하게 답을 남겼다.

커피: 그러게, 시간 금방 갔네. 다음에 또 보자!

토미: 웅~ 주말 잘 보내시고, 쉬엄쉬엄하셔! ㅎㅎ

하지만 마지막으로 남은 메시지, 토이의 말이 수진의 마음에 잔잔한 파장을 남겼다.

토이: 근데 눕? 말 편하게 하먄 안돼?

커피: 편한 대로 해.

토이: 눕 손이 정말 작더라.

토이: 난, 솔직히 그날 눕 봐서 너무 좋았어. 자주 보고 싶다.

수진은 손가락을 멈춘 채, 눈썹을 살짝 찌푸렸다. 지금까지 토이를 남자로 의식한 적은 없었다. 오히려 그의 유쾌한 말투는 다소 장난스럽게 느껴졌을 뿐이었다. 그런데 그가 던진 말 한마디가 수진의 내면을 건드렸다. 개인 메시지와 단톡방에서의 온도 차가 확연했다. 단톡방에서는 익살스럽고 평범한 사람처럼 보이면서, 개인 메시지에서는 다정함을 가장한 노골적인 관심을 드러냈다.

그렇다고 수진이 먼저 반응을 보이는 것도 우스운 일이었다. 장난이라며 웃고 넘길 수 있는 말들, 괜히 진지하게 받아들이면 오히려 자신만 민망해질 수 있으니까.

잠시 후, 다시 단톡방이 울렸다.

카스: ㅋㅋㅋ 주말에 벙개 참여할 수 있는 분?

토미: ㅋㅋㅋ 좋겠다여!

도비: 오. 벙개.

커피: 벙개 재밌었지욤.

루카: 우와.

투투: 아꿉~~

토이: 커피눕 나와여?

수진은 단톡방에 떠오른 토이의 메시지를 바라보다가, 다시 그의 개인 메시지를 떠올렸다. 그리고 이내 핸드폰을 내려놓았다.

그런데 또 다른 메시지 알림이 떴다. 오리였다.

오리: 커피야, 시간 되면 커피나 한잔할래?

수진은 한동안 화면을 응시했다. 오리라면 괜찮을 것 같았다. 이상하게도, 그의 말투는 거슬림이 없었다. 그 제안조차 자연스럽고 편안하게 다가왔다. 수진은 조용히 핸드폰을 다시 손에 쥐었다.

5. 새로운 만남

수진과 오리는 가볍게 커피를 마시기로 했지만, 서로의 일정이 맞지 않아 결국 약속은 2주 후로 미뤄졌다. 그 사이 단톡방에는 새로운 벙개 공지가 올라왔다. 수진은 잠시 머뭇거렸지만, 지난번보다 한결 편해진 마음으로 참석을 결정했다. 이번 벙개 장소도 집에서 그리 멀지 않은 곳이었다. 마음도 가벼워졌다.

벙개 당일, 수진은 설레는 마음으로 약속 장소로 향했다. 일부러 약속 시간보다 10분쯤 늦게 도착했다. 자리에 앉자, 알아볼 수 있는 얼굴은 오직 토이뿐이었다. 그 외에는 전부 처음 보는 인물들뿐.

토이가 먼저 수진을 반기며 인사했다. 그의 옆자리에는 훤칠한 인상의 남자가 앉아 있었다.

혀니/36/남: 안녕하세요~ 저는 혀니입니다. 처음 뵙겠습니다!

토이/37/남: 눕, 어서 오세요~

커피/40/여: 우와, 토이 일찍 왔네. 두 번째 보는구나? 혀니, 반가워.

그 외에도 도비/39/남, 루카/38/남, 하하39/여가 있었다. 도비는 유머 감각이 뛰어나 분위기를 이끄는 역할을 맡았고, 하하는 키가 크고 세련된 분위기를 풍기는 인물이었다. 루카는 말수는 적었지만, 조용한 미소로 자리를 따뜻하게 만들었다.

도비: 다들 만나서 반가워요~ 제가 먼저 술 한 잔 따르겠습니다.

루카: 아이쿠 형님, 감사합니다. 잘 부탁드립니다.

커피: 오늘은 내가 제일 연장자네. 와우.

처음 보는 사람들이 많아 어색할 줄 알았지만, 분위기는 금세 부드러워졌다. 다들 가볍게 술잔을 기울이며 자연스럽게 대화를 나눴다. 토이는 개인톡을 하는 것은 특별히 내색하지 않았고, 오히려 오프라인에서는 이전보다 더 조용하고 편안하게 대했다.

혁니는 밝고 활달한 성격으로 금세 분위기를 주도했다. 참석자 중 나이가 막내였던 그는 새로운 사람들을 챙기며 자연스럽게 중심에 섰다. 도비는 농담으로 모두를 웃게 만들었고, 루카는 적절한 타이밍에 던지는 한두 마디로 분위기를 따뜻하게 유지했다.

그때 문이 열리며 미나/38/여가 들어왔다. 또렷한 이목구비와 화려한 스타일이 눈에 띄는 사람이었다. 그녀가 들어서는 순간, 잠시 정적이 흘렀다. 남자들의 시선이 자연스럽게 그녀에게 쏠렸고, 몇몇은 자리를 양보하며 그녀를 맞이했다. 미나는 마치 오래 앉아온 사람처럼 조용히 자리를 차지했다.

곧이어 등장한 인물은 건우/39/남였다. 조용하고 차분한 분위기의 남자였지만, 가끔 던지는 말 한마디가 묘하게 사람들의 이목을 끌었다. 그렇게 여덟 명의 벙개 멤버가 모였다. 남자 다섯, 여자 셋. 남자가 많은 멤버 구성이었다.

각자 옆자리와 맞은편에 앉은 이들과 대화를 나누었다. 술자리가 무르익자, 분위기는 점점 한쪽으로 기울었다. 미나는 자연스럽게 이목을 끌었고, 남자들은 그녀와 더 많은 대화를 나누기 위해 애썼다. 도비와 루카는 그녀의 말 한마디에도 반응하며 분위기를 띄웠다.

수진은 그 광경을 바라보며 씁쓸한 마음이 일었다. 자신도 이제 이 공간에 어느 정도 적응했다고 생각했지만, 이렇게 분위기가 한 사람에게 집중되는 모습을 보자 허탈함이 밀려왔다. '그래, 예쁘면 뭐든 쉽지.' 그런 생각이 스쳐 지나갔지만, 허탈한 웃음을 흘리며, 수진은 술잔을 천천히 입에 가져갔다.

그녀는 이제 처음 벙개에 나왔던 때보다 훨씬 자연스럽게 자리에 녹아들고 있었다. 농담을 주고받고, 연락처도 스스럼없이 교환하며 시간을 보내고 있었다.

혀니: 커피눕, 원래 벙개 자주 나오세요?

커피: 아니, 두 번째야. 그런데 재밌네! 도비, 술잔 비웠네. 한 잔 받아~

도비: 눕, 감사합니다.

도비: 미나? 신입이라 벙개 처음이지? 어떤 것 같아?

미나: ㅎㅎ 다들 너무 재밌네요!

수진은 그들의 대화를 지켜보며, 미나에게 향하는 말투가 자신과는 사뭇 다르다는 걸 느꼈다. 자신도 처음에는 환영받았지만, 지금은 분위기 중심이 분명 미나로 기울고 있었다. 어딘가 모르게 쓸쓸함이 밀려왔지만, 수진은 애써 담담한 표정을 지었다.

루카: 오늘 분위기 좋네요.

건우: 그러게요, 아주 괜찮네요.

시간이 흐르며 노래방 제안이 나왔다.

토이: 2차 가실 분~?

혀니: 당연히 가야죠! 커피눕도 가요?

도비: 한 곡 뽑아야죠!

수진은 조금 고민했지만 결국 노래방으로 향했다. 도착하자 남자들은 미나와 더 적극적으로 어울리려 했다. 미나는 밝게 웃으며 그들과 농담을 주고받았고, 도비는 그녀 곁에서 노래를 부르며 분위기를 고조시켰다. 토이는 아예 미나 앞에서 춤까지 췄다.

수진은 마음속에서 뭔가 미끄러지는 듯한 기분을 느꼈다. '이럴거면 나한테는 왜 그렇게 다정하게 굴었던 거야?'

술기운 때문일까, 속이 살짝 쓰렸다. 어느 순간부터 집에 가고 싶다는 생각이 강하게 들었다. 수진은 자리에서 천천히 일어났다. 하하에게 다가가 귀에 손을 모아 작게 말했다. "먼저 갈게."

하하가 아쉬워하며 만류했지만, 수진은 아이들을 핑계 삼아 자리를 정리했다. 가볍게 손을 흔든 뒤, 조용히 노래방 문을 열고 밖으로 나섰다. 문 너머로는 여전히 미나를 둘러싼 웃음소리가 들려왔다.

'괜히 나왔나….'

가볍게 시작한 외출이었지만, 돌아서는 길은 유난히 무거웠다. 들

러리가 된 기분. 하지만 곧 스스로를 다독였다. '오픈 채팅이란 게 원래 이런 거겠지.'

택시를 잡으며 수진은 문득 첫 벙개에서 마중 나와 줬던 오리와 토이를 떠올렸다. 입안이 텁텁했다. '그래, 내가 연애하러 나온 것도 아니고, 그저 친구나 만들고 수다 떨려고 나온 거잖아.'

다음 날, 토이와 혀니로부터 안부 메시지가 도착했다. 수진은 마음속으로 생각했다. '미나에게는 더 열심히 연락하겠지.'

그런데 그때, 또 메시지가 이어졌다.

혀니: 커피눕~ 어제 잘 들어가셨어요?

혀니: 눕 가시는 것도 못 봤네요. 알았으면 마중 나갔을 텐데, 죄송해요.

그 말에 수진은 벙개에서 느꼈던 소외감이 조금씩 가시는 듯한 기분이 들었다. 그녀는 혀니에게 개인 메시지를 보냈고, 둘은 조용히 대화를 이어갔다. 혀니는 이십 대 초반에 결혼했지만, 아내와의 관계는 오래전부터 멀어졌다고 했다.

토이에게도 메시지가 와 있었지만, 수진은 더 이상 보고 싶지 않았다. 톡창을 열지 않고 그대로 두었다.

그리고 또 하나의 메시지가 도착했다.

오리: 커피야, 벙개 재밌었어? 우리 약속, 시간 정해야지? ㅎㅎ

수진은 핸드폰을 바라보며 미소 지었다. 하지만 동시에 '재밌었어?'라는 말엔 잠시 멈칫했다.

'과연, 정말 재미있었던 걸까?'

6. 오리

수진은 점점 채팅방에 머무는 시간이 길어졌다. 벙개가 공지되면 참석자 명단을 살피는 일이 습관처럼 되었다. 모임은 거의 매일 있었고, 수진은 두 번째 벙개 이후로 어떤 이들이 참여하는지를 유심히 보게 되었다. 벙개 후에는 채팅방 분위기에도 미묘한 변화가 생겼다. 특히 예쁜 여성이 벙개에 참석하고 나면, 몇몇 남자들은 이전보다 적극적으로 채팅방에서 그녀에게 말을 걸었다. 오톡방의 성비는 여자보다 남자가 확실히 많았다.

벙개 이후, 오리와 수진 사이의 개인적인 연락은 점점 더 잦아졌다. 대화는 자연스럽게 깊어졌고, 오리는 어느새 수진의 일상과 감정에 대해 자주 물어왔다. 수진 역시 그와의 대화가 즐거웠다. 가끔은 위로처럼 다가왔고, 가끔은 설렘처럼 느껴졌다.

오리: 커피야, 우리 보기로 한 거 언제 볼까? 낮이 좋아? 아니면 저녁이 편해?

커피: 넌 언제가 편한데? 나는 미리 약속 잡으면 괜찮아.

오리: 이번 주 금요일 저녁 어때?

커피: 저녁? 너 일부러 우리 동네까지 오게?

오리: 원래는 그럴까 했는데, 혹시 부담되면 중간지점에서 볼까?

서로가 유부남, 유부녀라는 사실은 언제나 대화 속에서 조심스럽게 고려되었다. 결국 두 사람은 수진의 집 근처가 아닌 중간지점에서 만나기로 했다.

만남 당일, 수진은 평소보다 더 신경 써서 옷을 고르고, 은은한 니트에 살짝 화장을 더했다. 결혼 이후, 남자와 단둘이 만나는 건 처음이었다. 마음 한켠이 불편하고 설핏 조여왔다.

약속 장소는 술과 식사가 가능한 작은 가게였다. 오리가 자주 간다던 아늑한 공간. 그는 먼저 도착해 있었다. 반갑게 인사를 나누고, 둘은 자리에 앉아 술을 나눴다. 대화는 자연스럽게 흘렀고, 술이 잔잔히 긴장을 녹였다.

오리: 너랑 이렇게 단둘이 술 마시는 것도 신기하다.

수진: 그러게. 생각보다 우리 자연스럽지 않아?

오리: 응, 오랜 친구랑 있는 기분이야.

잔이 오가며 두 사람은 결혼 생활에서의 외로움, 소원해진 관계, 잊혀진 설렘에 대해 천천히 털어놓았다. 대화는 술기운을 타고 점점 더 깊어졌다.

헤어질 시간이 가까워졌지만, 쉽게 자리를 뜰 수 없었다.

오리: 2차로 가볍게 한 잔 더 할래?

수진: 어디서?

오리: 근처 호프집? 아니면 다른 데?

수진의 머릿속에는 여러 생각이 스쳤다. 동네와는 다소 거리가 있지만 혹시라도 아는 사람을 마주친다면? 두 사람이 단둘이 술을 마시는 장면을 누군가 본다면? 결국 둘은 술도 마실 수 있는 노래방으로 발걸음을 옮겼다.

작은 방 안. 조명은 어둡고, 음악은 귀에 자연스럽게 흘러들었다. 술과 안주를 시켜놓고 서로 좋아하는 노래를 예약했다. 동갑인 두 사람은 유행가를 따라 부르며 어린 시절을 공유했다. 손바닥을 마주치고, 두 손을 맞잡고, 화면을 함께 보며 어깨가 가까워졌다.

오리가 잔을 채워주고, 수진은 잔을 들려다 문득 시선을 들었다. 그와 눈이 마주쳤다. 술 때문인지, 음악 때문인지, 아니면 외로움 때문인지, 순간 두 사람 사이에 어떤 기류가 흘렀다. 오리가 천천히 다가왔다. 수진은 피하지 않았다.

입술이 닿았다. 그 감촉은 낯설고도 익숙했다. 수진의 몸에 전율이 흘렀다. 멈춰야 한다는 생각과는 달리, 그녀의 몸은 그대로 그에게 이끌렸다. 키스가 이어졌다. 어느새 노래가 끝나 있었고, 조용해진 방 안에 남은 건 두 사람의 숨결뿐이었다.

수진: 아~ 취했다. 나 지금 내 정신 아니야. 아무것도 기억 안 날 것 같아. 댄스곡 부르자. 댄스곡.

댄스곡이 울려 퍼지고, 수진은 노래를 부르며 물을 들이켰다. 오리는 조용히 그녀를 바라보았다. 곡이 끝나자, 오리는 입꼬리를 올렸다.

오리: 진짜? 기억 안 날 것 같아? 난 다 기억할 것 같은데. 난….

그의 말이 끝나기도 전에 수진이 그의 입에 손을 올렸다. 하지만 오리는 다시 다가왔다.

오리: 커피야… 나 지금 커피에 중독된 것 같아. 너무 커피가 먹고 싶어.

그의 말에 수진의 머릿속이 하얘졌다. 오리가 키스하며 수진의 가슴을 더듬었다. 수진의 몸이 기울었다. 둘은 노래방 의자에 쓰러지며 누웠다. 오리의 손이 수진의 티를 파고들며 수진의 맨 젖가슴으로 들어왔다. 수진은 오리의 목을 감쌌다. 숨결이 엉키고, 시간이 멈춘 듯한 고요 속에서 모든 감각이 생생하게 살아났다. 키스가 끝난 후, 둘은 아무 말 없이 서로를 바라봤다. 방 안에는 다시 노래 반주가 흘렀지만, 수진은 몸을 일으킬 수 없었다.

오리: 커피야… 나 지금 너랑 같이 있고 싶어.

수진은 대답하지 못했다. 가슴은 요동쳤고, 생각은 흐려졌다. 이건 너무 위험했다.

오리: 잠깐만, 한 시간만 같이 있자.

그 말에 수진은 돌연 겁이 났다. 술이 깨기 시작했고, 마음속이 소란스러워졌다.

수진은 자리에서 일어나며 말했다.

"오리야, 나 물 좀 사다 줘."

오리가 계산대 쪽으로 향하자, 수진은 가방을 챙겼다.

"화장실 좀 다녀올게."

수진은 복도 끝 화장실로 들어갔다가, 조용히 노래방 건물 밖으로 나왔다. 밤공기가 차갑게 볼을 스쳤다. 그녀는 크게 숨을 들이마셨다. 가슴은 쿵쾅거렸고, 다리는 떨렸다.

'안 돼. 이대로 가야 해.'

발걸음은 무거웠다. '오리는 지금 나를 어떻게 생각할까? 왜 나는…'

수진은 핸드폰을 꺼내 메시지를 보냈다.

수진: 오리야, 미안해. 술이 너무 취했어. 먼저 갈게.

곧장 전화가 울렸다. 오리였다. 수진은 핸드폰을 바라보다가 받지 않았다. 손에 땀이 맺혔고, 가슴이 아릿하게 조여 왔다. 그녀는 택시를 잡아 집으로 향했다. 다시 울리는 전화. 수진은 핸드폰을 무음으로 바꾸었다.

'어떡하지? 어떡하지…'

택시 창밖으로 스쳐 가는 밤거리. 수진은 핸드폰 화면을 바라보았다. 부재중 전화 – 오리.

생각해 보니, 둘은 서로의 진짜 이름도 모르는 사이였다. 그저 오톡방의 오리와 커피. 그것이 전부였다.

7. 허니

다음 날, 오리는 마치 아무 일도 없었던 것처럼 단톡방에서 인사를 건넸다.

오리: 좋은 아침~ 오늘도 좋은 하루 보내세요!

수진은 오리가 카톡방에서 인사하는 걸 보고, 개인톡이 왔는지 확인해 봤다. 개인톡은 없었다. 오톡방에서만 인사하는 오리에게 가볍게 인사라도 나눌까 싶었지만, 차마 아무 말도 쓰지 못했다.

그날따라 오리는 단톡방에서 대화가 많았다. 수진은 카톡방에서 적극적인 오리의 모습에 복잡한 기분이 들었다. 그날, 전화를 못 받은 게 큰 잘못이었을까? 그렇다고 해도, 어찌해야 할지 고민만 깊어졌다. 수진은 핸드폰을 쥔 손을 꼭 잡았다. 만약 자신이 먼저 메시지를 보낸다면, 오리는 어떻게 반응할까? 하지만 그녀는 끝내 메시지를 보내지 않았다.

그렇게 며칠이 흘렀다. 그 사이, 오리는 여전히 단톡방에서는 평소처럼 행동했고, 수진이 카톡방에서 다른 사람들과 이야기할 때도 은근슬쩍 카톡방에 글을 남겼다. 그러나 수진에겐 형식적인 인사만 할 뿐이었다. 그리고 개인적으로는 전혀 연락하지 않았다. 수진은 점점 신경이 쓰였다.

그러던 어느 날, 단톡방에 올라온 벙개 공지를 보았다. 참석인원이 하나둘씩 생기고, 참여 인원은 총 네 명, 남자 둘에 여자 둘로 확정되는 듯 보였다. 그중 한 명이 오리였다. 수진은 알 수 없는 감정에 휩싸였다. 수진은 이내 참석 버튼을 누르려다 멈칫했다. 결국, 아무것도 하지 못한 채 핸드폰을 내려놓았다.

벙개 당일, 단톡방에 참석한 멤버들의 사진이 올라왔고, 분위기는 화기애애해 보였다. 수진은 핸드폰을 내려놓으며 한숨을 내쉬었다. '나한텐 연락 한번 없더니….' 찝찝한 기분이 가시지 않았다.

오리가 벙개에 참여한 다음 날.

수진은 채팅창을 스크롤하며 모임 멤버들의 대화를 유심히 지켜보았다. 오리가 전날 모임에 함께 참여했던 보미/37/여 와 카톡방에서 나눈 대화들이 보였다. '너무 예뻐서 깜짝 놀랐다'라거나, '벙개에서 너무 재밌었고 이야기가 잘 통했다'라는 등의 톡 내용을 보며 수진은 이맛살을 찡그렸다.

그날 저녁, 혀니에게서 연락이 왔다.

혀니: 커피눞, 뭐해요?

수진: 그냥 있지.

혀니: 언제 시간 될 때 저랑 맛있는 거 드시러 갈래요?

수진은 혀니의 메시지를 읽으며 잠시 생각에 잠겼다. 혀니는 자신보다 네 살 어린 친구였다. 큰 경계심도 없었고, 가끔 연락을 주고받으며 편하게 지내던 사람이었다.

수진: 그래, 난 괜찮아, 그런데 무슨 일 있어?

혀니: 그냥, 갑자기 생각나서요. 밥이나 먹을까 해서요.

수진: 오, 네가 우리 동네로 올 거야?

혀니: 네, 제가 갈게요!

수진은 혀니가 나이도 어리고 동생이라는 생각에 별 부담 없이 수진의 동네에서 약속을 잡았다. 저녁을 먹으러 간 곳은 깔끔한 한식 주점이었다. 처음엔 식사하면서 가볍게 이야기를 나누었지만, 자연스럽게 술도 한 잔씩 곁들이게 되었다.

혀니: 커피눕, 여기 정말 맛있네요. 술도 맛있고. 기분 최고예요.

수진: 호호호 기분 좋다니, 나도 기분 좋아진다. 근데 너 술 잘 마시네?

혀니: 하하하 원래 좀 마셔요.

대화는 가벼웠고, 혀니는 특유의 유쾌한 성격 덕분에 분위기를 편안하게 만들었다. 하지만 술이 한 잔, 두 잔 더해질수록 분위기는 점점 더 나른하게 흘러갔다. 1차만 하고 헤어지려고 했지만, 둘 다 아쉬운 마음이 들어 2차로 간단하게 한 잔 더 마실 가게로 이동했다.

자리마다 칸막이가 되어 있는 곳이라서 마음도 편했다. 술은 맥주에서 소맥으로 바뀌었다.

혀니: 커피눕, 저는 개인적으로 둘이 사람 만나는 거 처음이에요.

수진: 엥? 진짜?

혀니: 네.

수진: 그날 미나도 나왔었잖아? 연락처 우리 다 공유하지 않았나?

혀니: 아니요, 저는 형들 연락처는 받았고, 여자는 누나 것만 받았어요.

수진: 오~호~ 영광이네. 오늘 진짜 술이 잘 들어간다. 호호호.

둘은 짧은 시간 동안 소주 두 병을 더 마셨다.

수진: 나 좀 취한 거 같아.

혀니: 저도 약간?

그때, 혀니가 장난스럽게 웃으며 말했다.

혀니: 근데 커피눕은 진짜 예뻐요.

수진: 갑자기?

혀니: 아니, 진짜로. 첫 만남 때부터 생각했어요. 누난 인기도 많은 것 같아서 좀 어려웠죠.

수진은 순간 당황했다. 혀니가 이런 식으로 말할 거라고는 전혀 생각하지 못했다.

수진: 인기? 무슨 소리야? 그날은 미나가 주인공이었지.

혀니: 네? 저는 누나밖에 안 보이던데.

수진: 너, 술 만취구나?

혀니: 크흐흐 맞아요. 그래서 지금 솔직해지는 중.

그 말이 끝나자마자, 혀니가 살짝 몸을 기울였다. 장난인지 진심인지 알 수 없는 눈빛. 수진은 그 시선을 피하지 못했다.

순간, 가볍게 맞닿은 손끝에서 전율이 스쳤다.

혀니의 얼굴이 가까워졌다. 장난기 어린 미소였지만, 그 눈빛은 흔들림이 없었다.

혀니: 누나.

혀니의 손이 조심스럽게 수진의 손을 감쌌다. 수진은 순간적으로 저항하려 했지만, 몸은 쉽게 떨어지지 않았다. 술 때문일까, 아니면 오리와의 일로 인해 그녀 스스로 느꼈던 공허함 때문일까.

혀니의 입술이 가까워졌다. 그리고 닿았다.

가볍게 스친 키스였지만, 예상보다 더 깊은 감정이 느껴졌다. 수진은 숨이 가빠졌다. 순간 모든 것이 멈춘 듯한 착각이 들었다.

수진: 잠깐, 아~ 나 너무 취했나 봐. 노래방 갈까?

혀니: 그러고 싶어요?

수진: 어. 술 깨고 싶어.

수진은 술을 깨고 이 상황을 수습해야 한다는 생각에 자리에서 일어났다.

노래방에 도착한 수진은 노래 한 곡을 먼저 예약했다. 혀니는 수진이 노래 부르는 모습을 보며 따뜻한 미소를 보내고 있었다.

혁니: 누나? 손잡아 주면 안 돼요?

수진은 혁니에게 손을 내밀었다. 그 순간, 혁니가 거칠게 그녀를 끌어당겼다. 입술이 부딪치며 눌리고, 물리고, 서로의 숨이 엉켰다. 수진은 저항하지 않았다. 아니, 저항할 수 없었다. 혁니의 혀가 그녀의 입안을 헤집고, 따뜻한 숨이 얼굴을 훑고 지나갔다. 마치 오래 굶주린 것처럼, 혁니는 점점 더 깊이 그녀를 빨아들였다. 키스가 끝나는 순간, 그의 이가 아랫입술을 가볍게 깨물었다. 순간적으로 밀려든 통증과 함께 몸이 저릿해졌다. 키스의 종지부를 찍듯이 혁니가 수진의 아랫입술을 살짝 빨고 얼굴을 떼었다. 이때 수진이 아쉬운 듯 오히려 혁니에게 뽀뽀하고 멀어졌다. 그때 혁니는 수진의 눈을 지그시 보다가 장난스럽게 찡긋 미소를 짓더니 수진에게 더 깊이 키스하기 시작했다. 수진이 숨을 고르자 혁니의 입술이 수진의 목선을 타고 내려왔다. 그의 거친 숨소리가 귓가에 남아 아릿하게 울렸다. 수진은 저도 모르게 눈을 감고, 목덜미를 젖혀 그의 입술이 더 깊이 닿도록 했다. 그의 손길이 수진의 가슴을 훑으며 몸이 기울었다. 그의 손바닥이 수진의 가슴을 움켜쥐고 느릿하게 움직였다. 수진의 상체는 노래방 의자에 누운 자세가 되고 혁니는 수진의 몸 위로 포개졌다. 그와 동시에, 그의 단단한 성기가 수진의 허벅지에 밀착되었다.

공기가 묵직해졌다. 둘의 호흡이 얽히고, 서로의 몸이 자연스럽게 마찰을 만들었다. 혁니의 손길이 더 노골적으로 그녀의 몸을 쓸어 내렸다. 혁니의 성기가 또렷하게 수진의 몸을 찌르듯 전해졌다. 수진은 순간적으로 온몸이 뜨거워지는 걸 느꼈다. 심장이 요동쳤다. 그의 손길이 점점 더 대담해졌다.

혀니는 몸을 일으켜 그녀를 바라봤다. 눈동자는 깊고, 어딘가 모르게 탐욕적이었다. 그리고 나지막이 속삭였다.

"우리… 자리 옮길까요?"

그 순간, 수진의 머릿속은 마치 라디오의 잡음처럼 어지러웠다. 하지만 그녀의 몸은 이미 대답을 하고 있었다. 그리고 어느새 둘은 모텔로 향하고 있었다.

8. 공커

모텔방에 들어서며 혀니는 수진의 입술을 덮었다. 그녀의 진한 향수가 콧속을 자극했다. 혀니가 수진의 옷을 올리며 브래지어를 올려 맨 젖가슴을 만졌다. 서로의 숨소리가 방안에 퍼졌다. 혀니의 입술이 수진의 입술에서 옆으로 미끄러지며 목에 키스한 후 탐스럽게 볼록한 수진의 젖을 입에 물고 애무했다. 수진이 간지러워 몸을 움츠리자, 혀니가 수진과 눈을 맞췄다. 혀니는 수진의 머리카락을 움켜쥐며 고개를 살짝 뒤로 저치고 입술을 집어삼켰다.

수진도 혀니의 상의를 올리며 가슴을 만졌다. 잠시 두 사람의 몸이 떨어지자, 혀니가 옷을 벗었다. 수진도 자기 옷을 빠르게 벗었다. 자연스럽게 수진이 침대에 눕자, 혀니가 수진을 향해 다가왔다. 술기운 때문만이 아니었다. 수진은 혀니와 함께 있는 시간이 편안하면서도 어딘가 이질적으로 느껴졌다. 몸은 자연스럽게 반응했지만, 머릿속에서는 여러 가지 생각이 스쳐 지나갔다.

혀니의 손길이 닿을 때마다 수진은 심장이 요동쳤다. 혀니와 수진은 알몸이 되어 격동적인 움직임이 지속됐다. 수진은 강렬한 오르가슴이 오면서 몸을 떨었다. 수진의 신음이 점점 커지자, 혀니는 수진에게 더 집중하며 애무와 자극을 이어갔다. 혀니는 자연스럽게 수진이 혀니의 배 위에 앉을 수 있게 인도하며 누웠다. 수진은 혀니의 성기를 자신의 몸속으로 집어넣었다. 수진은 혀니 위에서 춤추 듯 몸을 움직이다 자극이 심해지자 부르르 떨며 움직임을 멈췄다. 혀니는 수진이 충분히 느낄 수 있도록 수진의 절정을 기다렸다.

수진의 신음이 잠잠해지자, 혀니는 몸을 일으키더니 수진을 눕히고 수진의 배에 키스했다. 그리고 아래쪽으로 흘러 내려갔다. 혀니의 입술이 수진의 음부에 키스하는 순간, 수진이 멈칫했다. 수진이 긴장한 상태를 확인하며 혀니는 서서히 수진의 긴장을 풀기 위해 다시 수진의 배에 키스하며 몸을 일으켰다. 수진의 젖가슴을 한쪽씩 애무하자 수진의 숨소리가 가빠졌다. 수진은 찌르르한 가슴에 전율을 느끼자, 혀니의 얼굴을 끌어올려 키스했다. 혀니는 수진의 입술을 흡입하고, 또 부드럽게 완급을 조절하며 키스를 이어갔다. 그리고 혀니의 성기가 수진의 몸속으로 들어가며 혀니가 격정적으로 움직였다. 혀니는 자연스럽게 자세를 바꾸며 수진의 몸을 탐색하고 흡입했다. 수진은 혀니의 리드에 따라가며 흥분이 고조되는 것을 느꼈다. 혀니가 마지막 탄성을 지르며 움직임이 멈췄다. 잠시 동안 혀니는 수진의 몸 위에 쓰러졌다. 축 늘어진 혀니는 마치 순간적으로 잠시 잠이 든 사람처럼 미동이 없었다. 몇 초의 시간이 흐른 뒤 옆으로 미끄러지며 혀니가 침대에 누웠다.

전율했던 감각이 이내 사그라지고, 수진은 몰려오는 현타에 눈을 감았다. 그때, 수진의 눈에서 눈물이 흘렀다. 혀니는 수진의 옆에서 지친 듯 눈을 감고 누워있었다. 서늘한 공기가 살갗을 스치자, 남겨진 흔적이 더 뚜렷하게 느껴졌다. 따뜻했던 것이 점점 차가워지자, 흔적을 닦아내려고 휴지를 찾다가 수진을 보았다.

혀니: 누나? 울어요?

혀니: 왜?

혀니: 설마 후. 회. 돼요?

수진은 대답하지 않았다. 다만 수진은 말했다.

수진: 이미 늦었다. 벌써 1시야. 가자.

일어서서 주섬주섬 팬티를 찾아 입는 수진을 바라보다 혀니가 수진의 손을 잡고 "누나."라고 말하며 수진을 침대에 앉혔다. 혀니도 바로 옆에 앉으며 수진의 손을 잡고, 수진의 눈이 아닌 손을 보며 고개를 내린 채 말했다.

혀니: 알겠어요, 곧 가요. 근데 누나? 난, 이대로 끝은 아니었으면 좋겠어요.

잠시 말을 잇지 못한 수진은 자신의 몸이 얼마만큼 자극됐는지를 떠올렸다.

수진: 어. 그래. 나도.

수진: 나도, 그래.

혀니: 누나? 나 너무 좋았어요. 그리고 좋아서 같이 있자고 한 거예요.

수진:… 나도. 이런 느낌 처음이야.

그날 이후, 혀니와의 개인톡은 오히려 조심스럽게 이어졌다. 가벼운 인사와 간단한 안부를 묻고 애써 서로의 감정을 드러내는 게 힘들었다.

혀니: 누나, 오늘 하루는 어땠어요?

수진: 그냥 평범했지, 너는?

혀니: 저도요. 근데…. 생각이 좀 많았어요.

수진: 무슨 생각?

혀니: 아…. 그냥, 이런저런 생각이요.

수진은 혀니의 메시지를 보며 신중함이 느껴졌다.

수진은 혀니와 다시 만나고 싶다는 생각이 들다가도, 한편으로는 두려웠다.

그렇게 시간이 흘러갔다.

2주 후, 단톡방에서는 예상치 못한 소식이 올라왔다.

토이: 오리 형, 대박! 공커 된 거 실화?

하하: 진짜야? 오리옵이랑 보미 언니?

미나: 와, 공커라니. 두 분 잘 어울려요~

수진은 핸드폰을 쥔 손이 순식간에 얼어붙는 듯했다.

'공커…? 오리가?'

오리가 지난번 2:2 벙개에서 만난 보미와 공개 커플이 되었다는 내용이었다.

기혼자들만 있는 이곳에서 공개 커플이 가능하다는 것 자체가 충격적이었다. 톡 방안에서 연애하는 사실을 알리고 공식적인 커플로 인정받는 것을 공커(공개 커플)라고 불렀다.

수진은 황급히 스크롤을 내리며 대화를 읽어 내려갔다.

보미: ㅎㅎ 우리 조심스럽게 시작해 보려고요~

오리: 잘 부탁드립니다~

톡방에서 축하한다는 반응이 쏟아졌지만, 수진은 마음속 나침반이 고장 난 듯했다.

'그날, 나랑도 분명…'

오리는 자신과도 감정을 나눈 사람이었다. 그런데 이제는 보미와 공개적으로 관계를 맺었다?

수진의 가슴이 따끔거리며 답답해졌다.

그녀는 혀니와의 관계가 걱정되어야 하는 상황에서 오리에 대한 생각도 떨쳐낼 수 없었다.

그날 밤, 수진은 핸드폰을 내려놓고 한숨을 내쉬었다.

9. 남편

며칠 후, 수진은 남편과 함께 외출을 나섰다. 선택의 여지가 없는 가족 행사였다. 남편의 사촌이 결혼식을 올리는 날이었고, 집안 어른들이 모두 모이는 자리라 빠질 수 없었다. 평소라면 일 핑계를 대고 참석을 미루던 남편이 이번엔 먼저 약속을 잡고, 꼭 가야 한다며 정장을 챙기는 모습이 생경했다.

결혼식장은 화려한 조명과 장식으로 가득했고, 사람들은 새하얀 드레스를 입은 신부를 보며 감탄했다. 하지만 수진에게는 모든 것이 흐릿하게 보였다. 남편은 친척들과 어울려 술을 마셨고, 그녀는 자연스럽게 운전대를 잡아야 했다. 더 이상 새로울 것이 없는 일이었다. 남편이 술을 마실 때마다 그녀는 조용히 그림자처럼 그를 따라다녔다.

식이 끝나고 차에 오르자, 남편은 이미 술기운이 올라 있었다.

"운전 조심해."

무심하게 한마디 던지더니, 그는 의자를 뒤로 젖히고 눈을 감았다. 수진은 말없이 시동을 걸었다.

운전을 하려면 내비게이션이 필요했다. 그러나 자신의 휴대폰은 며칠 전부터 액정이 깨져 화면에 줄이 생기더니, 예식장에서 떨어뜨린 후 완전히 먹통이 되어버렸다. 어쩔 수 없이 남편의 휴대폰을 빌려야 했다.

"여보, 내비게이션 좀 틀어줘. 내 폰이 상태가 안 좋아."

수진이 남편의 팔을 살짝 건드리며 말했다. 남편은 별다른 생각 없이 자신의 휴대폰을 건넸다. 그녀는 화면을 터치하며 목적지를 입력했다. 운전을 하며 집으로 가고 있는데, 화면 위로 알림이 하나 떠올랐다.

[박 사장] 여보. 언제 와?

짧은 문장이 날카로운 바늘처럼 수진의 가슴을 찔렀다. '박 사장'이라 저장된 번호. 그리고 '여보'라는 호칭. 수진은 순간 온몸에서 피가 빠져나가는 기분이었다. 맥이 풀렸다. 남편과 부부처럼 대화하는 누군가가 있다는 사실. 손끝이 떨렸다.

다시 화면에 새로운 메시지가 떴다.

[박 사장] 오늘은 당신 좋아하는 냉이된장국 예정♥

숨이 턱 막혔다. 떨리는 손을 진정시키려고 운전대를 더욱 힘주어 잡았다. 몇 주 전이 떠올랐다. 남편이 뜬금없이 냉이된장국이 먹고 싶다고 해서 끓여주었다. 그런데 한술 뜨고는 못마땅한 표정으로 숟가락을 내려놓았다. 그때는 그저 입맛이 없겠거니 했다. 마구잡이로 흩어졌던 퍼즐이 맞아 들어가듯 생각이 척척 정리되었다.

의문과 분노가 뒤엉켜 가슴이 터질 듯했다. 그녀는 평온하게 잠든 남편의 얼굴을 힐끗 바라보았다. 너무 태연해서, 차라리 한 대 쳐버리고 싶었다.

'그렇지, 어쩌면 당연했어.'

수진은 사실 모든 걸 알면서도 두 눈을 감고 외면하려고 했다. 남편의 외도는 이번이 처음이 아니었다. 과거에도 두 차례 바람을 피웠고, 그녀는 그 사실을 알면서도 모른 척했다. 첫 번째 외도를 알았을 때는 이혼을 생각했다. 하지만 아이들이 어렸다. 경제적인 문제도 있었다. 현실적인 벽은 너무 높았다.

두 번째 외도를 알았을 땐, 싸울 힘조차 없었다. '애들 때문이야. 이혼은 어렵잖아.' 스스로를 그렇게 설득하며 살아왔다. 그러다 보니 점점 남편의 행동을 애써 외면하게 됐다. 알고 싶지 않았다. 확인할 용기도, 해결할 자신도 없었다.

하지만 이번만은 달랐다. '여보'라는 호칭. 냉이된장국을 끓여주는 여자. '단순한 외도가 아니라, 남편이 정서적으로도 다른 사람에게 기울어 있다는 걸 의미하는 걸까?'

생각이 얽히고설켰다. 이혼이라는 단어가 스쳤다. 하지만 현실이 뒤따랐다. 아이들은? 경제적으로 혼자 살아갈 자신이 있을까? 이혼 후의 삶이 지금보다 나아질까?

차 안은 무겁게 가라앉았다. 숨소리조차 날카롭게 들릴 만큼 고요했다. 남편은 깊이 잠들어 있었고, 수진은 말없이 차를 몰았다.

도착하자 수진은 침묵을 깨며 말했다.

"일어나, 다 왔어."

수진은 아무렇지 않은 척 남편을 깨우고 집으로 향했다. 저녁 시간이 되자, 남편은 낮술이 깬 얼굴로 옷을 갈아입으며 말했다.

"나갔다 올게. 약속이 있어서."

'박 사장과의 약속이겠지.'

하지만 수진은 아무 말도 하지 않았다. 그저 텅 빈 눈으로 그를 바라볼 뿐이었다.

남편이 문을 닫고 나간 뒤, 수진은 거실에 주저앉았다. 자정이 가까워질 무렵, 핸드폰이 울렸다.

[혁니] 밥은?

밥을 먹었는지 묻는 이모티콘이 와있었다. 수진의 손가락이 화면 위를 맴돌았다. 혁니와의 하룻밤 이후, 둘은 서로 조심스러웠다. 깊이 개입하지 않기로, 선을 넘지 않기로. 하지만 혁니의 메시지는 지금 이 순간, 이상하리만큼 따뜻하게 느껴졌다. 위로처럼 다가왔다.

혼란한 마음속에서 '다시 만나고 싶다'는 감정이 고개를 들기 시작했다. 수진은 천천히 손가락을 움직였다.

[수진] 먹었지. 너는?

[혁니] 저도 먹었어요.

[혁니] 늦어서 답장 안 올 줄 알았는데, 좋아요.

[수진] 넌 왜 안 자고?

[혁니] 저는 요즘 계속 잠이 안 오네요. ㅎㅎㅎ

[수진] 그래? 나도 오늘은 잠이 안 와서….

10. 신입

혀니와의 만남은 다시 이어졌다. 지난번 뜨거운 밤이 끝이라고 생각했지만, 수진은 혀니와의 대화를 계속 이어갔고, 결국 다시 약속을 잡게 되었다.

약속 장소는 조용한 바였고, 두 사람은 자연스럽게 술잔을 기울였다. 처음엔 가벼운 안부와 일상적인 이야기를 나눴지만, 분위기가 무르익을수록 지난밤의 기억이 자꾸 떠올랐다.

잔을 비워갈수록, 서로의 시선도 길어지고 말의 여백도 많아졌다.

혀니는 잠시 수진을 바라보다가 조용히 말했다.

"누나랑 이렇게 마주 앉아 있는 게… 그냥 좋아요. 오늘은 그저 오래 함께 있고 싶어요."

그 말은 부드럽고 신중했지만, 그 안에 담긴 진심은 또렷했다.

수진은 순간적으로 심장이 두근거렸다.

첫 만남에서 혀니와 함께했던 순간, 몸을 타고 흘렀던 그 전율이 되살아났다.

수진은 눈길을 피했다.

몇 번이고 느껴본 감정이었지만, 이번엔 마음 깊은 곳에서 두려움이 먼저 피어올랐다. 그러나 그 두려움 너머로 느껴지는 자신 안의 열기 또한 부정할 수 없었다.

둘은 마치 서로의 눈빛에 이끌리듯, 말없이 자리를 정리했다.

그리고 마치 이미 정해진 수순처럼 모텔로 향했다.

모텔에 들어선 순간, 혀니는 더욱 적극적으로 나왔다. 참을 수 없었던 욕망을 한꺼번에 배출한다는 몸짓으로 서로는 서로에게 입을 맞추고, 깊은 키스를 이어갔다. 뜨거운 열기가 서로의 입속에서 융화되며 숨소리가 방 안에 울렸다. 혀니는 수진의 허리를 팔로 휘어 감으며 수진의 몸을 돌려 뒤에서 포옹을 했다. 그녀의 치마가 살짝 위로 올라가며 수진의 맨살이 혀니의 다리에 스쳤다. 혀니는 수진의 맨살 촉감이 견딜 수 없어 수진의 다리에 손을 가져갔다. 그리고 수진의 허벅지를 타고 올라가서 팬티를 내렸다. 혀니는 봉긋하게 솟아난 수진의 엉덩이에 키스하며 자기 바지를 벗고 팬티를 벗었다. 그리고 수진이 일어선 상태에서 손으로 등을 자연스럽게 밀었다. 수진은 다리가 바닥에 선체로 침대 쪽으로 엎드린 자세가 되었다. 혀니는 수진의 엉덩이를 두 손으로 잡고 살짝 양쪽으로 힘을 주어 수진의 몸을 열고 성기를 집어넣었다. 이미 몸이 흠뻑 젖어있는 수진의 몸속으로 혀니의 성기가 부드럽고 빠르게 들어갔다. 수진의 입에서 짧은 탄식이 흘러나왔다. 이후 혀니는 단단하게 솟은 성기를 빠르게 움직였다. 수진의 신음소리가 점점 커졌다. 혀니는 수진의 신음에 더욱 흥분되는 듯 수진의 양손을 잡았다. 수진이 엎드린 상태로 양손을 뒤로 뻗은 자세가 되자 혀니는 수진의 표정을 상상하며 더 빠르게 움직였다. 수진이 참을 수 없다는 듯 소리를 지르자, 혀니는 수진이 부르르 떠는 모습을 기다려주었다. 이후 혀니가 수진을 서서히 침대에 눕혔다.

그의 손길이 부드럽게 수진의 목선을 따라 내려갔고, 그녀의 옷 단추를 풀었다. 수진은 누운 상태로 혀니의 티 속에 두 손을 넣어 맨살의 감촉을 느꼈다. 그러자 수진과 혀니는 각자 옷을 빠르게 벗었다. 알몸이 된 두 사람은 침대에 누우며 몸이 포개졌다. 혀니는 조금 전의 키스와는 달리 조금 더 부드러우면서도 강약 조절을 자연스럽게 맞추며 수진의 가슴을 만졌다. 혀니가 수진의 가슴을 애무하기 시작했다. 수진은 몸을 움츠리며 신음을 냈다. 수진은 애무에 어딘가 서툴렀다. 결혼 초기에 섹스는 했지만, 남편과 수진은 애무를 하지 않았다. 그리고 둘째를 낳은 후 부부관계는 드물어졌고, 이미 섹스리스 부부가 된 지 오래였다.

혀니는 수진의 가슴을 애무하면서 손은 수진의 허리를 타고 미끄러지듯 내려갔다. 뜨거운 손끝이 허벅지를 훑고, 수진의 음부를 손으로 만지며 클리토리스를 자극했다. 부드럽게, 그러나 단호하게 탐색했다. 수진은 순간적으로 몸이 움츠러드는 걸 느꼈다. 하지만 혀니의 손길은 마치 오래전부터 알고 있던 듯, 아무 거리낌이 없었다.

그녀의 숨이 가빠졌다.

손가락이 미세하게, 그러나 집요하게 움직였다. 전류처럼 스치는 감각이 수진의 몸을 관통했다. 심장은 빠르게 뛰었고, 감각은 점점 하나의 중심을 향해 모였다. 어색함과 짜릿함, 이성의 경계가 동시에 무너졌다.

그러나 그 흐름을 멈출 수는 없었다. 그녀의 신음이 점점 더 선명해졌다.

혁니가 그녀를 침대에 눕혔다. 몸과 몸이 닿는 순간, 피부의 온기가 서로의 감각을 확장시켰다. 혁니는 수진을 깊숙이 탐닉했다. 그녀는 처음엔 적응하듯 조심스러웠지만, 곧 점점 거친 파도처럼 휘말려 들어갔다. 움직임이 점점 더 깊어졌고, 강렬한 리듬이 둘 사이에 형성됐다.

수진은 온몸이 뜨거워지는 것을 느끼며, 점점 더 깊숙이 혁니를 받아들였다. 마치 한계까지 몰려가는 듯한 감각. 밀려왔다가 사라지는 파도처럼, 끝이 보이지 않는 강렬한 쾌감이 그녀를 삼켜버렸다.

그날 밤, 수진은 이전과는 다른 감각을 경험했다.

단순한 육체적인 결합이 아니었다. 처음 느껴보는 압도적인 자극, 그리고 무너지는 이성. 모든 감각이 하나로 뒤섞여, 그녀를 깊숙한 곳까지 몰아넣었다. 그녀는 혼란스러웠지만, 거부할 수 없었다. 어쩌면, 처음부터 거부할 생각 따위 없었는지도 몰랐다.

다음 날, 술이 완전히 깨자, 전날 밤의 감각이 날 것처럼 되살아났다. 혁니의 손길, 뜨거운 숨결, 몸을 휘감던 강렬한 쾌락. 그 모든 것이 생생하게 남아 있었지만, 이제 그것은 무거운 현실의 그림자 속으로 가라앉고 있었다.

수진은 균형이 무너지는 기분이었다. 유부녀인 자신의 처지, 그리고 연하의 유부남인 혀니. 둘 사이에 어떤 미래도 없다는 사실은 명확했다. 감각이 감정을 넘어설 때, 그것은 위험한 선을 넘는 일이었다. 마음의 경계선이 점점 흐려지는 것이 두려웠다. 아니, 정확히는 그 흐려지는 순간이 더없이 달콤했기에, 그곳에 빠질 자신이 없었다.

그날 이후, 혀니에게 개인톡이 왔다. 짧은 안부 인사, 별것 아닌 농담. 하지만 수진은 인사말에 대한 답장 후 더 이상 답할 수 없었다. 욕망이 감정을 집어삼키는 것이 무서웠다. 감정이란 것이 정말 존재하기는 했을까? 혹은 그저 욕망의 다른 이름이었을까?

결국 수진은 혀니에게 메시지를 보냈다.

"아이들 때문에 바쁠 것 같아. 자주 연락 못해도 이해해 줘."

그리고 혀니의 답장은 그저 담담했다.

"알겠어. 무리하지 마."

그 후 그의 개인 메시지는 멈췄다. 그리고 채팅방에서 그의 수다도 찾기 어려웠다. 수진도 채팅방에서 흥미를 잃어갔다.

바쁘다고 말해놓고, 여전히 오톡방에서 수다를 떤다는 것은 앞뒤가 맞지 않았다. 그리고 그곳에서의 대화는 점점 그녀를 초조하게 만들었다.

오리는 어느새 보미와 공식적인 커플이 되었고, 토이는 다른 여자들에게 관심을 두고 있었다. 대화창을 열어도 모든 말들이 공허하게 흩어졌다. 그녀의 관심이 흐려진 걸까, 아니면 원래부터 그곳에 있을 이유가 없었던 걸까.

이제 더 이상 그곳에서 위안을 찾을 수 없었다. 채팅방의 말들은 마치 어둠 속에서 희미하게 번지는 불빛 같았다. 한때 그녀를 유혹했던, 그러나 이제는 손을 뻗어도 닿을 수 없는 것들. 그러나 이미 오픈채팅을 통해 금지된 유희의 문을 열어본 그녀는 그렇게 쉽게 돌아설 수 없었다.

욕망이란 것은 한 번 맛보면, 쉽게 잊히지 않는 법이었다. 처음에는 단순한 호기심이었다. 하지만 이제는 그 감각이 그녀 안에 깊숙이 자리 잡고 있었다. 마치 손끝에 남은 미세한 잔향처럼, 흐릿하지만 지울 수 없는 흔적이 되었다.

그래서 수진은 새로운 방을 찾기로 했다. 기혼자들만 있는 방이 아니었다. 기혼과 미혼, 그리고 돌싱이 섞인 곳.

조금 더 넓은 세상, 다양한 사람들이 모여 있는 공간. 아무도 그녀를 구속하지 않는 곳, 새로운 감각과 관계 속에서 지금의 불편한 현실을 덮을 수 있는 곳.

그녀는 스크롤을 내렸다. 끝없는 방들이 목록처럼 늘어서 있었다. 이름을 훑으며 생각했다. 어쩌면, 여기 어딘가에 새로운 시작이 있을지도 모른다.

그렇게 한참을 헤매다가, 문득, 눈에 띄는 한 방을 발견했다.

수진은 손가락을 멈추고, 방의 소개를 읽었다.

'여기는 현실을 잊고, 그냥 즐기면 되는 곳.'

그녀의 심장이 미세하게 요동쳤다. 손가락이 화면 위에서 망설였다. 그러나 결국 그녀는 결정을 내렸다.

수진은 조용히, 그리고 단호하게 그 방의 문을 열었다.

[3040 자유로운 사람들]

채팅방에 들어가자, 어김없이 날아든 환영 인사가 그녀를 맞았다.

'어서 오세요~ 하트 눌러주세요.'

이전과 같은 방식이었다. 하지만 기존 닉네임인 '커피'를 사용하지 않았다.

새로운 채팅방에 들어가자마자 언제나 그랬듯 같은 절차가 반복됐다. 신입이 들어오면 하트를 누르고, 공지를 읽고, 닉네임을 변경해야 했다. 이번엔 '타임/40/기/여'로 닉네임을 설정했다. 기존 방에서 활동한 경험이 있는 수진은 능숙하게 하트를 누르고 인사를 남겼다.

[타임] 안녕하세요~ 신입입니다!

곧이어 방에서 환영 메시지가 쏟아졌다.

[보브] 하트 누르셨나요?

[마린] 타임님 반갑습니다.

[타임] 네, 하트 눌렀어요! 반가워요.

[보브] 어솨요.

[블랙] ㅋㅋㅋ 신입 등장!

[보브] 얼공~

수진은 능숙하게 사진도 올리고 지목까지 완료했다. 이제는 사람들의 사진을 봐도 실물과 다소 차이가 있을 거란 사실을 수진도 너무 잘 알고 있었다. 수진 또한 예전처럼 일반사진을 올리는 게 아니었다. 수진의 갤러리에는 뽀샵사진이 가득해졌다.

[프리] 오~ 타임늅, 환영해요!

[블랙] 와우~ 여신~

[우니] 와우~

수진은 자연스럽게 채팅에 녹아들었다. 기존 방에서는 신입으로 들어왔을 때 어리바리했던 기억이 있었지만, 이번엔 경험이 쌓여 능숙하게 대화를 주고받았다.

[마린] 최고 최고.

이 방은 기존의 기혼 방과 확실히 달랐다. 조금 더 자유롭고 가볍게 이야기를 나누는 분위기였다. 야한 농담도 스스럼없이 오갔고, 서로 장난을 치며 웃음을 주고받았다.

[블랙] 타임~ 빠르게 10문 10답[6]도 했네… 최고 최고.

[타임] 휘리릭 하는 게… ㅋ

[프리] ㅋㅋㅋ 와우… 와우… 타임은 지금 무슨 타임?

[블랙] 나는 무슨 타입인지 궁금. ㅋㅋㅋㅋ

[타임] ㅋㅋㅋㅋ 다들 장난꾸러기?

---

6 10문 10답: 오픈채팅방에서 참여자들이 자기 PR을 위해 작성하는 자기소개 양식. 닉네임·나이·성별·거주지 외에 연애관, 성격, 매력 포인트, 대화 스타일 등 개인 성향을 소개하며, 친목과 썸을 위한 대화의 출발점이 된다.

이야기가 이어지면서 수진은 서서히 사람들 속에 녹아들었다. 여기서도 분위기를 주도하는 사람들이 있었고, 가끔은 수위 높은 농담이 오갔다.

[마린] 여타 여신들이 긴장할 듯. ㅋㅋㅋ

[뽀득] 방가워여.

[타임] 뽀샵을 다 믿으시는 건 아니죠?

[보브] 믿고 싶어. 믿을 거야.

[블랙] ㅋㅋㅋ 자주 나오면 사람들과 금방 친해질 거야.

[타임] ㅎㅎㅎ

방 분위기는 가볍고 장난스럽지만, 미묘한 긴장감도 느껴졌다. 수진은 이곳에서 다시 한번 새로운 관계를 만들어갈지, 아니면 단순한 채팅만 즐길지 고민이 들었다.

11. 한강

한강의 바람은 부드러웠고, 야경은 반짝였다. 수진은 벙개 장소로 걸어가며 자연스럽게 긴장감을 풀었다. 새로운 방에서의 첫 벙개, 그리고 전혀 다른 분위기의 사람들.

벙개 장소에는 이미 몇몇 사람들이 모여 있었다. 돗자리가 깔려 있고, 손에 맥주 캔이나 테이크아웃한 커피를 들고 있는 모습이 눈에 들어왔다. 곳곳에서 삼삼오오 모여 이야기하는 모습이 편안해 보였다.

"타임?"

수진이 주위를 살피던 중, 한 남자가 다가왔다. 키가 크고 몸집이 다부진 보브(43/남/돌)였다. 그는 차분한 미소를 지으며 인사를 건넸다.

"네, 안녕하세요. 처음 나와 봤어요."

"잘 왔어. 다들 편하게 이야기 나누는 분위기니까, 부담 갖지 말고 즐겨."

수진은 고개를 끄덕이며 자리를 둘러보았다. 한쪽에서는 마린

(39/여/미)과 욤이(37/여/미)가 활발하게 대화를 나누고 있었고, 진(36/남/미)과 도브(38/남/돌)는 테이블 옆에 서서 맥주를 따르고 있었다.

"타임, 뭐? 골라서 가지고 와."

태양(40/남/기)이 라면을 끓이며 물었다. 한강 벙개의 필수 코스인 듯, 편의점에서 각자 고른 라면이 끓고 있었고, 옆에는 작은 간식거리들이 놓여 있었다.

"아, 우리 동갑이지? 반가워. 맛있겠다. 내 것도 골라서 올게."

그렇게 자연스럽게 벙개에 녹아들었다. 수진은 주변 사람들과 한 명씩 대화를 나누며 그들의 분위기를 익혀갔다.

블랙(41/남/기): 외모는 평범, 말수가 적지만 한마디 한마디가 묵직했다. 가끔씩 농담을 던지는데, 의외로 센스가 있었다.

레드(35/여/돌): 이목구비가 뚜렷하고 키도 커서 스타일이 좋았고, 조용하지만 분위기를 잘 읽는 타입이었다. 주변을 살피며 적절하게 농담을 던졌다.

윈터(38/남/미): 준수한 얼굴인 것에 반해 키가 작고 여행을 좋아하는 사람답게 각종 여행지 이야기를 하며 분위기를 주도했다.

맥주를 한 캔씩 들고, 한 명씩 돌아가며 건배를 했다. "사이다~~~짠~짠" 누군가 외치자 다들 웃으며 캔을 부딪쳤다.

"사이다?" 어리둥절한 표정으로 수진은 옆 사람을 보았다.

"건배사, 사랑하자 이 세상 다 바쳐."

"건배사도 참 다양하네요, 정말."

"타임, 원래 벙개 자주 나와?"

클래식(42/남/기)이 물었다. 그는 얼굴이 작고 운동을 하는지 햇빛에 그을린 얼굴에 젠틀한 분위기의 남자였고, 클래식 음악을 좋아해 닉네임을 그렇게 정했다고 했다.

"아뇨, 사실 처음이에요. 이번에 새로 들어왔어요."

"오~ 난 기존인 줄?"

"그런가요? 사실 엄청 그런 척하고 있어요. 하하하, 그래도 분위기 좋은 한강에 오다니, 참 좋네요."

사람들은 가벼운 농담을 던지며 친해졌고, 한강의 공기와 분위기 속에서 밤은 깊어갔다.

한강에서의 벙개는 실내에서의 모임과는 또 다른 느낌이었다.

밤바람을 맞으며 돗자리 위에서 웃고 떠들고, 저 멀리 보이는 강변의 야경을 바라보는 것만으로도 기분이 신기하게 편안해졌다.

누군가는 자전거를 타고 왔고, 누군가는 배달시킨 치킨을 뜯으며 즐거운 분위기를 만들었다.

"우리 단체사진 한 장 찍을까요?"

썬(37/남/돌)의 제안에 다들 모여 앉았다. 벙개에 참가한 13명이 한강의 밤을 배경으로 환하게 웃으며 사진을 찍었다.

그 순간, 수진은 생각했다. 기혼자 전용 방에서는 단체사진을 찍는 일이 거의 없었다. 혹시라도 사진을 찍더라도 얼굴은 다른 각도를 취해서 못 알아보게 익명성이 좀 더 보장되는 분위기였다.

'이런 모임도 나쁘지 않네.'

지금까지 그녀는 오픈채팅방을 단순한 호기심과 외로움의 공간으로만 생각했지만, 한강 벙개는 또 다른 세상을 열어주었다.

새로운 사람들, 새로운 대화, 그리고 새로운 공기.

수진은 핸드폰을 열어, 자연스럽게 몇몇 사람들과 연락처를 주고받았다.

12. 탈방

한강 벙개 이후, 수진에게 쏟아지는 메시지들.

수진의 핸드폰은 쉴 새 없이 울렸다.

그녀가 예상했던 것보다 훨씬 많은 사람들이 개인 톡을 보내왔다. 단순한 안부 인사부터 노골적인 대시까지, 다양한 메시지들이 수진을 둘러쌌다.

보브: 타임, 안녕~ 나 벙개에서 본 보브 기억해? 다음에도 또 보자.

도브: 타임늅, 목소리도 듣고 싶네요~ 전화 한 통? ㅎㅎ

태양: 칭구? 오늘은 뭐해? 언제 술자리 만들까?

마루: 타임? 나랑 커피 타임?

수진은 핸드폰을 들여다보며 한숨을 내쉬었다.

'이게 뭐야…'

기혼방에서는 그래도 어느 정도 선을 지키는 분위기였는데, 여긴 사뭇 달랐다. 돌싱과 미혼들이 많다 보니, 수진을 대하는 태도도 훨씬 더 적극적이었다.

벙개에서는 다들 가볍게 웃고 떠드는 분위기였지만, 개인 톡에서는 마치 서로에게 관심이 있는 듯한 메시지들이 이어졌다. 수진은 들뜬 기분과 동시에 묘한 불편함을 느꼈다.

'나는 그저 새로운 공간에서 사람들과 어울리고 싶었을 뿐인데.'

그녀는 몇몇 톡에는 가볍게 답장하고, 일부는 읽지 않고 넘겼다. 하지만 메시지는 계속해서 쏟아졌다.

예의라고 생각해 답장을 이어갔지만, 수진의 핸드폰은 끊임없이 울려댔다.

타임, 반가웠어! 심심할 때 언제든 콜해.

타임눕, 오늘 뭐 해요? 저녁에 한강 한 바퀴 돌래요?

타임눕, 솔직히 벙개에서 제일 매력적이셨어요. ㅎㅎ 다시 뵙고 싶어요.

처음에는 가벼운 안부 인사와 친근한 제안들이었다. 그러나 하루 이틀이 지나면서 톡의 분위기가 달라졌다.

타임누나, 솔직히 누나 너무 좋아요. 하루 종일 생각났어요.

벙은 언제쯤 나오세요?

타임, 나랑도 놀타임.

타임눕, 둘이 식사하고 싶은데 시간 괜찮으세요?

수진은 처음엔 가벼운 설렘도 느꼈지만, 점점 그 관심이 부담으로 바뀌었다.

예의상 답장을 하면 다시 톡이 오고, 짧게 답을 해도 대화가 끝나지 않았다. 상대는 수진의 관심이 없다는 걸 모르는 듯, 집요하게 대화를 이어가려 했다.

'이건 아닌 것 같은데…'

수진은 핸드폰을 내려놓고 깊은 한숨을 내쉬었다.

그녀가 원한 것은 그저 새로운 사람들과의 가벼운 소통이지, 이런 집착에 가까운 관심은 아니었다.

여러 사람에게서 쏟아지는 개인 톡은 점차 의무처럼 느껴졌다.

타임늪? 벙개 안 와요?

타임누나, 인기녀라 이미 썸 중이신가요?

수진은 순간 움찔했다. 여러 사람의 찔러 보기식 문자들. 수진은 그들이 자신뿐 아니라 여러 여자에게 무분별하게 문자를 보낸다는 걸 이젠 알고 있었다.

'이건 아니다.'

톡을 보는 것 자체가 스트레스로 변하고 있었다.

수진은 조용히 채팅방을 열었다. 기미돌방의 채팅창은 여전히 활발하게 돌아가고 있었다.

오늘 저녁 한강에서 다시 한번 모일 사람~~?

어제 벙개 나왔던 분들, 다들 분위기 너무 좋았어요. 오늘도 달려?

타임늪도 오실 거죠? 이번엔 빠지면 안 돼요. ㅎㅎ

사람들은 여전히 가벼운 농담을 주고받으며 분위기를 띄우고 있었다. 하지만 수진에겐 그곳이 더 이상 편안하지 않았다.

수진은 조용히 '채팅방 나가기' 버튼을 눌렀다. 그리고 개인 메시지도 차단했다.

순간, 묘한 해방감이 밀려왔다. 더 이상의 메시지는 없다. 원치 않는 대화에 억지로 답할 필요도 없다. 그녀는 핸드폰을 내려놓고 천천히 숨을 내쉬었다.

그러나 이상하게도, 마음 한구석이 텅 빈 듯했다.

문득, 정리된 식탁처럼 깔끔해진 채팅창이 떠올랐다. 깔끔하고 조용하지만, 어딘지 모르게 쓸쓸한 공간. 수진은 한동안 핸드폰을 만지작거리다, 결국 화면을 꺼버렸다. 그리고 아무 말 없이 창밖을 바라보았다.

13. 강퇴

기미돌방을 나간 이후, 수진의 일상은 고요했다. 한동안은 핸드폰을 들여다보는 시간마저 줄어들었다. 오픈채팅… 다시 시작해야 할까. 아니면, 이대로 끝내는 게 맞을까? 하지만 어딘가, 기억 속 습관처럼 스며든 이 공간은, 말없이 나를 안심시켰다. 그녀는 다시 손끝으로 익숙한 경로를 눌렀다. 기혼방. 처음 발을 들였던 그 방이었다. 수진은 채팅창에 오랜만에 인사말을 남겼다.

커피: 환절기인가 봐요, 감기 조심하시고 오늘도 즐겜하세요.

몇몇은 인사말에 댓글을 남기고, 몇몇은 각자 다른 말들로 채팅창을 채웠다.

열린 채팅창에는 이전과는 다른 공기가 흘렀다. 닉네임들 대부분이 낯설었다. 전에 못 봤던 새로운 닉네임이 꽤 보였다. 그동안 그녀가 부재한 시간만큼, 방 안의 풍경도 바뀌었다. 무심히 스크롤을 내리던 그녀의 눈에 몇 가지 변화가 들어왔다.

수진이 활발히 활동한 불과 몇 주 전까지 있던 사람들의 상당수가 방에 없었다. 수진은 오프 모임에서 봤던 사람들도 찾아보았다. 혀니도 방에 없었다. 방을 나간 건지, 강퇴된 건지 알 수 없었다. 혀니가 언제 방에서 사라진 건지 누군가에게 묻고 싶었지만, 누구에게 물어야 할지 알 수 없었다.

토이도 방에 없었다. 첫 오프 모임에서 봤었고, 한때 수진에게 짧은 톡을 보내던 토이. 어느 순간 연락이 뚝 끊겼고, 지금은 아예 방에서도 사라졌다. 마음 한편이 스치듯 시려왔다. 특별한 감정은 아니었지만, 그래도 어디선가 작게 울리는 쓸쓸함이었다. 온라인에서 활발하게 채팅을 주고받았던 사람들 몇 명도 흔적조차 없이 사라졌다.

그리고 또 하나의 특이점.

오리의 닉네임에 공커 표시 하트가 사라졌다.

오리. 그는 수진이 그렇게 노래방에서 도망치듯 나온 후, 두 번의 전화를 했었다. 그러나 그 당시 수진은 받을 수 없었다. 수진은 오리와의 이름조차 붙일 수 없는 감정, 그리고 혀니와의 사고까지. 그 모든 것들이 마치 아득하고 꿈같이 느껴졌다. 혼돈의 소용돌이 안에서 허우적거릴 때 오리는 보미와 공개 커플이 되었고, 수진은 그저 아무렇지 않은 척, 키보드 너머로 웃음을 흘려야만 했다. 그런데 이제 그 관계도 끝이 났다. 아니 적어도 오톡방 안에서 그는 커플이 아니었다.

보통 오톡방에서 공커 후 둘다 방을 나가는 경우는 있어도 한쪽만 나가는 경우는 드물다. 한쪽만 남는 경우는 커플 관계가 끝났을 때, 보통 한쪽만 남거나 둘 다 방을 나간다. 다시 평범한 유저로 돌아온 오리는 여느 때처럼 채팅에 참여하고 있었지만, 그의 말투 어디엔가 공허함이 스며 있었다. 수진은 괜스레 채팅창을 닫았다.

'그때 우리 사이도… 그렇게 끝이 났을까.'

밤이 깊었다.

불 꺼진 방 안, 커튼 틈 사이로 가로등 불빛이 흔들리고 있었다.

그때, 핸드폰이 진동했다.

오리: 잘 지내?

화면에 잊었다고 생각했던 이름이 떠올랐다.

수진은 핸드폰을 한참 바라보다가 조용히 내려놓았다. 톡 하나로 불쑥 들어온 그 사람. 그 순간, 어딘가 미세하게 이질감이 번졌다.

'왜 하필 지금?'

그녀는 선뜻 답장하지 못했다. 그러나 밤은 길고, 침묵은 길수록 답장에 가까워진다.

수진: 응, 오랜만이네. 너는?

언제 그랬냐는 듯, 가벼운 안부.

사이좋은 친구처럼 일정한 거리를 두고 나눈 대화. 하지만 마음은 흔들렸다. 그녀의 손은 카톡 검색창에 이름을 쓰고 있었다. 프로필이 나타났다.

혀니. 이전과 같은 프로필 사진.

수진은 입술을 다물고, 오래전 그 밤을 떠올렸다. 손끝에서 시작된 감각. 온몸을 휘감았던 그 열기. 파도처럼 덮쳐왔던 그 순간. 몸 안에서 퍼져나가던 정체불명의 떨림. 욕망은 그렇게 조용히, 그러나 선명하게 그녀를 스며들게 했다.

'나는 그런 감각을 느낄 수 있는 사람이었구나.'

그녀는 혀니와 함께한 그 밤을 통해 처음 깨달았다. 내면 깊숙한 곳에서 꺼내 보지도 못했던 감각. 이성 너머의 본능.

그때, 다시 진동. 화면에 나타난 또 다른 메시지. 수진은 무의식적으로 손가락을 움직였다.

그런데—

마치 그 순간, 감각이 역류했다. 알 수 없는 젖은 감촉이 허벅지 안쪽을 타고 흘렀다. 기괴하리만치 명확한 감각이었다. 자신의 몸이 자신보다 먼저 반응한 것처럼. 그녀는 재빨리 핸드폰을 내려놓았다. 마치 그 기계가 자신을 엿보고 있는 것만 같았다. 방 안은 적막했고, 바깥 가로등 불빛이 고요히 떨렸다.

그 순간— 띠링.

'채팅방 관리자가 회원님을 내보냈습니다.'

멍해졌다.

'…뭐?'

방금 전까지도 평범하게 대화하고 있었는데. 갑작스러운 강퇴. 수진은 눈을 크게 떴다.

'내가 뭘 잘못한 거지?'

이유를 모르는 강퇴. 아무런 경고도, 아무런 설명도 없었다.

기혼방에서 그녀는 조심스럽게 활동해 왔다고 믿었다. 물론, 오리와의 관계, 혀니와의 추억이 있었지만 적어도 공개적인 문제는 일으킨 적은 없었다.

그럼 누가, 왜? 운영진에게 따져 물어야 할까. 하지만 그 생각도 오래가지 못했다. '혹시 기미돌방에서의 활동이 알려졌던 걸까. 아니면 누군가가 그녀를 신고한 걸까. 활동이 한동안 저조해서?' 속이 복잡해졌다.

그러나 수진은 끝내 아무에게도 묻지 않았다. 묻는 순간, 감춰두었던 것들이 드러날까 두려웠기 때문이다.

그녀는 기혼방에서 '커피'였고, 기미돌방에서는 '타임'이었다.

두 개의 이름, 두 개의 세계. 하지만 이제, 그 둘 다 소용이 없어졌다. 다시 새로운 방을 찾아야 할까. 아니면, 이쯤에서 정말 끝내야 할까.

그때, 다시 핸드폰 화면이 깜빡였다.

혀니: 누나, 즐거운 톡 하세요.

담담한 한마디.

감정도, 애착도 느껴지지 않는 그 말. 혀니는 수진이 계속 오톡방에 남아 있다고 생각하는 것 같았다. 수진은 그 메시지를 한참 바라보다, 결국 핸드폰을 뒤집어 놓았다.

이제 더 이상 아무 말도 필요 없었다.

14. 일상

————

수진은 저녁상을 차리다 말고 문득 손을 멈췄다.

거실에서 들려온 남편의 목소리가 그 순간, 허공을 갈라 그녀의 귓가를 파고들었다.

"어, 나 다음 주 필리핀 가야 해. 골프 좀 치고 올게."

습관처럼 던지는 무심한 말투. 마치 오래전부터 반복되어 온 일상 처럼 태연했다. 하지만 그 한마디에 수진의 뇌리는 서서히, 그러나 또렷하게 파장을 일으켰다.

필리핀 골프 여행.

언제부턴가 정기적으로 반복된 일정. 늘 거래처 사람들과 함께 간다며 수진에게 미리 이것저것 챙기게 했던 그였다. 그런데 이번엔 아무런 말도, 부탁도 없었다. 모든 준비가 이미 그의 손 안에서 조용히 진행되고 있다는 듯한 기분.

"누구랑 가?"

생각보다 단단한 목소리가 그녀의 입술 사이로 흘러나왔다.

자신도 의외였다. 처음 던져보는 질문이었다.

잠깐, 남편의 말끝이 멈칫했다. 그러고는 금세 미소를 억지로 덧칠한 얼굴로 말했다.

"박 사장."

수진은 입술을 천천히 깨물었다. 묵직한 감정이 이마 뒤편을 뚫고 올라오는 듯했다.

거실에서는 여전히 텔레비전 화면이 흘러가고 있었다.

중학교 2학년인 아들은 무심한 얼굴로 소파에 앉아 화면을 응시했고, 초등학생 딸은 아버지 옆에 바싹 붙어 앉아 있었다.

그 광경은 이상하게도 낯설었다.

마치 남편이 '가면'을 쓰고 있는 사람처럼 보였다. 겉모습은 분명 가족의 일원인데, 그 속은 이질적인 무언가로 가득 차 있는 것처럼.

'박 사장… 여보라고 남편을 부르는 사람.'

알고 있으면서도 모른척해 온 시간들. 이제 그 모른 척이 습관이 되었고, 감정은 무뎌졌다.

이혼이라는 단어는 늘 마음 한구석에 있었지만, 그것은 언제나 현실이라는 단단한 벽 앞에서 무릎 꿇고 말았다.

남편이 떠난 뒤, 두 아이와 어떻게 살아가야 할까. 그 벽은 그녀에게 너무 높고, 너무 차가웠다.

다음 날, 수진은 오랜 친구와 점심 약속을 가졌다. 따뜻한 햇살 아래, 식당 안은 사람들의 웃음소리로 가득했다.

테이블 위에는 음식이 놓였고, 그녀의 입가에도 어색한 웃음이 머물렀다. 하지만 그녀의 손은 계속해서 휴대폰을 만지작거렸다.

의식하지 않아도 손끝은 자연스럽게 그 작은 화면 위를 더듬었다.

오픈채팅방을 떠난 지 벌써 석 달. 그러나 그녀의 감각은 여전히 그곳에 닿아 있었다.

외롭고, 공허하고, 뭔가 모르게 불완전했던 감정들이 다시 되살아났다. 욕망과 허무가 엉켜 있던 그 공간, 그 시간.

밤. 침대에 누운 수진은 어둠 속에서 조용히 휴대폰을 들었다. 화면을 켜고, 조심스럽게 검색창에 이름을 썼다.

혀니. 그의 얼굴이 없는, 풍경화면이 있는 프로필 사진이 떴다.

수진은 눈을 감았다. 어두워진 눈꺼풀 뒤로, 그날 밤의 기억이 스며들었다.

한 겹 한 겹, 마치 살갗을 따라 되살아나는 감각처럼. 그의 손길. 숨결. 체온. 그것은 단지 일탈이 아니었다.

오리와의 끝나지 못한 감정은 혀니에게로 흘러갔고, 혀니는 그녀가 끝내 외면하고 싶었던 내면 깊숙한 욕망의 심연을 건드렸다. 그것은 단순한 설렘이 아니었다.

불쑥 올라온 갈망이었고, 잡아두지 않으면 금세 번져버릴 불같은 욕구였다. 하지만 동시에, 두려움이었다.

그를 향한 마음은 날 것 그대로였고, 너무 진했고, 너무 위험했다.

혀니는 가끔 아무렇지 않게 사진이나 이모티콘을 보냈다. 아름답게 변하는 하늘 사진, 앙증맞은 얼굴을 하고 있는 '밥은?'이라고 묻는 이모티콘.

그녀의 가족 중 누구도 물어본 적 없는 말.

그렇게 사소한 인사 한마디에, 수진은 늘 마음이 흔들렸다.

답장을 쓰고, 지우고, 또 쓰고. 그렇게 수차례 반복했지만, 결국 보내지 못했다.

혁니는 하룻밤의 상대가 아니었다. 그가 불러낸 감정은 설렘이 아니라, 치명적인 소유욕이었다.

이제는 갈망이 아니라, 집착에 가까웠다.

다시 그를 만나게 된다면 그녀는 아마, 스스로를 잃을 것이다. 누군가에게 필연적으로 가해자가 될 것이다. 무너질 것이다.

그 사실이 너무도 분명해서, 그녀는 갑자기 화면을 꺼버렸다. 거의 도망치듯.

다음 날 아침, 수진은 거울 앞에 섰다. 창백한 얼굴, 텅 빈 눈동자.

스스로에게 조용히 말했다.

"난 괜찮아."

말은 조용했지만, 거울 속 눈빛은 단 하나도 믿지 않았다.

15. 입방

남편이 공항으로 떠나는 날, 수진은 더 이상 눌러둔 감정을 다독일 수 없었다. 혀니의 얼굴이 떠올랐다. 그에게 연락하고 싶은 마음이 일었지만, 그에게만은 연락하면 안 된다는 것을, 그녀는 누구보다 잘 알고 있었다. 감정을 억눌러 보았으나, 손은 어느새 핸드폰을 들고 있었다.

혀니의 이름을 검색했다.

프로필이 떠올랐다. 낯익은 화면이었다. 처음 그의 연락처를 받았을 때부터 변하지 않았던 사진. 아름다운 풍경 속 하늘 위를 가르는 새 한 마리.

그는 자유를 갈망하는 걸까? 어디론가 날아가고 싶은 걸까?

수진은 프로필을 닫았다. 손끝에 남은 흔적을 지우듯, 화면을 꺼버렸다.

그리고 혀니의 생각으로부터 도망치듯 검색창을 열었다. '오픈채팅'.

한동안 떠나 있었던 세계. 낯설지 않지만, 섣불리 발을 들이기엔 감정의 경계가 아슬아슬한 공간. 그녀는 처음 기혼방을 검색했다. 화면 속 낯익은 방 이름들이 스쳐 지나갔다. 하지만 손가락이 멈췄다.

'내가 다시 들어가도 될까?'

기혼방에는 철저한 규칙이 있었다. 익명성이 보장되는 듯 보이지만, 한번 내보내진 사람은 다시 받아주지 않는 경우가 많았다. 수진은 과거에 강퇴당한 기억을 떠올렸다. 정확한 이유는 몰랐으나, 관계가 뒤엉킨 후 자연스레 쫓겨난 것이나 다름없었다. 오픈채팅방이 많지만 서로 연결된 사람들이 많다. 혹여 누군가 그녀를 기억한다면, 그 문은 또다시 닫힐 것이었다.

그 생각에 수진은 주저했다. 기혼방은 편안하게 느껴졌던 공간이었지만, 이제는 불안감이 먼저 밀려왔다.

기혼방의 목록을 뒤로하고, 기미돌방을 검색했다.

'이미 한 번 들어갔다 나왔었지…'

그때는 머뭇거리다 제대로 적응해 보기도 전에 겁을 먹고 나왔었다. 하지만 지금은 다르다. 남편은 너무도 자연스럽게 바람을 피우고 있었다. 그런데 왜 자신만 이를 참아야 하는 걸까? 억울함과 허탈함이 가슴을 먹먹하게 짓눌렀다.

가입 절차를 다시 밟았다. 닉네임을 입력하는 화면이 떴다. 기존에 사용한 '커피'와 '타임'은 피하고 싶었다. 새로운 공간, 새로운 이름이 필요했다.

'구름/40/여/기'

그녀는 손가락을 움직여 닉네임을 입력했다. 기혼, 미혼, 돌싱이 섞인 방이니, 기혼을 뜻하는 '기'만 남겼다. 손끝이 맴돌다 천천히 내려앉았다. 마음은 아직 따라오지 못한 채로.

익히 보던 창이 다시 떠올랐다. 익명과 익명들이 서로를 부르고, 실체를 알 수 없는 이들이 화면 너머로 친근한 말들을 주고받는 공간.

안녕하세요. 처음 왔어요.

짧고 간결한 인사를 남겼다. 그리고 반응을 기다렸다.

반가워요! 구름님.

처음 오셨으면 잘 적응하세요!

경계와 환영이 뒤섞인, 익숙한 분위기였다. 수진은 채팅창을 훑었다. 누군가는 가벼운 농담을 주고받았고, 누군가는 깊은 고민을 털어놓았다. 말들은 스크린을 타고 흘렀고, 감정들은 문장 너머로 은근하게 퍼져나갔다.

그 흐름을 조용히 따라가며 인사말을 남겼다.

구름: 날씨가 참 좋네요.

이어지는 댓글.

닉네임이 구름이시네요. 하늘 보는 거 좋아하세요?

상대의 닉네임은 '달달'. 감미롭고 부드러운 이름이었다. 수진은 한동안 화면을 들여다보다가 조심스레 손가락을 움직였다.

네, 가끔 하늘을 보면서 생각을 정리해요.

짧은 대답이었지만, 그 안에는 알 수 없는 감정이 담겨 있었다. 오랜만에 느껴보는 설렘, 그리고 또다시 빠질 수 있는 두려움.

그녀는 화면을 보며 가만히 숨을 골랐다. 새로운 공간, 새로운 대화. 그러나 이곳에서의 인연이 어디로 흘러갈지는 아무도 몰랐다.

16. 토리

　며칠 후, 채팅방에서 벙개가 열렸다. 장소는 한적한 골목에 자리한 유명한 맛집이었다. 대형 술집이나 소란스러운 바가 아닌, 정갈한 음식이 중심이 되는 조용한 분위기의 레스토랑이었다. 참여자는 총 다섯 명. 써니(37/여/미) 운영진, 푸들(39/남/미), 토리(39/여/미), 쏘주(42/남/돌), 그리고 구름(40/여/기)이 모였다.

　수진은 벙개 장소에 도착하며 긴장과 설렘이 교차하는 감정을 느꼈다. 오톡방의 평소 벙개들과는 다르게, 이번 모임은 여성 참여자가 많아 확연히 다른 분위기를 풍겼다. 자연스럽게 술보다 음식에 초점이 맞춰졌고, 서로의 취향을 공유하는 대화가 오갔다.

　"여기 오리 요리가 정말 맛있대요. 와인 종류도 다양하다고 하고요." 써니가 메뉴판을 넘기며 말했다.

　"그럼, 오늘은 음식 위주로 가볼까요?" 토리가 부드럽게 제안했다.

　모두가 고개를 끄덕이며 음식을 주문했다. 대화는 음식과 일상으로 자연스럽게 흐르고, 분위기는 빠르게 편안해졌다. 오리요리가 나오자, 수진은 오톡방에서 처음 만난 오리가 떠올라서 왠지 오리 고기에 손이 가지 않았다.

푸들은 대화 속에서도 은근히 수진을 챙겼다. 가볍게 농담을 건네고, 자주 말을 걸며 자연스러운 관심을 표현했다. 수진은 그런 관심이 싫지 않았다. 하지만 예상치 못했던 것은 토리의 다정함이었다.

토리는 수진과 비슷한 연배였고, 사는 지역도 가까웠다. 그녀는 대화 속에서 수진에게 적극적으로 관심을 보였다.

구름 언니, 저랑 같은 동네시네요? 우연이네요!

그러게요. 생각보다 가까워서 깜짝 놀랐어요. 수진이 미소 지으며 답했다.

그날 벙개는 과음 없이 조용한 분위기에서 마무리되었다. 각자 집으로 돌아가는 길, 토리는 수진에게 개인적으로 메시지를 보냈다.

'집까지 잘 가고 계시죠? 혹시 시간 되면 다음 주에 점심 같이하실래요? 제가 아는 맛집 있는데, 같이 가보고 싶어요.'

수진은 예상치 못한 초대에 조금 흔들리는 자신을 느꼈다. 오픈채팅에서의 관계는 대부분 남녀 간의 긴장감으로 이어지는 경우가 많았다. 그런데 토리와의 관계는 달랐다. 진심이 느껴지는, 편안한 우정 같은 감정이 스며들었다.

그녀는 결국 답장을 보냈다.

'좋아! 연락 줘.'

그 이후, 두 사람은 종종 연락을 주고받았다. 토리는 따뜻하고 세심한 사람이었다. 그녀는 수진이 남편의 외도에 대해 털어놓아도 아무렇지 않게 받아들이며, 진심 어린 공감을 건넸다.

"언니, 솔직히 말해서 그 상황이면 누구나 힘들죠. 너무 참고만 살지 마세요. 가끔은 자기 자신을 위한 시간도 필요해요."

수진은 그런 토리의 말이 위로가 됐다. 오픈채팅방이 단순한 남녀 관계만이 아니라, 이렇게 여성들 간의 유대감도 형성될 수 있다는 점에 안도감을 느꼈다.

어느 날, 토리에게서 또 다른 메시지가 왔다.

'오늘 점심 같이하실래요? 제가 맛있는 곳 찾아놨어요.'

수진은 잠시 고민하다가 답장을 보냈다.

'좋아, 어디서?'

그녀는 남편과의 관계에서 느꼈던 공허함을 채워줄, 새로운 방식의 관계를 발견하고 있었다. 이후 여자들, 그리고 여러 사람과 친목을 유지하며 오톡방에서의 시간이 순식간에 3개월이 지나갔다. 벙개가 있을 때, 자주 벙개에 나가고 사람들과 어울리며 친하게 지냈다.

17. 제부도

수진은 처음으로 1박 2일 벙개에 나섰다. 참여 인원은 총 열셋. 그녀가 익히 알고 있는 이는 토리와 푸들뿐, 나머지 열한 명은 모두 오프모임에서 처음 보는 얼굴들이었다. 참석자들의 닉네임과 얼굴을 일일이 확인하며 기억하기 위해 애썼다.

참석자: 푸들(39/남/미), 토리(39/여/미), 단비(38/여/돌), 여울(42/여/기), 바다(36/남/미), 강풍(41/남/기), 핑크(37/여/돌), 토르(44/남/기), 봄비(40/여/돌), 겨울(39/남/돌), 소리(38/여/돌), 민트(41/남/미), 구름(40/여/기).

설렘과 긴장이 뒤섞인 감정. 처음 겪는 1박 2일의 외박 모임은 수진에게 마치 낯선 세계로 접어드는 통과의례 같았다. 한낮, 제부도의 해산물 전문점에서 모두가 처음 얼굴을 마주했다.

회가 입안에서 사르르 녹자, 수진은 감탄했다.

"역시 바닷가라 그런가 봐요."

"이 집 해물칼국수가 또 별미래요." 토리가 메뉴판을 넘기며 웃었다.

회, 해물칼국수, 바삭한 부침개가 한 상 가득 차려졌다. 처음엔 음식에 집중하던 이들도 차츰 말문을 틔우기 시작했고, 어느새 술잔이 오갔다. 낯섦은 점차 웃음으로 희석되었다.

숙소로 자리를 옮긴 후, 본격적인 친목의 시간이 시작됐다. 넓은 거실에 원형을 그리고 앉은 사람들 사이로 웃음과 농담이 퍼졌다. 카드게임과 소소한 벌칙이 더해지자 유쾌한 기운이 방 안을 가득 메웠다.

"와, 토르 오빠 게임 실력이 장난 아닌데요?" 수진이 놀라듯 말했다.

"그저 운이 좋아서 그래." 토르가 겸손한 미소를 지었다.

한쪽에선 남녀 간 묘한 기류가 흐르기 시작했다. 눈빛이 마주치고, 손끝이 스치고, 말끝이 길어졌다. 수진은 그 장면들을 마치 멀리서 바라보는 관찰자 같았다.

저녁이 되자, 숯불 위 고기가 지글거렸다. 된장찌개가 고소한 냄새를 풍기고, 사람들은 바비큐 옆에서 바삐 움직였다.

"단비, 손끝이 야무지네. 고기를 이렇게 잘 굽다니!" 강풍이 말했다.

"많이 드세요. 이런 건 기본이죠." 단비가 능숙하게 집게를 움직이며 웃었다.

식사 후, 장작불이 피워졌다. 모두가 야외로 나가 불꽃 주위를 둘러앉았다. 불빛이 얼굴을 타고 춤을 추고, 손에는 노릇하게 익은 고

구마가 하나씩 들려 있었다.

"이렇게 앉아 있으니 마음이 편안해지네요." 핑크가 조용히 속삭였다.

수진은 불꽃을 바라보았다. 타오르는 불은 마치 오래 묵은 감정을 태워 보내는 듯했다. 온기가 볼을 감싸며, 그녀는 말없이 숨을 고르듯 가슴을 내쉬었다.

하지만 시간이 흐르자 분위기는 더욱 들떴다. 술이 돌고, 음악이 흐르고, 누군가는 춤을 추기 시작했다. 흥겨운 열기는 한밤중까지 이어졌다.

수진은 술기운이 번지는 걸 느꼈다. 웃음소리는 멀리서 들리는 메아리처럼 아득했다. 그녀의 몸에는 피로가 천천히 스며들고 있었다.

"저 먼저 들어갈게요. 좀 쉬어야겠어요."

"잘 자요!" 누군가 외쳤고, 수진은 조용히 숙소 안으로 들어갔다. 혼자가 되고 싶었다.

화장실에서 씻고, 거울 앞에 선 그녀는 자신의 얼굴을 바라보았다. 피곤함 속에도 평온함이 스며 있었다. 간편한 옷으로 갈아입고 침대에 누웠다. 창밖으로는 아직도 웃음소리와 음악이 들려왔다. 그러나 그녀의 눈꺼풀은 점점 무거워졌다.

다음 날 아침, 숙소는 고요했다. 전날의 열기는 희미해지고, 사람들은 피곤한 얼굴로 하나둘 일어났다.

"머리가 띵하네요. 어제 너무 마셨나 봐요." 민트가 하품을 하며 말했다.

아침 식탁에는 북엇국과 김치, 따뜻한 밥이 준비되어 있었다. 조용히 식사를 마치고, 사람들은 하나둘 짐을 챙기기 시작했다.

"좋은 시간이었어요. 다들 조심히 가세요."

각자의 손에는 연락처가 담긴 핸드폰이 들려 있었고, 작별의 인사가 오갔다. 수진은 가방을 둘러메고 숙소를 천천히 둘러보았다. 짧았지만 긴 1박 2일이었다. 기억 속 어딘가에 남은 얼굴과 아직 익지 않은 이름 사이에서, 그녀는 또 하나의 밤을 마음에 새겼다.

차에 올라탄 수진은 창밖 바다를 바라보았다. 잔잔한 파도가 밀려왔고, 그녀의 마음속에도 조용한 물결이 일렁였다.

18. 점심시간

　수진은 그날 점심시간, 도시의 소음마저 잊은 채 푸들의 초대에 이끌려 그의 집 문 앞에 섰다. 제부도에서의 하룻밤 기억은 흐릿하지만, 푸들과 주고받은 농담과 가벼운 터치, 그리고 그의 따뜻한 눈빛은 아직도 잔잔하게 그녀의 마음을 울리고 있었다. 오늘은 그 미묘한 떨림을 다시 한번 느끼고자, 조심스레 발걸음을 옮겼다.

　푸들의 집은 고층 아파트의 한 유닛이었다. 깔끔하고 세련된 외관이 돋보였고, 문을 열고 들어서자마자 수진의 눈앞에는 마치 한 편의 영화 같은 감각적인 공간이 펼쳐졌다. 내부는 정돈된 분위기 속에서도 푸들만의 취향이 곳곳에 묻어 있었다. 절제된 컬러 톤의 가구들이 조화롭게 배치되어 있었고, 은은하게 퍼지는 우드 향이 공간을 감쌌다. 거실 한편에 자리 잡은 고급스러운 가죽 소파에서는 세련된 분위기가 느껴졌고, 주방 쪽에서 커피빈의 향이 잔잔하게 퍼지고 있었다. 이 모든 것이, 혼자 사는 남자의 깊고 단정한 삶의 흔적을 고스란히 담고 있었다.

수진은 한참을 둘러보며, 공간 곳곳에 스며든 섬세한 디테일에 마음을 빼앗겼다. 벽에는 과거의 추억을 담은 사진들이 걸려 있었고, 창문 너머로 들어오는 부드러운 햇살이 실내를 한층 더 따스하게 물들였다. 특히 주방에서 풍겨오는 신선한 커피 향은 그가 새로 들인 커피머신에서 갓 추출된 듯해 그녀의 감각을 사로잡았다.

그때, 부드러운 발걸음 소리와 함께 푸들이 다가와 미소를 띠며 인사를 건넸다.

"구름 누나, 이쪽으로 오세요.

그의 목소리는 잔잔한 선율처럼 공간을 감싸며, 수진의 마음 깊은 곳까지 스며들었다.

"커피머신 상태를 봐야 한다며 초대한다고 했을 때 농담인 줄 알았는데, 이렇게 진짜 오게 될 줄이야. 그런데 집을 정말 멋지게 꾸며 놨다. 멋지다 정말."

수진의 말에 푸들은 커피잔을 조심스레 건네며, "누나가 추천해준 커피머신 덕분에 집안 가득 퍼진 이 커피 향이 오늘을 더욱 뜻깊게 만들어주네요."라고 답하며, 두 사람의 대화는 서서히 커피 한 잔의 여운처럼 깊어져 갔다.

소파에 둘러앉은 채, 그들은 잔잔한 대화를 나누며 서로의 이야기에 귀 기울였다. 창가에 놓인 작은 테이블 위에는 따뜻한 커피가 담긴 잔이 놓여 있었고, 수진은 한 모금씩 음미하며 그 향과 맛에 취해 갔다. "여기 있는 모든 것이 마치 한 편의 시 같다. 벽에 걸린 사진, 음악 소리, 그리고 이 커피 향까지… 모든 게 너만의 이야기를 해주는 것 같아. 난 남자 혼자 사는 집이 이렇게 깨끗하고 좋다는 게 놀라울 뿐이야. 집이 너무 아늑하고 좋다."

푸들은 수진의 눈을 바라보며, "구름 누나? 집은 저에게 삶의 한 조각이에요. 혼자 살다 보니 작은 디테일 하나하나가 소중하게 느껴져요. 오늘 이 시간도, 오랫동안 잊지 못할 추억이 될 것 같아요." 라며 담담히 속삭였다. "초대해줘서 내가 고맙지. 정말 집이 아늑하고 좋다."

잠시 후, 푸들은 부드러운 손길로 수진의 손을 살며시 감싸며 이어갔다.

"누나가 제집이 좋다니 기분이 좋네요."

"이렇게 완벽한 집에 여자만 들어오면 될 것 같은데? 푸들은 왜 아직 결혼 안 했어?"

"음…. 글쎄요. 인연을 못 만난 거겠죠."

"들어오는 사람은 로또겠다."

"로또요?"

"어. 너무 멋져, 집이."

"그럼, 누나가 가끔 와줘요."

"어? 내가?"

장난스럽게 대답하는 수진의 표정과 달리, 진지하게 바뀐 표정으로 푸들이 말했다.

"네. 장난 아니고 진짜예요."

"가끔 와줄래요?"

수진은 푸들의 진심 어린 눈빛에 잠시 머뭇거렸지만, 조용히 고개를 끄덕였다.

"어? 이거 낙장불입이에요."

두 사람은 커피의 쓴맛과 단맛이 어우러지듯, 서서히 마음의 거리를 좁혀갔다. 집안 곳곳에서 느껴지는 남성적이면서도 감성적인 향수의 자취, 그리고 오랜 시간을 함께해온 듯한 소품들이 그들의 대화를 더욱 풍성하게 만들어주었다. 푸들의 집은 단순한 거실을 넘어, 그의 삶과 감정이 고스란히 스며 있는 작은 세계였다. 한쪽 선반 위의 블루투스 스피커에서는 은은한 가요가 흘러나왔고, 그 리듬은 두 사람의 심장을 잔잔히 두드렸다.

"누나라고, 부르기 싫은데, 닉네임 말고 이름 알려주면 안 돼요?"

"아…. 내 이름, 오수진이야."

"수진. 오.수.진. 이름이 예쁘네요."

"몇 월생이에요?"

"10월."

"앗, 10월이군요, 가을에 태어나서 닉네임을 구름으로 한 건가? 아, 누나는 혹시 자신의 가장 큰 매력이 뭐라고 생각해요?"

"어? 나 무슨 매력?"

"자신의 매력을 몰라요?"

"나는 내 매력을 잘 모르지, 그런 건 원래 타인이 더 잘 아는 거 아닌가?"

"말해줘요?"

"어, 궁금해."

"음… 향기."

"어? 진짜? 나 오늘 향수도 안 뿌렸는데?"

"아니, 수진의 체취, 살짝 불어오는 바람에 전해지는 너만의 향기."

"너? 맞먹네?"

"하하하 어. 너. 한 살 차이고, 생일로 하면, 우리 겨우 4개월 차이인데 맞먹으면 안 되나?"

"넌 그럼 2월생이야?"

"어."

"부탁이 있어? 들어주면 좋겠는데."

"뭐?"

"맡아보고 싶어, 가까이서."

난처해하는 수진의 어깨에 푸들이 고개를 기대었다. 수진은 자신이 떨리는 것을 느꼈다. 수진의 떨림과 푸들의 떨림이 함께 느껴졌다. 푸들이 고개를 돌리자, 수진과 푸들은 입을 맞추었다. 그 순간, 수진은 자신도 모르게 눈을 감고, 푸들의 부드러운 손길과 담담한 음성에 몸을 맡겼다. 실내를 감도는 커피 향과 남성적 향수의 조화는 그들의 감각을 더욱 자극하며 점점 더 가까워지게 했다.

마치 오랜 시간 동안 서로를 기다려온 듯, 두 사람은 어느새 잔잔한 대화에서 격정의 몸짓으로 넘어갔다. 푸들의 손바닥이 수진의 가슴을 만지자, 미세한 떨림이 그녀의 온기를 더해갔다. 점심시간의 한가운데서, 푸들의 집은 두 사람의 감정이 만들어내는 은밀한 무대가 되었다. 커피잔의 마지막 한 모금이 식탁 위에 놓인 채, 그들은 서로의 눈동자 속에 담긴 미소와 떨림을 온전히 느꼈다. 소파 위에서 두 사람이 하나가 되어 뜨겁고도 진한 키스는 서로의 속살을 탐색하며 그 열기가 더해갔다.

몸을 일으킨 푸들이 수진의 손을 잡고 방으로 들어갔다. 그리고 둘은 침대에 몸을 눕혔다.

"잠깐, 너 이름이 뭐라고 했지?"

"수진, 호진, 이름이 우리 가족 같다. 난 최호진이야."

호진, 최.호.진. 수진은 호진의 이름을 되뇌면서 마치 호진을 모두 안 것처럼 안도감을 느꼈다.

집 안 구석구석에 깃든 향기와 따스한 빛, 그들의 모든 순간을 더욱 아름답고 진하게 기록해 주는 듯했다. 시간이 흐르면서, 그들은 서로의 존재 속에 깊이 빠져들었고, 말없이 서로의 온기를 확인하는 접촉이 이어졌다. 옷자락이 흩어지고, 서로의 체온이 점점 높아졌다. 수진은 과거의 상처와 두려움을 떨쳐내고 싶었다. 호진과의 관계에서는 죄책감을 느낄 필요가 없었다. 그녀는 다시는 만날 수 없을지도 모를, 처음이자 마지막으로 느꼈던 전율의 순간을 되찾고 싶었다.

점심시간 한가운데서, 두 사람은 서로가 다시 없을 일반적인 연인처럼 '자기'라는 호칭을 쓰며 서로를 받아들였다. 그 순간, 호진의 집은 단순한 공간이 아니었다. 감정과 욕망이 뒤섞이고, 커피 향과 낮은 음악 소리, 은은한 햇살이 그들의 온기를 감싸안았다. 포근하게 끝이 난 섹스. 그러나 수진의 몸 어딘가엔 채워지지 않은 갈증이 남아 있었다. 불길처럼 타오르다 잦아드는 열기, 그녀는 그 미묘한 공허함을 느꼈다.

호진은 숨을 고르며 수진을 품에 안았다. 방 안은 고요했고, 뜨거웠던 순간이 남긴 잔열은 점차 희미해지고 있었다. 그의 피부에서 느껴지는 열기가 점점 식어가는 것을 수진은 무의식적으로 인지했다. 그리고 그 순간, 호진이 나지막이 속삭였다.

"수진아, 나 사실 제부도에서 네가 하는 말만 신경 쓰였어."

그의 목소리는 낮고 부드러웠다.

"그럼, 커피머신은 핑계였나?"

"사고 싶기도 했고… 나도 잘 모르겠어."

"다만, 뭐라도 구실이 필요했어. 너한테 계속 말을 걸고 싶었거든."

잠시 멈춘 그의 눈빛이 수진을 깊게 바라봤다.

"사람 마음이 그렇잖아. 괜히 뭔가 말 걸어 보려고 물어보고… 그게 다… 너랑 얘기하고 싶어서였어. 뭐라도 계기가 필요했거든. 우리 사이가… 그냥 아무렇지 않게 다가가긴 어려운 상황이잖아."

호진은 계속 수진에게 말을 이었다. 그러나 수진의 귓가를 스칠 뿐, 그녀의 마음에는 닿지 않았다.

수진은 호진의 팔베개를 한 채 누워있었다. 그러나 그의 온기 속에서도 그녀의 머릿속을 가득 채운 것은 전혀 다른 장면이었다.

혀니.

그의 거친 숨소리, 뜨겁게 그녀의 몸을 훑던 손길. 단순한 스침이 아니었다. 온몸을 휘감던 강렬한 열기. 그의 손이 지나가는 자리마다 피가 끓어오르던 순간. 의식이 아득해질 만큼, 자신도 통제할 수 없는 감각 속에서 무너졌던 기억.

그때의 쾌락이 떠오르는 순간, 수진의 심장이 다시 빠르게 뛰었다. 지금, 호진과 함께 있는 이 순간에도 그녀의 몸은 혀니를 떠올리고 있었다. 하지만 그 기억은 너무도 선명한 동시에, 손가락 사이로 흩어지는 모래알처럼 허무했다. 그때의 환희는 위험하고 무섭도록 강렬해서 그녀가 가까이 갔다가는 그녀를 소멸시킬 것 같았다.

수진은 눈을 감았다.

현실과 기억, 열기와 공허함이 뒤섞이며 그녀의 마음속에서 부딪쳤다.

19. 운영진

수진은 평소처럼 톡방에 들어갔다. 변함없이 떠 있는 닉네임들 속에서, 그녀의 일상은 늘 같은 자리에 머물렀다. 그런데 갑자기 울린 알림이 심장을 덜컥 내려앉게 했다. 운영진인 캡틴과 써니가 있는 방으로 따로 부른 것이다. 순간 불길한 예감이 엄습했다.

〈운영진 채팅방〉

[캡틴] 혹시 방에서 썸 타는 사람 있어?

수진은 말문이 막혔다. 무슨 의도인지 감이 잡히지 않았다.

[구름] 그런 걸 꼭 말해야 하나요? 개인적인 일이잖아요.

[캡틴] 썸을 탄 게 문제가 아니라 제부도 1박 벙에서 무슨 일 없었어? 남자들을 유혹하거나, 속옷 차림으로 돌아다녔다는 이야기가 있어.

순간, 수진은 온몸이 얼어붙었다. 말도 안 되는 이야기였다.

[구름] 제가 그런 행동을 했다면, 그 자리에 있던 사람들이 가만히

있었겠어요? 다들 봤을 텐데요?

[써니] 우리는 그냥 소문을 들었을 뿐이에요. 사실인지 아닌지 확인하고 있는 거고.

[캡틴] 맞아. 확인 차원이야. 괜한 오해로 문제 생기면 곤란하니까.

[구름] 뜬소문이면, 그걸로 사람을 몰아세우면 안 되잖아요.

[캡틴] 썸을 타든 연애를 하든 상관없어. 근데 방에서 소란을 일으키는 건 용납 못 해.

수진은 더 이상 아무 말도 할 수 없었다. 이미 판단은 내려진 것 같았다.

그렇게 밤이 지나고, 또 하루가 지나고, 아침.

수진은 더 충격적인 사실을 알게 되었다. 늘 '언니, 언니' 하며 다정하게 따르던 토리가 이 모든 소문의 중심이었다는 점이다. 믿을 수 없었다. 배신감이 뼛속까지 스며들었다.

'왜? 무엇을 위해?'

순간, 의심이 들었다. '혹시 토리와 푸들 사이에 무슨 일이 있었던 걸까?' 수진은 직접 푸들에게 확인했다. 그러나 푸들은 오히려 황당하다는 듯 웃어넘겼다.

"토리와 친하긴? 다들 그냥 비슷비슷하지."

순간, 가슴을 짓누르는 감정이 밀려왔다. 그래도 확인해야 했다. 수진은 조심스럽게 다시 물었다.

"혹시… 토리랑 뭔가 있었던 거야?"

그러자 푸들은 장난스럽게 대꾸했다.

"나는 토리처럼 억세게 생기고, 뚱뚱한 사람은 좋아하지 않아. 내 눈을 어떻게 보는 거야?"

그 말이 끝나는 순간, 수진은 마치 차가운 벽에 부딪힌 듯한 기분이 들었다. 장난처럼 내뱉었지만, 그 안에 깔린 의미는 뚜렷했다. 가벼운 웃음 속에 스며든 조롱과 경멸. 그녀는 확신했다.

토리는 질투했거나, 오해했거나, 혹은 전혀 엉뚱한 이유로 그녀를 모함한 것이었다.

그러나 더 큰 문제는 그다음이었다.

오해를 풀고 싶었다. 하지만 제부도에서 함께했던 사람들 중에는 이미 단톡방을 나간 이들도 많았고, 남아 있는 몇몇과도 모두 개인 연락처가 있는 것은 아니었다. 무엇보다 가장 큰 문제는, 이런 민감한 이야기를 단톡방에서 꺼낼 수 없다는 점이었다. 운영진인 캡틴과 써니는 공론화를 꺼렸고, 시시비비를 따지기보다는 조용히 지나가길 바라는 태도였다.

수진이 할 수 있는 일은, 푸들에게 개인적으로 자신의 입장을 조심스럽게 털어놓는 것이 전부였다. 그가 제부도 1박 병에 함께했던 만큼 증인이 되어주길 바라는 마음도 있었지만, 둘 사이의 일이 공론화될까 두려워 끝내 나설 수 없었다.

음해와 침묵은 보이지 않는 벽이 되어 그녀를 가두었다. 소외감과 분노, 억울함이 한꺼번에 몰려왔다. 그리고 마침내, 네 명이 함께 대화하는 순간이 다가왔다.

카톡방에서 논란이 커지자, 운영진이 문제를 해결하겠다며 수진과 토리, 캡틴과 써니, 네 사람이 통화하는 자리를 만들었다. 수진은 밤 9시에 자신의 방에 혼자만 있다는 것이 다행이라고 생각했다.

써니가 회의를 주도했고, 캡틴이 거들었다. 토리는 별말 없이 대화를 기다렸다. 그러나 이야기가 이어질수록, 수진은 점점 표정이 굳어졌다. 없는 말을 사실처럼 조작하는 태도, 근거 없는 억측.

분노와 수치심이 치밀었다.

수진이 단호하게 말했다.

"전혀 근거 없는 말입니다. 누가 그런 소문을 퍼뜨렸나요?"

그러자, 토리는 돌변했다.

"다리를 다 드러내 놓고 거의 옷을 벗고 있었잖아요?"

"무슨 말이죠? 나는 제부도에서 여자방에 먼저 들어가서 잠든 것뿐이 없어요. 편안한 옷을 입고 있었고, 그 옷은 그저 평범한 잠옷이었어요. 그리고 잠옷을 입고 문밖으로 나온 적이 없어요."

신랄한 독설이 쏟아졌다.

"당신 같은 사람은 모두에게 실체가 알려져야 해. 기혼인 주제에 남자들을 유혹하고, 지가 무슨 공주인 줄 알고, 그들을 자기 소유물처럼 다뤘어. 그리고 여자들도 무시했지. 이런 사람은 지역사회에서도 매장돼야 해!"

순간, 기억이 흩날리는 먼지처럼 사라졌다.

단순한 비난이 아니었다. 인격을 짓밟는 수준의 공격.

가슴이 쿵, 내려앉았다. 토리의 말은 마치 날카로운 칼이 되어 가슴 깊숙이 파고들었다.

수진은 겨우 입을 열었다. 목소리는 낮고, 건조했다.

"남자들이라면 누굴 말하는 거죠? 제가 누구를 유혹했나요? 여자를 언제 무시했단 거죠? 혹시라도 제가 이곳에서 사람을 만났더라도, 서로 동의하에 만난 것이라면, 그것이 이렇게 마녀사냥을 당해야 하는 이유가 되나요?"

그러나 가장 큰 상처는 운영진의 태도였다.

"우리는 중립을 지켜야 해."

허울뿐인 말이었다. 중립을 가장했지만, 실상은 방관에 불과했다. 그들은 수진을 벼랑 끝으로 몰아가고 있었다. 수진은 혹시라도 푸들의 닉네임이 거론된다면, 그 부분에 대해서는 수긍할 생각이었다. 그러나 그 누구도 푸들에 대한 언급은 없었다. 다만 수진에게 따라오는 뒷말과 전혀 있지도 않았던 일이 마치 기정사실인 양 비난하며 거듭 거론되었다.

수진은 입술을 깨물었다.

"사실관계를 반드시 확인하고, 이 오해를 풀었으면 좋겠습니다. 저는 이 방에서 문란하게 행동한 게 없고, 제부도에서 속옷 차림으로 돌아다닌 적도 없습니다. 누구를 유혹하거나, 여성들을 무시한 일도 없었습니다."

그녀의 말은 단호했지만, 아무도 선뜻 답하지 않았다.

전화를 귀에 댄 채, 그녀는 정적 속에 홀로 남겨졌다.

20. 강퇴

———

토리의 터무니없는 고발로 시작된 사자 간의 통화는 수진에게 마치 재판을 받는 듯한 기분을 안겨주었다.

누구도 그녀의 편은 아니었다. 캡틴은 중립적인 태도를 가장했지만, 은근히 그녀를 몰아세웠고, 써니는 무관심한 척 한결같이 기계적으로 말을 이어갔다. 그리고 토리는 처음부터 끝까지 수진을 모함했다.

네 명의 통화가 끝나고 캡틴과 써니와 수진만 남은 방에서 질문이 이어졌다.

"다시 한번 확인할게. 네가 정말 그런 행동을 안 했다고?" 캡틴이 물었다.

수진은 숨을 깊게 들이마셨다. 억울함을 말해야 했다. 하지만 메시지는 간결했다.

"그런 적 없어요."

캡틴과 써니는 수진에게 진상규명을 원하는 게 아니라, 마치 형량을 선고하는 집행관 같았다. 이미 결정이 내려진 상태에서 진행되는 의식처럼, 수진의 말은 허공에 흩어지는 메아리 같았다. 아무도 듣지 않았고, 아무도 반응하지 않았다.

그리고 한 시간쯤 지났을 무렵, 카톡이 왔다.

'운영진 회의 결과, 수진 너는 방에서 나가는 게 좋겠어. 강퇴당하는 것보다는 네가 스스로 나가는 게 낫잖아. 조용히 나가 줘. 그리고 다른 사람들에게는 아무런 인사도 하지 마. 더 시끄러워지는 건 우리도 용납할 수 없어.'

차가운 통보였다. 마지막까지 그들은 수진에게 어떠한 해명도 허락하지 않았다. 오랫동안 머물던 방, 많은 시간과 감정을 나눴던 곳. 하지만 떠나는 순간은 너무도 간단했다.

수진은 화면을 바라보았다.

'채팅방을 나가시겠어요? 대화내용이 모두 삭제되고, 복원이 불가능합니다.'

잠시 손끝이 머뭇거렸지만, 그녀는 조용히 '나가기'를 눌렀다.

카톡방이 사라졌다. 오랫동안 머물던 곳, 많은 시간과 감정을 나눴던 공간. 하지만 떠나는 순간은 너무도 간단했다. 한 번의 터치. 그리고 끝.

그러나 끝난 것이 아니었다.

방을 나가자마자 개인톡이 쏟아졌다.

"갑자기 왜 나갔어요?"

"무슨 일 있었어?"

"방 나갔어?"

"무슨 일이야? 너 나가고 이상한 공지가 떴어."

"누가 뭐라 했어요? 얘기 좀 해봐요."

어떤 이들은 전화를 걸어왔다. 화면이 반짝일 때마다 그녀의 심장은 움츠러들었다. 이 모든 연락이 단순한 호기심인지, 아니면 진짜 걱정인지조차 알 수 없었다. 한동안 알고 지낸 사람들이지만, 누구도 믿을 수 없었다.

그들의 말 한마디, 표정 하나, 무심이 던진 농담들까지. 그 모든 것들이 삐걱거리며 무너져 내리고 있었다.

그녀는 푸들을 떠올렸다. 혹시나 하는 마음에 메시지를 보냈다.

"푸들, 혹시… 토리랑 너 사이에 무슨 감정이라도 있었던 거야?"

잠시 후, 짧은 답장이 왔다.

"아니. 그런 거 없어. 나는 수진 너랑 있었던 일도, 우리 사이의 감정도 방에서 누구한테도 말한 적 없어."

그의 답변은 담담했지만, 그 안에 담긴 피로가 느껴졌다.

"나는 미혼이니까 더 조심했어. 나 진짜 아무 말도 한 적 없어."

그녀는 더 이상 무엇을 믿어야 할지 알 수 없었다.

이 모든 일이 터진 이유는 대체 무엇이었을까? 그저 소문 하나로, 한순간에 이렇게까지 무너질 수 있는 걸까?

불쾌함을 넘어, 깊은 배신감과 혐오감이 밀려왔다.

믿었던 관계들이 너무 쉽게 부서졌다. 애초에 믿을 만한 것이 아니었던 걸까. 오톡방에서 나눈 이야기들, 사람들과 쌓아왔던 관계들. 그것들이 얼마나 무가치한 것이었는지, 그녀는 절실히 깨닫고 있었다.

수진은 휴대전화를 들고, 연락처 목록을 열었다.

한때 소중했던 이름들. 그러나 이제 더 이상 의미 없는 존재들.

손가락이 한 번 스칠 때마다, 그녀의 기억 속에서 사람들의 흔적이 조금씩 지워져 갔다.

마지막으로 혁니의 이름이 화면에 남았다.

그녀는 잠시 그 이름을 바라보았다. 혁니와의 밤. 그 뜨거웠던 순간들. 그러나 그 순간조차도, 이제는 남아 있는 의미가 무엇일까.

호흡을 가다듬고 숨을 들이마셨다. 그리고 화면을 내렸다.

그녀는 창밖을 바라보았다. 흐린 하늘, 희미한 바람. 나뭇가지가 흔들렸고, 어디선가 바람이 불어왔다.

찬 공기가 피부를 스치고 지나갔다.

마치 지금껏 그녀가 붙잡고 있던 모든 것들이 바람처럼 사라지는 것 같았다.

어쩌면, 애초부터 붙잡을 수 없는 것들이었는지도 모른다.

이제는 어디에도 의지하지 않기로 했다.

그녀는 눈을 감았다. 그리고 다시 눈을 떴을 때, 손에서 휴대전화를 놓았다.

바람이 창문을 흔들며 지나갔다.

그 바람 속에서, 수진은 이제야 진짜로 자유로워진 듯한 기분이 들었다.

Chapter Close:
다시 거울 앞에 서다

세상의 모든 이야기는 결국 바람 속으로 스며든다.

이야기가 끝난 자리에는 언제나 바람이 지나간다.

그리고 바람이 지나간 자리에, 수진은 홀로 서 있었다.

사람은 누구나 스쳐 지나간 관계 속에서 흔들리고, 잠시 머물렀던 감정에 젖는다.

때로는 우연처럼 시작된 메시지가 인생의 한 단락을 바꿔놓기도 한다.

수진에게 오톡방은 그런 공간이었다.

처음엔 이름도 얼굴도 알지 못한 사람들이었지만, 그들은 그녀의 마음을 흔들었고, 욕망을 깨웠고, 삶의 균열을 직면하게 했다.

그녀는 어쩌면 사랑을 했을지도 모른다. 욕망을 쏟아냈을 수도 있다. 그러나 그 모든 순간은 결국 외로움으로부터 스스로를 지켜내기 위한 처절한 몸짓이었는지도 모른다. 세상은 늘 이해보다 규칙을 앞세우고, 감정보다 도덕의 잣대를 들이밀었다. 그녀의 발걸음은 언제나 경계와 혼란의 가장자리를 조용히 헤매고 있었다.

그렇게 그녀는 밀려났고, 끝내 벗어났다.

그러나 그것은 실패나 패배가 아니다.

모든 소란과 혐오의 잔해를 뒤로한 채, 그녀는 자신의 자리로 돌아왔고, 자신의 외로움과 대면했다.

고요는 상처 입은 자에게 마지막으로 남겨지는 따뜻한 숨결이었고, 침묵은 각자 개인을 지키기 위한 단단한 방패였다.

그날, 수진이 마지막으로 휴대폰을 내려놓았을 때, 그녀는 비로소 자유로워졌다.

철저하게 개인적인 사람들. 손 내밀지도, 붙잡지도 않는 그런 공간에서 수진은 무엇을 원했던 걸까?

그녀가 그토록 원했던 관계는 너무나도 깨지기 쉬운 유리 같았다. 가벼운 말 한마디, 근거 없는 소문 하나에도 산산이 부서지고, 흔적도 없이 사라지는.

한때는 그 안에서 웃고 울었고, 누군가의 다정한 말에 밤잠을 설쳤지만, 돌아보면 그 모든 건 허상이었다. 그녀는 결국 꿈에서 깨어났다.

현실은 여전히 그대로다. 외도하는 남편, 이제는 엄마의 손길이 불편한 자녀들, 그리고 여전히 혼자인 자신.

그러나 수진은 휴대폰을 내려놓고 처음으로 알게 되었다. 자신이 얼마나 허망한 것들에 매달려 있었는지, 그 허상들에 어떻게 매료

되어 있었는지를.

　그리고 이제는 굳이 어디에도 속하지 않아도, 굳이 누구에게 해명하지 않아도 되는 삶의 가벼움을 느꼈다.

　자유는 무언가를 얻는 데서 오는 것이 아니라, 더 이상 바라지 않게 되었을 때 조용히 찾아오는 것인지도 모른다.

마흔둘, 현수

현수는 마흔둘이 되던 해, 이혼남이 되었다.

별다른 이유도 없었다. 수연은 아무렇지 않게 말했다.

"이혼하자."

단호한 그녀는 그 어떤 협의도, 싸움도 걸어오지 않았다.

몇 개월 후 법원에 같이 갔다. 그리고 그날, 그녀는 떠났다.

아이도 없었고, 싸움도 없었고, 변명도 없었다.

그저, 평범한 결혼의 끝이었다.

직장에서는 정해진 수순대로 승진했고,

삶은 늘 정해진 틀 안에 있었다.

흔들림도 없고, 반전도 없고, 감정도 없이.

그는 그게 '안정'이라 믿었다.

그런데 그게 이렇게 허무한 거였을 줄은 몰랐다.

술이 하루를 버티게 해줬다.

그리고 한동안 연락이 뜸했던 이혼한 친구를 만났다.

침묵의 파편

마흔둘.

어느덧 그렇게 시간이 흘러 있었다.

처음엔 '서른 넘어도 아직 꽃피는 시기'라며 우겼지만, 요즘은 그런 말조차 입 밖으로 꺼내지 않았다. 주말에 늦잠을 자고 일어나면 허리가 뻐근했고, 밤 10시가 넘으면 눈이 저절로 감겼다.

체력보다 더 먼저 달라진 건 마음이었다. 예전엔 별일 아닌 것에도 흥분하고, 웃고, 화냈는데 이젠 그저 무던해졌다. 삶이란 대체로 그런 거라고, 슬며시 받아들이게 되는 나이였다.

현수는 스스로를 '무난한 사람'이라 여겼다. 그는 원래부터 조용한 사람이었다. 무리하지 않고, 튀지 않고, 감정 기복도 적은 편이었다. 회식 자리에선 적당히 술잔을 돌리고, 직장에서는 맡은 일만 깔끔히 해내는 그런 사람.

그런 그가 수연을 만난 건 27살 때였다. 친구의 소개로 처음 만난 수연은 자신과는 정반대의 사람이었다. 활발하고, 또렷한 말투를 가졌고, 때로는 거침이 없을 만큼 솔직한 사람이었다. 처음엔 그 점이 낯설었지만, 이상하게도 그 솔직함이 좋았다. 가식 없이 말하는 사람, 생각을 숨기지 않는 사람.

현수는 수연의 그런 면에 점점 끌려갔다.

연애는 5년이나 이어졌다.

결혼 이야기가 나올 때쯤엔 주변에서 다들 "이제, 그만 결혼해라."고 말할 정도였다.

둘 다 안정된 직장이 있었고, 서로에 대한 믿음도 충분했다. 결혼은 자연스러운 수순처럼 여겨졌다. 김현수, 김수연 둘의 이름은 천생연분처럼 닮아 있었고, 그들의 결혼은 영혼의 단짝이 합쳐지는 의식 같았다. 반대도, 특별한 반전도 없었다. 그냥, 그렇게 둘은 결혼했다.

결혼 생활은 평온했다. 크게 싸우지도 않았고, 특별히 애틋한 일도, 어긋나는 일도 없었다. 바쁘게 살아가는 일상 속에서 서로의 존재는 '함께 있는 것이 당연한 사람'으로 변해갔다. 주말 아침에는 늦잠을 자고, 일요일 저녁엔 함께 장을 보고, 가끔 영화 한 편을 보고 돌아오는 길에 아이스크림을 사 먹었다.

그렇게 큰 사건 없이 흐르는 날들이었다.

아이 이야기는 몇 번 나왔다. 현수는 아이가 있었으면 좋겠다고 생각했지만, 수연은 조금 달랐다. 물론 싫다거나 거부한 건 아니었다. 다만 현실적인 이야기들이 더 많았다.

"지금 우리 둘 다 일하는데, 누가 봐줄 수 있을까?"

"친정 부모님, 시부모님 모두 지방에 계시잖아. 맡길 데가 없어."

"나 지금 일 그만두기엔 너무 아깝고…."

그녀 말 대로였다. 현수도 무작정 아이를 가지자고 말할 수는 없었다. 지금의 삶에 아이가 생기면, 분명 많은 것이 바뀔 테니까. 그리고 무엇보다, 둘 다 그 변화를 감당할 준비가 되어 있지 않았다. 그래서 아이는 결국 갖지 않았다.

그저 그렇게 일상은 반복됐다.

각자의 일터에서 열심히 일하고, 저녁엔 늦게 돌아오고, 가끔은 따로 약속을 잡기도 했다. 수연이 늦게 들어오는 날이 잦아졌지만, 현수는 신경 쓰지 않았다. 자신도 종종 늦게 들어왔고, 친구들과 술 한잔하는 날이 많았으니까. 무언가 불편함을 느낄 만큼 특별한 일은 없었다. 그저, '원래 이런 거지' 하는 마음이었다.

최근엔 혼자 맥주를 마시며 넷플릭스를 틀어놓는 일이 많아졌다. 소파에 몸을 기댄 채, 화면을 바라보다 깜빡 잠들기도 했다.

현수는 그런 저녁들이 싫지 않았다. 조용하고, 번잡하지 않고, 편안했다. 삶은 그렇게 흘러가고 있었다.

뭔가 큰 기쁨도, 큰 슬픔도 없이.

마치 바람 한 점 없는 호수처럼.

잔잔하고, 별다를 것 없는 그런 하루하루였다.

그는 그게 나쁘지 않다고 생각했다.

그리고 앞으로도 계속 그렇게 살아갈 거라 믿고 있었다.

아무 일도 일어나지 않는 하루, 그 하루가 평온하다고 여겼던 어느 날까지는.

마흔둘, 현수

1. 이혼

아직도 한낮은 더웠지만, 풍경은 달라지고 있었다. 나뭇잎 색이 서서히 변해가고, 도시는 더 이상 한여름의 열기를 품고 있지 않았다.

현수는 시계를 보았다. 저녁 6시. 오랜만에 고등학교 때부터 친구였던 기성을 만나기로 한 날이었다.

시간이 어떻게 흘러갔는지 기억도 흐릿했다.

3월 1일, 아내 수연이 갑자기 이혼을 요구했을 때, 현수는 어떤 말도 하지 못했다. 물론 사이가 소원해진 건 알고 있었다. 하지만 이혼을 생각한 적은 없었다.

심각한 다툼이 있었던 것도 아니었다. 그는 이유를 물었지만, 수연은 짧게 말했다.

"이대로 살 수는 없어."

계속된 질문에도 돌아온 답은 단 하나였다.

"지쳤어."

그 이후, 현수는 몇 날 며칠을 아무 말도 하지 못했다.

그러나 수연은 간간히 딱 한마디만 했다.

"이혼해 줘."

그렇게 3주가 흘렀다.

그리고 일요일 아침 10시, 침대에서 눈을 뜬 현수에게 수연이 다시 말했다.

"이혼하자."

현수는 더 이상 묻지 않았다.

"알겠어."

월요일 오전, 회의를 마치고 업무에 정신이 팔려있을 시간인 11시 40분이 되자, 수연에게 문자가 왔다.

'준비되면 연락해. 엄마네 집에는 안 갈 거야. 엄마에게는 이혼한 후에 말씀드릴 거야.'

퇴근 후, 집에 도착한 현수는 수연이 없다는 것을 확인했다.

옷장을 열어보니, 수연의 옷이 있던 자리가 텅 비어 있었다. 해외여행 갈 때 쓰던 가방 두 개도 사라졌다. 녀가 어디로 갔는지 알 수 없었다.

전화를 걸었지만 받지 않았다. 잠시 후, 문자가 왔다.

'일정 잡아서 법원에서 보자.'

현수는 답장을 하려다 멈췄다.

그녀는 이미 마음을 정리하고 떠났다.

한 달 후, 협의 이혼을 위해 법원에서 다시 만난 수연은 예전과 달리 평온해 보였다. 현수는 한 달 동안 술을 퍼마셨고, 거칠어진 얼굴로 나타났다. 반면, 수연은 오히려 더 단정하고 차분해 보였다. 아이도 없었기에 절차는 간단했다. 서류를 받은 뒤, 별다른 인사 없이 헤어졌다.

그게 끝이었다. 법원을 나와 멀어지는 뒷모습을 바라보며 현수는 묘한 감정을 느꼈다.

'수연의 얼굴이 좋아 보인다. 너무 좋아 보인다.'

10년간의 결혼 생활이 허무하게 끝나버렸다. 그 후 두 달이 어떻게 흘렀는지 기억도 없었다.

기성과 단둘이 약속을 잡은 건 5년도 넘었다. 기성이 이혼한 뒤로는 이렇게 따로 만난 적이 없었다. 그런데 이상하게도, 이혼 후 가장 먼저 떠오른 사람은 기성이었다.

현수는 그에게 이혼 소식을 전했다.

기성은 예상했던 반응을 보였다.

"왜 했냐?"

그러나 현수는 '왜?'라는 말에 대답할 수 없었다.

진지한 대화가 오가는 동안, 기성은 계속 핸드폰을 들여다보며 실실 웃고 있었다.

"왜는 무슨, 너는 왜 이렇게 실실거려? 내가 이혼한 게 좋냐?"

현수가 짜증 섞인 목소리로 묻자, 기성은 대수롭지 않다는 듯 말했다.

"잘됐다. 너도 이제 들어와."

"어딜?"

기성은 기다렸다는 듯이 핸드폰을 들이밀었다.

"오픈 채팅방. 너도 들어와라."

"무슨 채팅방?"

"그냥 사람들하고 어울리는 거야. 혼자 술 마시는 것보다 낫지. 여기서 놀면 외롭지도 않고, 사람도 많아."

기성은 흥분된 목소리로 설명을 이어갔다.

"빨리 내가 보낸 링크 클릭해."

현수는 마지못해 핸드폰을 열었다.

그리고 화면을 터치했다.

그 순간, 채팅방에서 말을 걸어왔다.

어서 오세요.

하트 눌러주세요.

현수: (핸드폰 메시지를 보고 기성에게 핸드폰을 보여주며) 하트? 이게 뭐야?

기성: 이리 줘봐. 내가 이건 해줄 테니까, 그냥 봐봐.

기성이 현수의 핸드폰을 만지면서 설명하고 있었다. 현수는 술을 한잔 마시면서 기성의 상기된 얼굴을 보며 키득거렸다.

현수: 미친 새끼. ㅋㅋㅋ

2. 돌싱

기성: (핸드폰 카메라를 들이대며) 웃어~ (찰칵)

현수: 지랄~

기성: (사진을 확인하며) 넌 표정이 구려도 얼굴이 이렇게 잘생겼냐. 씹새끼.

현수: 잘생기긴, 내 나이가 몇인데, 이젠 아저씨다.

기성은 현수의 닉네임을 바꾸고, 방금 찍은 사진을 채팅방에 올린 뒤 핸드폰을 건넸다.

기성: 인사해. 빨리.

현수의 핸드폰 화면에는 활발하게 대화가 오가는 채팅방이 떠올랐다. 방 제목은 '3040미돌~'. 현수는 잠시 망설였다. 미돌 중 미는 미혼이고, 돌은 돌싱이라고 했다. '돌싱'이라는 단어가 낯설었다. 이혼한 사람들을 뜻한다는 건 알겠지만, 정작 자신을 그렇게 부르는 건 어색했다. 현수가 기성을 보며 어쩌라는 거냐는 식으로 쳐다보자, 기성이 현수에게 손사래를 치며 말했다.

기성: 그냥, 다 비슷한 또래야. 남자 둘이 이러고 놀면 재밌냐? 괜히 혼자 술 마시지 말고 사람들이랑 어울리고 살아야지. 여기 존나 이쁜 애들도 있고, 너 잡아먹냐 새꺄~ 수다나 떨고, 가끔 사람들 만나서 술이나 마시자.

현수: 뭐야? 뭐. 지목하라는데? 자꾸 말 걸잖아. 뭔 말이야? 술이 다 깬다. 씨펄로마.

기성: 아, 그럼 그건 내가 하자. 오, 그래 미수? 지금 톡에 참여하는 사람 그냥 지목하면 돼. 아, 얘 신입인가 보네. 미수라고 적는다?

그러자 채팅창에 사진 한 장이 올라왔다.

현수: 와. 씨~ 뭐냐? 연예인이냐?

기성: 와, 존나 이쁘네.

그런데 사진이 순간 삭제되었다. 현수가 사진 없어졌다고 하며 아쉬워하자, 기성은 사진은 운영진이 삭제한다고 알려주었다.

기성: 사진은 확인하고 바로 삭제해. 그래서 사진 올라올 때 못 보면 정모나 벙개 나가서 봐야 해.

현수는 조금 전 스쳐 지나간 사진 속 여자, 미수가 궁금해졌다. 술이 얼큰하게 취했었는데, 술이 깰 정도로 예쁜 여자를 보자 채팅방에서 눈을 떼지 못했다.

채팅방은 저마다 수다들로 글이 계속 올라가고 있었다. 그때 누군가 방에 들어왔고, 사람들이 새로 들어온 사람들을 위해 안내하는 채팅들이 올라갔다. 현수는 자신이 방에 들어갈 때는 확인하지 못한 내용이라서 눈으로 채팅을 확인했다. 그런데 사진을 찍어서 올려야 하는 신입이 채팅창에 글을 남기지 않더니 방을 그냥 나가버렸다.

현수는 술 마시는 것도 잊고 계속 올라가는 채팅에 몰두했다. 기성은 다시 처음부터 채팅방에 대한 설명을 자세하게 해주었다. 좀 전까지 전혀 무슨 말인지 모르는 말들이 귀에 들어왔다. 채팅방이 어떻게 운영되고, 번개모임은 어떻게 진행되고, 신입이 들어오면 어떤 절차가 진행되는지도 이해했다. 그런데 또다시 채팅방에 새로운 신입이 들어왔다.

'어서 오세요.'라는 인사를 하는 사람을 따라 현수도 채팅창에 인사를 했다.

채팅창에 글이 빠르게 움직였다. 신입은 닉네임을 바꾸고, 사진 공개까지 마쳤다. 40대 남자의 사진을 현수가 이렇게 진지하게 보고 있다는 게 스스로 우스웠다. 너무 채팅창을 보고 있었다는 걸 알게 된 후 혼자 미친 듯이 웃었다. "돌았네, 돌았어." 혼잣말을 하며 술을 마시고 있는데, 기성은 핸드폰에 집중하고 있었다.

현수: 미친 새끼. 남자 새끼 둘이 다른 남자 사진이나 보고 있고. 뭔 생쇼냐?

기성: 잠깐만, 기다려봐. 지목하잖아. 사진 올라온다고, 여자 사진. 잠깐만.

현수: 야이~ 또라이 새끼야.

현수는 욕을 하면서도 핸드폰을 쳐다봤다. 그리고 사진 한 장이 올라왔다. 사진을 보고 채팅창에 다시 집중했다.

현수: 왜 이렇게 다 이뻐?

기성: 실물은 모르는 거야. 사진과 실물이 다른 사람도 많아.

현수는 잠깐만에 사라진 사진 속 여자들이 너무 예쁘다고 생각하며 술잔을 들이켰다.

현수: 그럼 얘네들도 만나는 거냐?

기성: 벙개나 정모 때 얘네가 나오면 보는 거고, 아니면 마는 거지 뭐.

현수는 기성과 헤어지고 집으로 향했다. 아무도 없는 집에 들어가는 게 익숙해졌다. 술이 올라오면서 소파에 몸을 누였다. 그리고 핸드폰을 보며 채팅창 글을 읽었다. 빨리 올라가는 글들을 위로 올리며 그전에 어떤 이야기들을 나눴는지도 읽었다. 새벽 한 시가 넘었는데도 채팅방은 쉬지 않고 글이 올라오고 있었다. 채팅방에 현수도 글을 남겼다. 현수는 채팅방에 글을 쓰면서 자신의 닉네임을 보며 울렁거림을 느꼈다. 우정/42/서울/돌.

3. 이벤트

퇴근길, 편의점 불빛이 어둠 속에서 환하게 빛났다. 현수는 늘 하던 대로 소주 한 병과 맥주 네 캔, 라면을 집어 들었다. 이혼한 뒤, 혼자 먹는 저녁은 간단하고 반복적이었다. 익숙하고 무감각한 식사였다.

집으로 돌아와 가방을 던지고, 라면을 끓였다. 소주를 한 잔 들이켜고 면을 후루룩 삼켰다. 따뜻한 국물이 속을 데웠다. 빈 그릇을 개수대에 올려두고, 소파에 털썩 앉았다. 맥주 한 캔을 땄다.

그때, 문득 핸드폰을 들여다봤다.

"999+"

미친 듯이 쌓인 채팅 알람이 화면을 가득 채우고 있었다. 회사에서는 전혀 보지 않았던 채팅방, 오톡방이었다.

기성이 알려준 대로 가입은 했지만, 대체 어떻게 돌아가는 건지 감이 오지 않았다. 호기심 반, 술김 반으로 채팅방을 열었다. 대화는 난잡했다. 누군가는 저녁 메뉴를 이야기하다가, 다른 누군가는 운동 얘기를 했고, 동시에 또 다른 누군가는 자려고 한다며 인사를 남겼다. 모든 것이 빠르게 흘러갔다. 정신이 없었다.

그때, 익숙한 닉네임이 눈에 띄었다.

별밤/42/서울/돌.

기성이었다.

"밥은 먹었냐?"

그가 친구에게 말을 걸자, 사람들의 관심이 그에게 쏠렸다.

"우정/42/서울/돌, 신입인가 봐요?"

"어서 오세요~"

"반갑습니다, 신입!"

"별밤님이 데려온 분인가 보네요."

"내 칭구"

쉴 새 없이 인사가 쏟아졌다.

"네, 처음이라 잘 모르겠네요."

그가 답하자, 여러 메시지가 동시에 올라왔다.

"어차피 하다 보면 다 알아요~"

"이 방은 적응하면 꿀잼이에요."

"반갑. 우정."

"어솨~"

"우정오빠, 혹시 얼공 가능해요?"

황당했다. 그는 핸드폰을 내려놓았다. 이 채팅방은 뭐든지 빠르게 진행되는 곳 같았다. 그러다 취기가 올라왔고, 어느 순간 깊이 잠들었다.

다음 날, 회사에서 일하는 중 기성에게서 전화가 걸려왔다.

"야, 벙개 있는데 참석 눌러."

"벙개?"

"모이면 같이 술 마시는 거야. 간단해. 그냥 참석만 누르면 돼."

현수는 핸드폰을 꺼내 벙개 참석을 눌렀다.

저녁, 약속 장소로 나갔다. 모임에 나온 사람은 다섯 명.

별밤/42/서울/돌/남 (기성)

우정/42/서울/돌/남 (현수)

제시/40/경기/돌/여

유리/39/서울/돌/여

테리/41/서울/돌/남

기성과 자신을 제외하고 남자는 테리 하나, 여자는 제시와 유리였다.

은근히 그는 기대하고 있었다. 미소.

오톡방[7]에 처음 들어왔을 때, 사진을 공개했던 여자. 너무도 예뻤다. 혹시나 해서 기성에게 물었다.

"야, 미소는 왜 안 나왔어?"

기성이 피식 웃으며 대답했다.

---

7   오톡방: 오픈 채팅방의 줄임말로, 익명의 사람들이 모여 다양한 주제로 소통하는 카카오톡 기반의 그룹 채팅방을 의미한다.

"그 여자? 사진만 공개하고 방 나갔어."

허탈했다. 그는 고개를 끄덕이며 조용히 술을 마셨다. 마주 앉은 여자들을 보았지만, 제시도, 유리도 전혀 그의 스타일이 아니었다.

그렇게 그는 말없이 술을 들이켰다.

다음 날, 벙개에 참석한 사람은 벙개를 직접 열 수 있는 권한이 주어진다는 사실을 알게 되었다. 소위 '기존[8]'이 된 것이다.

그는 점차 오톡방을 자주 보게 되었다. 흥미로운 이야기들이 오갔다. 그중에서도 곧 특별한 이벤트가 열린다고 했다.

"경매 이벤트[9]."

벙개에 한 번이라도 참여한 '기존'만 참가할 수 있는 1:1 데이트 경매였다.

규칙은 간단했다.

여성 회원 중 누구나 경매 후보가 될 수 있다.

남성 회원들은 1:1 데이트권을 얻기 위해 입찰할 수 있다.

시작 금액은 2만 원, 최고가는 10만 원까지.

최고가 낙찰을 받은 이성과 1:1로 만날 수 있으며, 낙찰받은 금액

---

8   기존: 오톡방에서 일정 조건을 충족하면 신규 회원이 아니라, 방에서 벙개(일상생활에서도 갑자기 만나는 오프 모임을 번개라는 용어로 쓰이나 실제 오픈채팅방에서는 벙개라고 말함.)를 주체할 수 있는 벙주(벙을 개최 가능한) 자격을 갖춘 기존 회원으로 인정받는다.

9   경매 이벤트: 오톡방 내에서 이루어지는 특별 이벤트로, 여성 회원 혹은 남성 회원이 후보가 되고, 자유롭게 일정 금액을 입찰하여 1:1 데이트권을 낙찰받는 방식이다. 일반적으로 썸을 권장하는 소위 썸방에서 많이 이루어지는 이벤트이다.

은 데이트 비용으로 사용한다.

그때, 기성에게 문자가 왔다.

기성: 나는 마녀에게 경매 신청할 거야. 넌?

현수는 가만히 생각했다.

"그냥 한 번 해볼까? 떨어지면 말고."

어차피 밥 먹고, 차 마시는 정도. 데이트 비용으로 7만 원을 걸었다.

그가 선택한 여성은 미미/38/서울/돌.

그녀에 대한 정보는 많지 않았다. 단지 경매 전에 올라온 사진에서 귀엽다는 느낌을 받았을 뿐. 그녀는 오톡방에 가입한 지 두 달, 벙개에 참여한 것도 한 번뿐이라고 했다. 그는 큰 기대 없이 참가 신청을 했다. 어차피 떨어지면 그만이었다.

맥주를 꺼내 마시며 컴퓨터를 켰다. 주말마다 하던 축구 게임을 시작했다. 시간은 금방 지나갔고, 새벽 2시쯤 핸드폰을 집어 들었다.

벙개에 나간 사람들이 올린 사진들이 올라와 있었다.

노래방에서 마이크를 잡고 노래를 부르는 모습.

술잔을 부딪치며 환하게 웃는 얼굴들. 사진 속 사람들의 밝은 모습에 벙개에 대한 궁금증도 생겼다. 술 취한 모습인데 얼굴 만면에 웃음꽃을 띤 사람들, 춤추며 정신없는 상황을 마구잡이로 찍은 사진들.

그는 조용히 사진을 넘겼다. '혼자 술을 마시는 것보다는 나을지도 모르겠다.' 그렇게 생각하며 핸드폰을 내려놓았다.

다음 날, 결과가 발표되었다.

우정/42/서울/돌 – 미미(38) – 낙찰가 7만 원 – 최고가 낙찰

현수는 화면을 가만히 바라봤다.

"뭐?"

설마 했는데, 최고가였다.

핸드폰을 든 손이 미세하게 떨렸다.

이제, 그는 미미와 단둘이 만나야 한다.

4. 일벙[10]

현수는 거울 앞에 서 있었다. 손끝이 면도 후 까칠하게 일어난 턱선을 천천히 쓸었다. 거울 속 남자의 얼굴은 낯설고, 어딘가 공허했다. 15년 만에 다른 여자와의 만남. 그건 단지 약속 하나였지만, 그의 감각은 새벽의 피부처럼 민감해져 있었다.

수연과의 연애, 그리고 결혼. 그 이후, 그는 다른 여자와 단둘이 만난 적이 없었다. 심지어 이혼 후에도, 누구를 만나겠다는 생각조차 하지 못했다. 그는 '만나도 되는 사람'이 되었다는 사실이 서글펐다. 허용된 자유는 때때로 감옥 같았다.

오톡방, 그 미지의 세계. '경매'라는 우스꽝스러운 방식으로 연결된 오늘의 만남은 그에게 작은 모험이자, 감정의 실험실 같았다.

미용실의 샴푸 향이 아직 머리칼 어딘가에 남아 있었다. 섬세하게

---

10   일벙: 오픈채팅방에서 남녀가 1:1로 따로 만나는 것을 일컫는 말. 신입들 간의 일벙은 사고 예방 차원에서 금지하는 방이 많다.

다듬어진 머릿결을 매만지며, 그는 옷장 앞에 섰다. 블랙 셔츠, 슬림 팬츠, 그리고 스니커즈. 아무것도 특별하지 않은 조합이지만, 거울 속 모습은 미묘하게 긴장한 남자의 허세를 감추기엔 적당했다.

"나쁘지 않네."

입꼬리가 조금 올라갔고, 목덜미에 은은한 로션 향이 번졌다.

약속 장소는 파스타집이었다. 현수는 약속보다 15분 일찍 도착했다. 어쩌면, 그녀보다 먼저 와 있는 자신의 모습을 그녀가 보게 되길 바랐는지도 모른다. 커피 향이 옅게 퍼지는 공간. 그는 좌석에 앉아 창가 쪽을 바라봤다. 심장은 생각보다 요란했다. 커피 때문일까, 아니면… 그녀 때문일까.

5분 전, 톡 알림이 울렸다.

미미/38/서울/돌: 도착했어요.

고개를 들었다. 입구 너머로 그녀가 걸어오고 있었다. 무채색의 블라우스, 단정한 스커트, 바람결에 흔들리는 머리카락. 눈빛은 부드러웠고, 입가에는 망설임 같은 미소가 걸려 있었다.

"안녕하세요."

"네, 안녕하세요."

서로가 인사했다.

"미미, 이정선이에요."

"우정, 김현수입니다."

정선, 그리고 현수. 서먹한 이름 이름 두 개가 파스타 향에 섞여 자리에 앉았다.

파스타 위에서 김이 피어오르고, 포크 끝에 얹힌 소스는 어딘가 따뜻하면서도 서툰 인사처럼 느껴졌다. 그녀가 먼저 말을 이끌었다.

"현수님, 오톡방은 언제부터 하셨어요?"

"얼마 안 됐어요. 친구 소개로 들어왔죠."

"아, 별밤님이 소개해 주셨죠?"

"네. 친구예요."

그녀는 웃었다. 그 웃음은 향긋하지도, 따뜻하지도 않았다. 오히려 마치 기분 좋은 가을바람 같았다. 서늘하지만, 잠시 정신을 맑게 해주는.

"저는 방에 들어오고 딱 한 번 오프 모임에 갔었어요. 그냥 사람들과 수다 떠는 게 좋아서요."

현수는 잠시 고개를 끄덕였다. 그녀가 말하는 '수다'는 어떤 색깔일까. 맑은 톤일까, 아니면 짙은 감정의 색이 깃든 톤일까. 그는 아직 판단할 수 없었다.

식사가 끝날 무렵, 현수는 선뜻 말을 꺼내지 못하고 있었다. '차를 마시자고 해야 할까.' 그런데 그녀가 먼저 입을 열었다.

"우리 맥주 마실까요?"

"아, 네. 좋죠."

그는 반사적으로 대답했다. 그리고 맥주집으로 향했다.

호프집. 거품 위로 부서지는 빛, 유리잔에 맺히는 미세한 물방울. 맥주는 혀보다 목에서 먼저 느껴졌다. 탄산의 자극이 식도를 지나며 감정을 씻어내듯 스며들었다. 그제야 현수는 조금 편해졌다. 하지만 동시에, 그녀의 태도 역시 변해가고 있었다.

그녀는 유리잔을 살짝 기울이며 그를 바라보았다. 마치 그의 말 한마디를 기다리는 눈빛. 말끝마다 튀어 오르는 작은 하트 같은 표정. 자신도 모르게 그 눈빛에 스며들고 있었다.

그녀는 손끝으로 머리카락을 넘겼다. 단순한 동작이었지만, 그 움직임엔 묘한 리듬이 있었다. 무의식적인 유혹처럼.

"현수 오빠, 되게 젠틀하네요."

그 말은 칭찬이었지만, 달지도 짜지도 않은… 어딘가 익숙하면서도 씁쓸한 뒷맛.

"아, 네…"

현수는 웃었지만, 가슴 안쪽에서 알 수 없는 의문이 일었다. '이 여자는 어떤 마음으로 경매에 참여했을까?'

맥주잔이 다시 식탁 위에 놓였다. 그 잔의 차가움이 손바닥에 스며들자, 현수의 생각도 차가워졌다. 그는 문득 자신이 이곳에 왜 와 있는지 떠올렸다. 설렘, 대화, 감정… 혹은 욕망. 그런데 지금 느끼는 건, 설렘보다는 혼란이었다.

이 여자는… 거리낌이 없다. 나에게 관심 있는 걸까? 그의 마음 한구석이 갑자기 차가워졌다. 그녀의 따뜻한 웃음조차 그를 덥히지 못했다.

'이게 오톡방이란 건가…'

그는 갑자기 그 공간이 낯설게 느껴졌다. 사람들의 욕망이 스치고, 가면들이 오가는 공간. 현수는 그 속에서 자신의 진심이 너무 적나라하게 노출된 듯한 기분에 조심스레 손을 움켜쥐었다.

그녀는 여전히 그를 바라보고 있었다.

"현수 오빠. 말씀 편하게 하세요. 톡방도 자동 존하대라~ 편하게
하시면 돼요."

목소리는 더 부드러워졌고, 시선은 더 짙어졌다.

그녀는 테이블 아래로 손을 내리며, 살짝살짝 현수의 손등을 건드
렸다. 다정함인 듯, 실수인 듯, 그러나 반복되는 움직임은 점점 현수
의 신경을 끌어당겼다.

술기운에 얼굴이 달아오른 현수는 순간적으로 고개를 들었다. 그
녀는 얼굴을 가까이 숙이더니, 한쪽 어깨로 슬쩍 그의 팔에 기대기
시작했다.

몸의 온기가 전해지는 거리. 숨소리까지 들릴 만큼 가까워졌다.

현수는 묻고 싶었다.

'나를 원해? 첫 만남에? 아니면… 날 잡고 나온 거야?'

그녀는 현수의 눈을 똑바로 바라보며, 입꼬리를 아주 살짝 올렸
다. 마치 '당신 차례예요.'라고 속삭이는 듯한 눈빛.

"저… 방에서 거의 최고가더라고요. 오빠 덕분에 기분이 좋았어요."

눈길을 떼지 않은 채, 그녀는 그를 지긋이 바라보았다.

현수의 머릿속에서 '모텔'이라는 단어가 번뜩 스쳤다. 그러나 이
상하게도, 그녀의 무방비한 표정이 현수의 욕망을 잠재웠다.

현수는 마음속으로 다짐했다. 오늘은 매너 있게, 깔끔하게 마무리
하자고.

5. 냄새

현수는 택시가 멀어지는 것을 지켜보았다. 정선을 처음 만난 날, 그는 그녀가 떠나는 모습을 보고서야 숨을 돌렸다. 긴장감과 알코올이 뒤섞인 밤. 그리고 이제는 홀로 집으로 돌아가는 길이었다.

그날 이후, 정선은 꾸준히 연락을 해왔다.

"현수 오빠, 오늘 하루 어땠어요?"

"바쁘죠? 다음에 또 봐요~"

그녀의 메시지는 일상적이면서도 친근했다. 어쩌면 다정하다고도 할 수 있었다. 하지만 현수는 감정이 뒤죽박죽이었다. 톡방에는 이벤트 참가자들의 후기와 결과가 올라왔다.

"오늘 데이트 너무 즐거웠어요~"

"오톡방에서 이렇게 잘 맞는 사람 만날 줄 몰랐어요!"

그리고 그중 한 커플이 공식적으로 사귀기로 했다는 소식도 전해졌다.

함께 채팅방에서 대화를 하고 있던 기성이 개인톡으로 말을 걸었다.

"야, 분위기 수상하지 않냐?"

"뭐가?"

"내가 이벤트 때 입찰한 마녀 있잖아? 파도놈이 데이트 가져갔잖아? 그런데 분위기 보니까 걔네 벌써 사귀는 거 같더라고."

현수는 의아했다.

"아니, 이벤트 한 번 했다고 다 사귀어야 하는 거야?"

"그건 아니지. 네가 미미랑 꼭 사귈 필요는 없어."

기성은 쿨하게 답했다.

"근데 말이야, 커플이 되더라도 공개커플(공커)은 되도록 하지 마라."

"왜?"

"깨지면 개판 나거든."

기성의 톡에 현수는 고개를 갸웃했다.

"한 명은 방을 나가야 하거나, 둘 다 나가야 하거나. 아니면 새로운 사람을 만나면 뒷말이 나오고. 조용히 비커(비밀커플)가 답이야."

이상한 세계였다. 하지만 그 안에서 사람들은 너무나 자연스럽게 그 룰을 따르고 있었다.

정선과의 두 번째 만남은 장어집에서였다.

"현수 오빠, 장어 좋아한다면서요?"

"어어, 잘 먹어."

이상했다. 아직 만난 지 며칠 되지도 않았는데, 그녀는 자연스럽게 그를 챙겼다.

"그럼, 맥주 마실까요?"

"아. 맥주랑 참이슬."

술을 싫어하지 않는 현수에게는 오히려 더 편했다. 첫 잔을 소맥으로 마시고, 장어가 불판 위에서 익어가며 연기가 피어올랐다. 장어가 익자 맥주보다는 소주가 찰떡이었다. 안주가 좋으니 술이 점점 빨리 들어갔다. 현수는 첫 만남 때보다 훨씬 편했다. 정선은 적당히 농담을 섞어가며 분위기를 부드럽게 만들었다. 그녀의 웃음은 자연스러웠다.

그러나 현수는 어딘가 불안했다. 식당을 나오며 정선이 말했다.

"오빠? 바로 앞에 호프집 있는데, 2차 갈까요?"

"좋아."

그는 마다할 사람이 아니었다. 2차에서는 소주만 시켰다. 장어를 배부르게 먹었으니, 맥주는 부담스러웠다. 그런데 정선이 연태고량주도 주문했다.

"이거 좋아하세요?"

"좋아한다기보다… 그냥 거절하기 어려운 술이지."

그들은 향기에 매료된 듯 술을 나누어 마셨다. 술병이 비워질 때쯤, 현수는 이미 취기가 올랐다. 그러나 정선은 한 병을 더 시켰다.

'작정한 건가?' 그러나 현수는 그런 생각을 하면서도 거절하지 않았다. 술잔이 오가며, 그녀가 점점 더 예뻐 보였다. 아니, 정말 예뻤다. 그녀의 얼굴선이 부드럽고, 눈빛이 촉촉해 보였다.

그리고 어느 순간, 그녀가 옆자리로 와 있었다. 정선의 손이 그의 다리에 올려졌다. 현수는 정선의 손가락이 움직이자, 얼굴이 화끈하게 달아올랐다. 그는 정선을 쳐다보았다. 둘은 눈이 마주쳤다. 순간, 그는 생각했다.

'이대로 가도 되나?'

그러나 고민할 틈도 없이, 그녀가 그를 향해 몸을 기댔다. 현수는 입술을 맞추었다. 그녀는 거침없이 반응했다. 목을 감싸고, 몸을 밀착시키며 더 적극적으로 키스를 했다. 술집에서는 더 이상 이 상황을 감당할 수 없었다.

"자리 옮길래?"

정선은 흔쾌히 고개를 끄덕이며 미소 지었다.

모텔방에 들어서자마자, 그녀가 다가왔다.

현수는 그녀를 안았다.

그리고 키스를 했다.

키스하고 있는데 정선이 스타킹과 팬티를 벗고 있었다.

'빨리 좀…' 그녀가 팬티를 벗어던지며 온몸으로 말하는 것 같았다.

현수도 더 이상 기다릴 수 없었다.

그리고… 섹스가 시작되었다.

그런데.

'…뭐지?'

몸을 움직일수록 어딘가 이상했다. 뭔가 불쾌한 냄새가 났다. 현수는 술에 취했지만, 그 냄새는 확실히 느껴졌다.

참을 수 없는 악취.

술이 깰 것 같은 순간이었다. 그러나 이제 와서 멈출 수는 없었다. 그는 최대한 고개를 위쪽으로 돌리고, 숨을 참으며, 오로지 사정하는 것에 집중했다.

머릿속이 복잡했다.

'미치겠네, 빨리 싸자. 이 썩은 오징어년은 도대체 뭐지? 오톡방… 대체 뭐 하는 곳이야?'

그러나 이 모든 잡생각을 지우고자 더 격렬하게 움직였다. 냄새로부터 벗어나기 위해. 이 상황에서 빠져나가기 위해.

그는 마침내 사정했다.

그리고 그녀의 눈을 피하며, 욕실로 들어갔다. 샤워기에서 쏟아지는 물줄기가 술기운과 함께 그의 감정도 씻어내려 가는 듯했다.

6. 5만 원

모텔에서 나온 현수는 정선이 택시에 타는 걸 확인하고 천천히 집으로 걸어왔다. 밤공기가 싸늘했지만, 정신은 더욱 차가워졌다. 술기운도 완전히 가셨다.

현수는 방에 들어오자마자 몸을 다시 씻고 싶었다. 샤워기에서 뜨거운 물을 틀어놓고 한참을 서 있었다. 마치 몸에 묻은 무언가를 씻어내려는 것처럼.

그때, 핸드폰이 진동했다.

정선: 오빠, 집 잘 들어갔어요?

현수는 아무 감정 없이 '어.'라고 답하고 핸드폰을 내려놓았다.

기성에게 연락이라도 할까 하다가 그만두었다. 이런 이야기를 친구한테 한다는 것 자체가 한심했다.

그는 침대에 누웠지만 잠이 오지 않았다.

오톡방.

정선.

이 관계를 어떻게 해야 할까.

다음 날, 출근한 현수는 컴퓨터로 검색을 하고 있었다.

냄새. 그 냄새가 신경 쓰였다. 그리고 혹시라도 성병일 수 있다는 정보가 보이자 겁이 났다.

현수는 잠시 외출을 했다.

병원에 도착하자 간호사가 물었다.

"처음 오셨나요?"

"네."

"작성해 주시고 신분증 주세요."

"진찰실로 들어가세요."

남자 의사를 보자 현수는 마음이 편해졌다.

"어떻게 오셨어요?"

현수는 어색하게 대답했다.

"아. 혹시 몰라서 검사 좀."

"여자친구가… 냄새가 좀… 혹시 몰라서 검사받으러 왔습니다."

의사는 담담하게 말했다.

"일단 기본 검사 진행하고, 결과는 내일 나옵니다."

현수는 퇴근 시간이 다 되어갈 무렵, 오픈방을 보니 벙개 모임이 떠있는 것을 확인했다. 참석할까 고민했지만, 정선이 신경 쓰여서 포기했다.

다음 날, 점심시간 전 병원에서 문자가 도착했다.

XX병원(문자): 추가 검사가 필요합니다. 내원해 주세요.

놀란 현수는 바로 병원에 전화를 걸었다.

"문자가 왔습니다. 혹시 무슨 문제가 있는 건가요?"

"정확한 진단을 위해 추가 검사가 필요합니다. 내원 부탁드립니다."

현수는 다시 병원으로 갔다.

"염증이 생길 가능성이 있습니다. 확실한 건 내일 검사 결과가 나와야 알겠지만, 우선 기본적인 항생제를 처방해 드리겠습니다."

순간, 현수는 참을 수 없이 화가 났다.

그러나 정선에게 따질 수도 없었다. 그녀가 문제라는 확신도 없었다. 결국, 결과가 나올 때까지 기다리기로 했다.

그날도 새로운 벙개가 떴다. 참가를 눌렀다. 술이라도 마셔야 했다. 다행히 정선은 참석하지 않았다.

벙개 장소에는 아홉 명이 모였다.

우정/42/서울/돌/남 (현수)

별밤/42/서울/돌/남 (기성)

이슬/40/서울/돌/남

테드/39/분당/돌/남

초록/38/서울/돌/여

루나/40/서울/미/여

샌디/37/용인/돌/여

나미/46/서울/돌/여

애나/39/서울/돌/여

처음 만나는 사람들이 많았지만, 분위기는 좋았다.

여자들은 나름 괜찮은 외모였고, 한 명은 조금 통통했지만 귀염성이 있었다.

다들 적당히 술잔을 부딪치고, 가벼운 농담을 주고받으며 분위기가 무르익었다. 현수는 오랜만에 사심 없이 술을 마실 수 있었다.

초록이 재미있었다. 쾌활하고 유머러스해서 분위기를 주도하는 스타일.

"우정 오빠, 아까 그건 너무 진지했어요. 술자리에서는 좀 더 풀어져야 해요!"

그녀는 장난스럽게 눈을 찡긋하며 맥주를 들이켰다.

사람이 많아서 노래방을 가기로 했다. 술과 안주를 시키고, 다 같이 노래를 부르며 분위기가 더욱 들떴다.

그런데, 정선이 '늦참'을 누르고 노래방에 나타났다. 현수는 당황했지만, 어차피 둘 사이의 일은 비밀이었다. 정선도 티를 내지 않았다. 그러나 문제는 다른 사람들의 눈빛.

"우정 오빠랑 미미, 이벤트 하신 사이 아니었어요?"

"둘이 비켜?"

사람들은 이미 둘이 뭔가 있다는 걸 확신하는 분위기였다.

현수는 답답했다.

초록과 즐겁게 대화를 나누고 있었는데, 정선이 오면서 공기가 바뀌었다.

그런데 그때, 벙개 주최자가 중간 정산을 해야 한다며 회비를 미리 내달라고 했다. 남자들은 5만 원씩이었다. 현수가 지갑을 꺼내려는데, 이슬이 다가오더니 작은 목소리로 말을 걸었다.

"우정 형, 나 지금 돈이 없는데 5만 원만 빌려줘요."

현수는 순간 멈칫했다.

처음 본 사람에게 5만 원을 빌려주는 것도 어색했지만, 안 빌려주기도 애매했다. 분위기를 깰 수도 없었다.

결국, 현수는 현금이 부족해 이슬의 회비까지 10만 원을 송금했다. 그런데 그 순간, 머릿속을 스치는 생각.

'5만 원과 정선의 오징어 냄새가 퍽 닮아 있다.'

그는 순간 어이없어졌다. 이게 무슨 황당한 연관성이란 말인가. 그러나 머릿속에서 떠나지 않았다. 그 불쾌했던 냄새, 그리고 지금 이 어색한 5만 원.

현수는 잡생각을 없애기라도 하듯 소주를 따라서 연거푸 마셨다.

7. 비커

현수는 술을 많이 마셨지만, 정선이 택시에 타는 걸 끝까지 지켜보았다. 그리고 초록이 택시를 잡을 때도 자연스럽게 택시비를 내주었다. 그건 진짜 선의였다.

여러 가지 생각이 머릿속을 스쳤지만, 그날 현수를 가장 재밌게 해준 사람은 초록이었다. 술자리 내내 분위기를 주도하며 사람들을 웃게 만들고, 눈을 맞추며 자연스럽게 이야기하는 그녀의 태도는 편안했다. 정선과 함께 있을 때는 느껴지지 않았던 감정이었다.

그리고 그날 밤, 초록과 정선, 두 사람에게서 각각 메시지가 도착했다.

초록: 오늘 너무 즐거웠어요. 오빠 덕분에 편하게 놀았어요!

정선: 오빠, 잘 들어갔어요?

현수는 짧게 답장을 보내고는 핸드폰을 내려놓았다.

정선에게서 톡이 올 때마다 머릿속에 떠오르는 건 냄새와 약뿐이었다.

그리고 다음 날, 병원을 다시 찾았다.

"확진이네요. 약을 처방해 드릴게요."

의사의 말에 현수는 약을 타오면서 참을 수 없는 모멸감이 밀려왔다. 정선에 대한 애정도, 깊은 호감도 없었는데… 단 한 번의 경험으로 이런 일을 겪게 되었다는 사실이 견디기 어려웠다.

병원을 나서며 그는 이름 창에 미미를 검색했다. 카톡에 냄새라고 썼다가 애써 고민한 단어로 수정해서 문자를 보냈다.

현수: 염증이 생겨서 병원에 갔는데 성병이래. 약 처방받고 왔어. 너도 병원 가봐.

잠시 후, 정선에게서 답장이 왔다.

정선: 헐.

그게 전부였다.

현수는 순간 당황했다.

그 반응은 도무지 납득할 수 없었다. 혹시 자신이 정선에게 옮긴 거라고 생각하는 건가 싶었다.

불쾌함이 치밀었다. 그래서 다시 메시지를 보냈다.

현수: 나는 이전에는 그런 증상이 전혀 없었어.

하지만 정선에게서 더 이상 답은 오지 않았다. 현수는 짜증이 솟구쳤고, 결국 정선의 연락처를 삭제하고 차단했다.

톡방에서 그녀의 존재가 여전히 눈에 밟혔지만, 깡그리 무시하기로 마음먹었다. 이후 초록과 개인적으로 연락을 주고받다 보니, 자연스럽게 둘만의 약속이 잡혔다. 초록의 집과 현수의 집이 먼 거리가 아니라서 더욱 마음이 편했다.

"맛있는 거 먹어요. 제가 아는 참치집 있는데, 거기 가요!"

"참치 좋지."

현수는 주소를 받고 식당으로 가면서 집에서 멀지 않은 곳에 이런 곳이 있다는 것이 새로웠다. 현수는 발걸음이 서둘러졌다. 장소에 도착하자 그녀는 시간에 맞춰서 이미 도착해 있었다.

초록과 함께 맛있는 음식을 먹으며, 여자와 단둘이 하는 술자리인데 편안한 분위기 속에서 시간이 흘렀다.

"이름이 뭐라고 했지?"

"이준희요."

술이 들어가면서, 초록이라는 닉네임이 아닌, 그녀의 진짜 이름을 듣고 새기게 되었다.

현수는 준희가 점점 마음에 들었다.

'이런 여자라면 사귀고 싶다.' 그런 생각이 스쳐 지나갔다.

그리고 그녀 역시 현수에게 호감이 있어 보였다.

"한 잔 더 할까?"

"좋아요, 우리 좀 더 둘러봐요."

길을 걷던 현수가 물었다.

"어디 갈까?"

"배도 부르고, 노래방은 좀 그렇고….''

"아? 저기? 아직도 저런 곳이 있네요."

준희가 손가락으로 가리킨 곳은 건물 위층이었다.

"우리 DVD방에서 영화 볼까요?"

그 말에 현수의 심장이 두근거렸다. 머릿속에서 수많은 상상이 스쳐 갔다.

"좋아."

그렇게 둘은 DVD방으로 향했다. 영화는 준희가 골랐다. 현수는 영화의 장르나 제목에는 전혀 신경 쓰지 않았다. 그저 그녀가 너무 예뻐 보였다. 영화가 시작되고 방 안이 어두워지자, 준희는 자연스럽게 현수의 품에 안겼다.

그리고 둘은 키스를 나누었다.

그녀의 숨소리, 입술의 촉감, 그리고 그녀만의 향기.

모든 것이 완벽하게 느껴졌다.

현수는 미칠 듯한 욕망을 느꼈다.

입술이 더 깊어지고, 그의 손은 그녀의 가슴을 스쳤다.

손이 자연스럽게 치마를 입은 그녀의 허벅지를 타고 올라갔다.

이미 젖어있는 그녀.

팬티의 압박, 하지만 그 순간, 이성이 그를 멈췄다.

'지금… 성병에 걸려 있다.'

현수는 자신을 멈추고, 손을 다시 제자리로 옮겨 그녀를 조용히 안았다.

"너 정말 예뻐. 계속 오래 보고 싶어."

준희는 그의 이성적인 행동에 더 깊은 호감을 느낀 듯했다. 그리고 다시 뜨겁게 키스를 나누었다. 현수는 터질 듯한 욕망을 애써 눌렀다. 영화에 집중하려 애썼지만, 종종 자연스럽게 뽀뽀하고 서로를 안고, 이따금 키스를 나누었다. 영화가 끝난 후, 현수는 준희를 택시에 태우며 말했다.

"우리 더 만나보자. 톡방에는 말하지 말고."

준희는 웃으며 고개를 끄덕였다.

"도착하면 톡 할게요."

택시가 떠나고, 현수는 깊게 숨을 들이마셨다.

이제 정선은 과거였다.

그는 새로운 관계를 시작하고 있었다.

그리고 이번엔… 정말 다를 것 같았다.

8. 킥

벙개 공지를 본 현수는 가볍게 참석 버튼을 눌렀다.

그런데 이슬, 그 놈.

5만 원을 빌려 간 이후로 현수가 참석하는 벙개에는 한 번도 나오지 않았다.

그냥 우연일 수도 있다. 어쩌면 현수가 예민하게 굴고 있는 걸지도 모른다. 하지만 톡방에서는 여전히 활발하게 활동하면서도, 현수가 참석하는 모임에는 모습을 드러내지 않는다는 점이 신경 쓰였다. 게다가, "내일 송금해 줄게요!" 했던 말은 이미 오래전이었다.

하지만 여전히 5만 원은 감감무소식. 겨우 5만 원 때문에 재촉하는 것도 좀스럽게 느껴졌고, 그깟 돈 때문에 사람과 얼굴 붉히는 것도 싫었다. 그래서 현수는 그냥 그를 다시 마주치게 되면 그때 한마디 하기로 마음먹었다.

벙개 장소에 도착하자, 준희(초록)가 먼저 와 있었다. 그녀는 자리에 앉아 있었지만, 현수를 보자마자 밝게 손을 흔들었다.

눈빛이 반짝거렸다.

현수도 자연스럽게 미소를 지으며 다가갔다.

회식이라면 질색하던 현수였지만, 오톡방의 모임은 달랐다. 여기엔 눈치를 볼 필요가 없었다.

다들 돌싱과 미혼.

각자의 사연을 가졌지만, 이곳에서는 그저 함께 어울려 먹고 마시며 웃을 수 있는 자리였다.

그날 벙개에는 남자 넷, 여자 넷이 모였다.

우정/42/서울/돌/남 (현수)

별밤/42/서울/돌/남 (기성)

블루/39/김포/돌/남

차돌/41/안양/돌/남

초록/38/서울/돌/여 (준희)

라일락/37/부천/돌/여

민트/40/광명/돌/여

초코/43/서울/미/여

고소한 삼겹살이 불판 위에서 익어가고, 테이블에는 소주잔과 맥주잔이 오가며 술자리가 무르익었다. 현수는 멀리서 준희와 눈이 마주쳤다. 그녀가 살짝 미소를 지었다. 그의 가슴이 조용히 출렁였다. 다른 사람들과 이야기하며 웃고 있었지만, 눈빛 하나로만 서로의 감정을 확인하는 순간이 좋았다.

'준희에게 다가가 와락 안고 싶다.'

현수는 문득 그런 생각이 들었다.

노래방에서는 예상보다 훨씬 더 신나게 놀았다. 누군가는 마이크를 잡고, 누군가는 춤을 추고, 몇몇은 술을 더 들이켰다. 겉보기에는 여러 사람이 모인 점에서 회식과 비슷했지만, 만약 그랬다면 벌써 귀찮아서 집에 갈 궁리로 바빴을 것이다. 그러나 여긴 달랐다. 가정과 회사의 틀을 벗어난 사람들이 만든, 오롯이 자유로운 공간.

"이건 제 노랩니다. 오빠, 노래 같이 부를래요?"

초록이었다.

현수는 잠시 주춤했지만, 곧 코러스를 넣으며 초록과 함께 노래를 불렀다. 현수는 그녀가 노래 부르는 모습을 바라보았다.

그녀의 목소리, 그녀의 표정.

그 순간, 그녀가 너무나 매력적으로 보였다.

그러나 초록과 같이 노래를 부르는 것이 마치 이상한 신호라도 된 것처럼, 몇몇이 둘 사이를 떠보는 듯한 시선을 보냈다.

현수는 신경 쓰지 않으려 했다.

술이 거하게 들어갔다.

노래방이 끝나고 몇몇이 "딱 한 잔만 더 하자!"며 맥줏집으로 향했다. 현수는 취기가 올라와 집에 가고 싶었지만, 준희의 눈빛은 아직 끝내기 싫다는 듯했다. 그렇게 남은 다섯 명이 맥줏집으로 갔다.

남자: 현수, 기성, 차돌

여자: 준희, 민트

맥주를 마시며 이번엔 좀 더 깊은 이야기들이 오갔다. 진지한 얘기도 있었고, 우스갯소리도 있었고, 술에 취해 횡설수설하는 사람도 있었다. 그러나 현수는 그 모든 분위기가 좋았다.

이런 자유로움. 이런 솔직함.

"우정 오빠는 사람 잘 챙기는 거 같아요."

준희가 그렇게 말하며 웃었다.

현수는 그저 술잔을 들며 대답했다.

"그냥… 좋은 분위기니까."

술이 들어가니 감정이 솔직해졌다. 기분이 좋아지면서 3차 술값은 현수가 내버렸다. 크게 부담되는 금액도 아니었고, 그저 기분 좋게 털어버리고 싶었다.

사람들이 하나둘 떠나고, 준희와 현수는 같은 방향이라 함께 택시를 탔다.

조금씩 취기가 오르고, 창밖의 불빛이 흐릿하게 보였다.

"오늘 너무 좋았어요."

준희가 조용히 말했다.

"나도."

조용한 대화가 오가는 사이, 택시는 준희의 집 앞에 도착했다.

현수는 택시에서 내려 그녀가 집으로 들어가는 걸 보려고 했다.

그런데 준희가 문 앞에서 멈추더니 돌아섰다.

"오빠, 커피 한잔 마시고 갈래요?"

그 순간, 현수의 마음이 마구 뒤엉켰다.

'이대로 들어갈까? 아직은 아닌가?'

현수는 성병약을 다 먹었고, 마지막 검사에서도 완쾌되었다는 결과를 받았다.

몸을 섞어도 괜찮을 상황이었다.

그러나… 준희와의 관계를 쉽게 시작해도 될까?

정선과의 일을 떠올리며 마음을 다잡았다.

그녀는 단순한 관계로 끝낼 여자가 아니었다.

그 순간, 준희가 한 걸음 더 다가왔다.

"오빠, 오늘 즐거웠죠?"

그녀는 술기운에 살짝 볼이 달아올라 있었다.

현수는 조용히 숨을 들이마셨다.

그리고 천천히 말했다.

"준희야."

"응?"

"오늘은 그냥 들어갈게."

준희는 그를 바라보았다.

그리고 살짝 웃었다.

"그래요. 오빠는 그런 사람이었지."

그녀는 한 발짝 다가와, 그의 손을 잡았다.

"그래도 인사."

그녀는 키를 살짝 들어 그의 볼에 입을 맞췄다.

"내일 또 봐요."

그녀의 따뜻한 손이 그의 손끝에서 서서히 빠져나갔다.

현수는 그녀가 현관문을 열고 들어가는 걸 보고, 다시 택시에 올라탔다.

택시 안에서 창밖을 바라보았다.

창에 비친 자신의 모습을 바라보며, 천천히 눈을 감았다.

그날 있었던 모든 순간들이 필름처럼 지나갔다.

삼겹살집, 노래방, 맥주집, 택시 안, 그녀의 집 앞.

그리고 그녀의 마지막 가벼운 키스.

그제야 깨달았다.

'지금… 진짜 연애를 시작하고 있는 걸까.'

다음 날.

출근한 현수는 바빴다.

회의, 보고서, 전화, 메일.

점심시간에 잠깐 톡방에 들어가 "다들 즐점[11]"이라는 인사만 남기고, 다시 업무에 집중했다.

그리고 퇴근 후.

핸드폰을 켜자, 톡이 쌓여 있어야 할 오톡방이 보이지 않았다.

순간, 뭔가 이상했다.

'왜…?'

손가락을 움직여 채팅 목록을 아래로 내려보았다.

그러다 마지막 남아 있는 메시지.

---

11 즐점: '즐거운 점심식사'의 줄임말. 온라인 채팅이나 커뮤니티 등에서 자주 사용되는 표현으로, 가볍게 안부를 전하거나 인사를 대신할 때 쓰인다. 예: "오늘도 즐점하세요!"

'채팅방 관리자가 회원님을 내보냈습니다.'

심장이 쿵 하고 내려앉았다.

'이게 뭐야…?'

현수는 순간 뭔가 잘못 본 게 아닐까 싶어 다시 화면을 확인했다.

그러나 메시지는 그대로였다.

그가 3개월 넘게 머물렀던 방.

수많은 대화, 만남, 감정들이 쌓여 있던 곳.

그 모든 것이 단 한 줄의 메시지로 끝났다.

현수는 이게 무슨 일인지 이해할 수 없었다.

"왜?"

입 밖으로 소리가 나왔다.

머릿속이 아찔했다.

어제까지도 아무 문제 없던 방이었다.

그리고 문득 떠오르는 이름.

정선.

손에 땀이 났다.

혹시 그녀가 뭔가를 한 걸까?

그러나 지금은 누구에게도 물어볼 수 없었다.

현수는 멍하니 핸드폰을 바라보았다.

그리고 서서히 다가오는 감정.

허망함, 분노, 그리고 씁쓸한 웃음.

핸드폰을 내려놓고, 깊은 한숨을 내쉬었다.

'이렇게 끝나는 건가…'

창밖에는 도시의 불빛이 흐르고 있었다.

그 불빛은 마치 그의 손에서 사라져 버린 오톡방처럼 멀어지고 있었다.

9. 개설

현수는 다시 핸드폰을 바라보았다.

'채팅방 관리자가 회원님을 내보냈습니다.'

그 차가운 문구에 대해 말하기 위해 기성에게 전화를 걸었다.

"기성아? 나 방에서 내보내졌는데? 강퇴된 거지?"

기성의 목소리는 예상보다 평온했다.

"뭐? 진짜? 야, 나 오늘 하루 종일 바빠서 톡방도 제대로 못 봤어. 무슨 일 있었냐?"

현수는 잠시 머뭇거렸다. 어디까지 말해야 할까. 그러나 결국 그는 입을 열었다.

"정선이랑 있었던 일 때문인 것 같아."

"뭐? 무슨 일?"

"이벤트 끝나고, 얼마 후 데이트했어."

"그리고… 음… 그게 잤어."

"야, 근데 너 그 얘기 왜 그렇게 힘들게 하냐? 둘이 성인인데 그럴

수도 있는 거지.”

“좀… 안 맞았어.”

“무슨 말이야? 안 맞아? 졸라 웃긴 얘기냐? 슬픈 얘기냐?”

“야이~ 미친, 장난 아냐.”

“뭔 일 있었어?”

“일이 있긴 무슨 일이 있겠어. 아니, 그냥 그 후 안 보게 됐어.”

현수는 정확한 이유, 즉 냄새 이야기를 하지는 않았다.

기성은 “잠깐 끊어봐. 확인 좀 하고 다시 전화할게.”라고 말하며 통화를 마쳤다.

잠시 후, 기성은 톡방에 올라왔던 사진과 사람들의 댓글 내용을 캡처해 현수에게 보냈다.

현수와 준희가 노래방에서 찍힌 사진과 함께, 톡방의 대화 내용도 함께였다.

〈채팅방 내용〉

“하트 뿅뿅”

“두 분 잘 어울려요~~”

“오톡방 공식 커플 탄생인가요?”

현수는 다시 기성에게 전화를 걸었다.

“이게 다 뭐냐?”

“사진 봤어? 이거 보고 다들 너랑 초록이 사귀는 줄 알던데?”

그는 한숨을 쉬며 말했다.

176

"준희한테 관심 있는 건 맞는데, 아직은 좀 조심스럽거든."

기성은 뭔가 확인이라도 해야 한다는 듯 물었다.

"별일 없었다는 거지? 양다리나 그런 건 아니야?"

"무슨 양다리야. 정선 연락처도 이미 삭제했고, 그 이후에 초록 만난 거야."

기성은 "알겠어!"라고 답하며 전화를 끊었다.

30분쯤 지나 다시 기성에게 전화가 왔다.

"야, 맞다. 정선이 신고했대."

순간, 현수의 머릿속엔 생각의 파편들이 날아다녔다.

"신고? 신고라니? 무슨 범죄자 취급이야?"

"운영진이 자세한 내용은 말 못 해준대. 그냥 '지저분한 내용'이라는 말만 했어."

현수는 핸드폰을 꼭 쥐었다.

'지저분한 내용? 그게 대체 뭘 의미하는 걸까?'

더 이상 설명이 필요하지 않았다.

정선이 신고했다는 사실만으로도 이미 모든 걸 말해주는 셈이었다.

기성은 다시 물었다.

"야, 근데 진짜 너 뭐 한 거 없냐?"

현수는 짜증이 치밀어 올랐다.

"아오, 몰라. 그냥 우리 집으로 와. 소주 사 들고 와."

기성이 도착하자, 현수는 배달시킨 안주를 꺼내고 소주를 따랐다.

잔을 맞부딪치며, 기성은 씩 웃었다.

"이야, 이렇게 조용하게 하루아침에 강퇴당하는 놈은 처음 본다."

"야, 그 오징어년… 진짜…!"

현수는 결국 터져 나오는 분노를 참지 못했다.

"섹스하는데 냄새가 장난 아니었어. 돌아버릴 뻔했다고!"

기성은 술을 한 모금 마시다 포복절도했다.

"야, 야, 미친. 잠깐만, 너 이 얘기 진짜야? 오징어 냄새?"

"아, 씨발. 내가 거짓말하는 것처럼 들리냐? 냄새에 예민한 놈도 아닌데, 이건 그냥… 그냥!"

현수는 손을 허공에 휘저으며 그때의 악몽을 떠올렸다.

기성은 웃다가 숨이 넘어갈 듯한 얼굴로 소주를 들이켰다.

"야, 근데 정선이 왜 신고했을까?"

현수는 한숨을 내쉬며 말했다.

"몰라. 아마 자기랑 잘 안되니까 분풀이한 거겠지. 그 미친년."

"그 또라이년 때문에 내가 병원 가서 성병 확진 받고 그년한테 문자 보냈는데, 그 반응이 더 어이없어. 마치 내가 옮긴 것처럼. 뭐라더라? '헐' 그게 전부였어. 어이없고 황당해서 그날로 오징어 삭제했어. 생각도 하기 싫다, 야."

"미친다. 완전 마른오징어? 오징어 젓갈 대마왕 악당년이네."

기성은 한참 웃더니, 갑자기 새로운 아이디어를 떠올렸다.

"야, 오톡방 하나 새로 파자.[12]"

"뭐?"

"너도 알잖아. 오톡방은 운영자가 너를 강퇴시키는 순간, 그 방에서의 네 존재는 삭제되는 거야. 마치 넌 없었던 사람처럼. 사람들이 궁금해도 톡방에서 네 흔적을 찾을 수가 없어."

현수는 기성이 무슨 말을 하는지 알면서도 어이없다는 듯 술잔을 내려놓았다.

"그래서? 방을 새로 파면 뭐가 달라지는데?"

"야, 어차피 네가 톡방에서 알던 사람들 연락처 몇 개는 갖고 있을 거 아니냐? 나도 아는 사람 좀 많고, 최대한 초대할 수 있어."

기성은 벌써 핸드폰을 들고 있었다.

"그럼, 그냥 새로운 판을 짜면 돼. 강퇴당한 거? 개의치 말고, 우리끼리 더 좋은 방 만들면 되는 거 아니냐?"

현수는 어이없다는 듯 피식 웃었다.

"야, 이거 무슨 복수극이냐?"

기성은 술잔을 들며 씩 웃었다.

"강퇴당했다고 기죽을 필요 있냐? 우리가 방 파면 되는 거야. 우리가 운영진이 되는 거지."

현수는 술잔을 들어 기성의 잔과 부딪쳤다.

---

12   채팅방을 파다 : '방을 판다'는 오픈채팅방을 새로 개설하는 것을 의미하는 표현입니다.

1⊙. 초대

기성은 방장이 되고, 현수는 운영진이 되었다. 처음엔 단순한 아이디어였다. 그러나 기성과 현수는 점점 이 계획에 몰입하고 있었다. 오톡방 문화에 익숙한 기성은 누구보다 노련했다.

"현수야, 그냥 방 만들고 초대만 하면 되는 게 아니야. 운영진을 어떻게 짜느냐가 중요해."

그는 기존 오톡방에서 본 것들을 떠올렸다. 운영진이 곧 권력이라는 사실. 오톡방의 질서를 유지하는 것도 운영진의 역할이었지만, 운영진이 곧 방의 흐름을 결정짓는 힘이기도 했다.

기성은 자신이 기존 톡방에 남아 있었기 때문에 기존 오톡방의 공지 사항, 운영 방식 등을 참고할 수 있었다.

"너무 티 나게 베끼면 안 되지만, 기본적인 틀은 가져와야 해."

그는 차분하게 방을 만들기 시작했다.

방을 개설하고, 초대 문자를 작성하고, 오픈채팅봇의 인사말도 설정했다. 그리고 현수와 초대 문구를 공유했다.

"저녁에 내가 니네 집으로 갈게."

기성은 잊지 않고 맥주와 소주를 사 왔고 현수는 치킨을 주문하고 기성을 맞이했다. 둘은 단번에 의견이 모였다.

"여자 운영진을 잘 뽑아야 해."

오톡방의 핵심은 여자 회원이었다. 그리고 그녀들이 방에 잘 정착해야 남자들이 자연스럽게 유입된다.

기성은 사진첩을 보다가 초록, 루나, 샌디, 애나가 모여 있는 단체 사진을 보면서 말했다.

"얘네를 운영진으로 하면 베스트일 것 같아."

특히 초록(준희)은 현수도 관심을 두고 있는 사람이었다.

기성은 냉정하지만 현실적인 논리를 펼쳤다. 오픈채팅방에서는 항상 남성 회원이 더 많았고, 여성 회원들은 소수였기에 더욱 중요한 존재였다.

여성 회원들이 많아야 남성 회원들의 참여도 증가한다는 단순한 원리지만, 이 룰을 이해하고 있어야 방폭[13]으로 끝나지 않고, 사람 냄새 나는 오톡방으로 자리 잡을 수 있었다.

"보통 7:3인 곳들도 잘 돌아가지만 6:4 정도로만 맞추면 완벽해."

현수도 동의했다.

그러나 여자들의 숫자만 많다고 해서 되는 게 아니었다.

"여자들이 채팅에도 적극적으로 참여해야 해. 벙개에도 나와야

---

13 방폭: 오픈채팅방이 해체되거나 자연스럽게 무너지는 현상. '방이 폭파된다'는 의미의 줄임말.

하고."

그렇지 않으면 단순히 '숫자로만 있는 유령 회원'이 되기 때문이었다.

이제 그 숫자를 채우는 일이 남았다.

기성이 운영진 초대 문자를 발송했다.

현수도 지금까지 병개를 통해 연락처를 알고 있던 여자들에게 개별 초대 메시지를 보냈다.

가장 먼저 초대한 네 명(초록, 루나, 샌디, 애나)에게 답장이 왔다.

운영진이 먼저 자리를 잡고 나면, 그다음이 일반 회원 초대였다.

운영진을 먼저 확보한 후, 기성은 일반 회원을 초대할 때 사용할 메시지를 작성했다.

현수와 공유하며, 서서히 방을 채우기 시작했다.

점점 새로운 사람들이 들어오기 시작했다.

처음엔 초대한 사람들만 들어왔지만, 점차 초대하지 않은 사람들도 들어오기 시작했다.

처음 보는 닉네임들이 한둘씩 방에 추가되었다.

오톡방은 확장되고 있었다.

며칠 후 현수와 기성은 기존 회원 중에서 누구를 초대할지 공유했다. 채팅방이 활발하기 위해 채팅 수가 많았던 사람들도 떠올리며 닉네임을 언급했다. 그러다 현수가 무언가 생각난 듯 톡을 남겼다.

현수: 아, 맞다. 그 이슬이 새끼는 빼.

기성: 왜?

현수: 야, 그놈 지난번 벙개에서 나한테 5만 원 빌려 갔어. 근데 아직도 안 갚았다고.

기성은 웃다가 현수에게 전화를 걸었다.

"야~ 미친다, 니가 아주 별별 경험을 다했구나! 개노답이네. 그지 새끼도 아니고."

"그런 놈들은 그냥 걸러."

그렇게 '이슬'은 초대 명단에서 삭제되었다.

오톡방이 하나둘 채워지면서, 기성은 묘한 기분을 느꼈다.

운영진의 권력이 어떻게 작동하는지는 이미 익숙했다.

하지만 막상 그 힘이 자신의 손에 들어오자, 예전 오톡방에서 봐 왔던 장면들이 하나둘 떠올랐다.

그땐 무심히 넘겼던 순간들이었다.

그런데 이제는 다르게 다가왔다.

당시엔 보이지 않던 미묘한 긴장과 눈치, 갑자기 강퇴당하는 사람들, 운영진의 말 한마디에 따라 변하는 분위기까지—

모든 것이 생생하게 떠오르며, 마치 그때 느끼지 못했던 감각들이 이제야 늦게 찾아오는 듯했다.

그리고 그는 깨달았다.

그때 봤던 장면들이 단순한 우연이 아니었다는 걸.

운영진의 힘은 생각보다 컸다.

그들의 선택 하나로 누군가는 방에 들어오고, 누군가는 차단되었다. 기성은 혼자 중얼거렸다.

'이게… 권력인가?'

방을 옮기고 초반 며칠까지는 닉네임을 기존에 사용하던 것 그대로 사용하기로 했다. 서로를 알아보고, 익숙한 분위기를 형성하는 데 도움이 될 거라고 생각했기 때문이다.

채팅방의 분위기는 빠르게 달아올랐다.

초대받은 사람들은 서로 이야기를 주고받으며, 아는 사람들을 더 초대하자고 제안했고, 자연스럽게 방 안은 활기를 띠었다.

채팅방을 더 흥미롭고 재밌는 공간으로 만들기 위해, 기성은 자주 현수의 집을 찾았다.

〈운영진 채팅방〉

별밤: 운영진 역할, 우리 제대로 해보자!

신입들 잘 안내하고, 이상한 사람들은 초반에 잘 걸러내자.

사진 도용이나 수상한 행동하는 사람들 잡아내고, 괜찮은 분들 잘 받아서 분위기 좋게 만들어보자.

방 분위기 흐리는 사람들은 최대한 빠르게 정리하고!

우리 방, 재밌고 즐거운 공간으로 충분히 만들 수 있어.

방이 안정되기 전까진, 외모 괜찮고 매너 있는 분들 위주로 아는 사람들 초대해줘.

그리고 운영진들~ 다들 썸타고 달달한 연애도 하즈아~!

우정: 오~ 썸~ 연애… 가자~

여자 운영진들의 장난기 가득한 댓글이 이어졌다.

기성은 술잔을 들며, 피식 웃었다.

"이거, 생각보다 재밌을지도 몰라."

현수도 잔을 들어 올렸다.

"그래, 한번 제대로 굴려보자."

11. 평가

___

오톡방이 생긴 지 2주. 기성은 닉네임을 방장에 어울리는 닉네임인 대장으로 바꾸었고, 현수도 닉네임을 우정에서 바다로 바꾸었다.

벌써 회원 32명.

이 정도면 꽤 활발한 수준이었다. 여자 회원이 14명이었고, 비율이 더할 나위 없이 좋았다.

현수는 처음보다 더 활발하게 채팅에 임했다. 그러나 일하는 시간에 울리는 톡방 알림은 부담스러웠다.

신입 관리, 사진 검토, 공지 작성. 생각보다 운영진의 할 일이 많았다. 그래서 그는 운영진 톡방에서 말했다.

〈운영진 톡방〉

바다: 운영진 일하는 시간이 너무 많아. 좀 조정하면 안 될까? 아니면 나 운영진에서 빼도 돼.

대장: 에이, 무슨 소리야.

기성은 단호했다.

대장: 바다, 너 있어야 해. 여자 회원들도 중요하지만, 남자 외모
도 중요하거든. 너가 남자 회원들 체크하는 역할 해야지.

운영진 방에서는 웃음이 터졌다.

샌디: ㅋㅋㅋㅋㅋ 남자 외모 담당 바다. ㅋㅋㅋ

애나: 남자는 바다 픽 받아야 가능?

루나: 바다 픽 통과해야 벙개 출입 가능?

초록: ㅋㅋㅋ 미쳐. 그래도 인정할 건 인정~

현수: 야이~

현수는 한숨을 쉬었다.

그러나 기성은 진지했다.

대장: 아니, 진짜야. 남자 중에서도 좀 관리해야 해. 여자들 떠받
들기만 하면 되는 게 아니야. 남자들도 어느 정도 괜찮아야 여자들
이 계속 남아.

바다: 존멋 환영을 대문에 걸어야 하나?

대장: ㅋㅋㅋ 니 사진 걸어?

바다: 뭐래냐~

그렇게 현수는 운영진을 계속하기로 했다.

운영진 채팅이 톡방보다 더 활발한 날도 있었다.

운영진들끼리 벙개도 하고, 운영진 전용 정기 모임도 만들었다.

방은 한 달이 넘어가며 회원 40명을 넘겼다.

50명 미만으로 관리하고 싶었으므로, 성공적인 운영이었다.

운영진들이 중심이 되어 벙개를 열고, 채팅 분위기를 주도했다.

운영진들이 움직이면, 자연스럽게 톡방이 활성화됐다.

운영진 채팅에서는 사적인 이야기도 많았다.

〈운영진 톡방〉

초록: 나 어제 벙개에서 한남 보고 깜짝 놀랐잖아.

루나: 왜?

초록: 사진이랑은 너무 달라서. ㅋㅋㅋ

애나: 아, ㅋㅋㅋㅋㅋㅋ 얼평[14] 들어간다.

샌디: 우리도 사진 검토 좀 철저하게 해야겠어. 못생긴 애들은 걸러야 함.

대장: 운영진 특별 권한 – 못생김 퇴출권. ㅋㅋㅋㅋ

운영진 방에서는 키득거리는 대화가 이어졌다.

처음에는 농담이었지만, 그 농담은 점점 실제로 이어졌다.

"여자 중에서도 외모가 너무 떨어지거나, 남자 중에서도 별로인 애들, 그런 애들은 그냥 자연스럽게 정리해야 하지 않겠냐?"

그 말이 지나가고, 아무도 부정하지 않았다.

운영진들은 점점 회원들을 평가하기 시작했다.

아이러니하게도, 그런 분위기 속에서도 방은 점점 더 체계적으로 돌아가고 있었다.

---

14   얼평: '얼굴 평가'의 줄임말로, 외모에 대한 품평을 뜻하는 인터넷 신조어. 주로 온라인 커뮤니티나 채팅방 등에서 상대방의 사진을 보고 외모에 대한 코멘트를 하는 행위를 말함.

〈단톡방〉

어느 날, 한 회원이 운영진에게 할 말이 있다며 운영진 톡방으로 상담 요청을 했다.

유유(44, 일산, 돌, 여).

그녀는 오톡방 초창기에 기성이 초대했던 사람이었다.

유유는 활발한 회원이었고, 운영진들 사이에서도 평가가 괜찮았다. 그러나 그녀가 들어오자마자 꺼낸 말은 뜻밖이었다.

유유: 뿌니(43, 파주, 돌, 여) 말인데요.

바다: 응? 뿌니가 왜?

유유: 남자 회원들한테 자꾸 노래방 비용이랑 2차 회비를 내달라고 하더라고요. 저번 벙개에서 직접 봤어요. 스킨십도 심했고.

순간, 운영진 톡방이 조용해졌다.

뿌니.

운영진들은 그녀의 이름을 떠올렸다.

활발했지만, 너무 활발했던 여자.

그녀는 벙개에서 이 남자 저 남자와 스킨십을 많이 유도했다.

운영진들은 유유의 말을 다 듣고, 다른 회원들을 불러 사실관계를 확인하기로 했다.

〈운영진 톡방〉

대장: 포도(45, 서울, 돌, 남)한테 연락했어.

포도는 병개 당시 뿌니와 함께 있던 남자였다.

대장: 포도 말로는 뿌니가 돈을 내달라고 한 건 아니고, 자기가 그냥 회비를 내준 거라고 함.

초록: 애매하네.

샌디: 근데 우리 방은 이런 거 강퇴 기준 없지 않아?

애나: 그럼 정리 좀 하자.

운영진들은 회의를 시작했다.

기성은 고민 끝에 말했다.

대장: 강퇴 조건을 확실하게 정리해야 해. "금전 요구 금지" 이런 걸 공지 사항에 올려야겠어.

루나: 근데 뿌니 강퇴시킬 거야, 말 거야?

그때, 진중했던 운영진 회의가 다시 가벼운 분위기로 흘렀다.

샌디: 그냥 못생긴 순으로 강퇴시키면 안 됨? ㅋㅋㅋㅋ

초록: ㅋㅋㅋㅋㅋㅋㅋ 그럼, 바다도 위험한데?

바다: 야이~ 첨엔 존잘이라더니 이제. 강퇴기준 미만이냐?

운영진 톡방은 웃음바다가 되었다.

집에서 혼자 술 마시던 현수는 순간적으로 이질감을 느꼈다.

웃고 떠들다가, 그는 문득 자신이 들어갔던 방에서 벌어졌던 일들을 떠올렸다.

그들도 이렇게 놀았을까? 자신이 강퇴당했던 이전의 방. 그곳에서도 운영진들이 모여 앉아 이렇게 회원들의 얼굴을 평가하고, 강퇴를 논의하며, 장난을 쳤을까?

그 생각이 들자, 술기운이 싹 가시는 기분이었다. 그가 그토록 어이없어했던 운영진의 권력. 지금 그 권력은 그의 손안에 있었다. 그리고 그 권력을, 그는 즐기고 있었다.

현수는 천천히 소주잔을 내려놓았다.

'… 이게 운영진일까?'

그는 아무 말 없이, 운영진 채팅을 바라보았다.

12. 후식

현수는 아침부터 분주했다. 오늘은 준희(초록)와의 약속이 있는 날. 단순한 저녁 식사가 아니었다. 준희는 이혼했고, 아이는 남편이 키운다고 했다. 그리고 그녀는 혼자 살고 있었다. 혼자 사는, 썸 타는 여자의 집을 방문하게 된다. 오랜만에 설렘과 긴장이 공존하는 밤이 될 터였다.

거울 앞에 선 그는 넥타이를 매만지며 생각했다. "괜찮은가?"

평소보다 신경 써서 다듬은 수염, 적당히 멋 낸 머리, 단정한 셔츠와 세련된 넥타이. 그리고 속옷은 스판기가 있는 편안한 것으로 준비했다.

온종일 일이 손에 잡히지 않았다. 점심시간에도 동료들과 어울리기보다는 잠깐 오톡방을 들여다보고, 준희의 메시지를 확인하며 시간을 보냈다. 긴장과 기대.

퇴근 후, 그는 서둘러 준희가 정한 초밥집으로 향했다.

음식점에서 그녀를 마주한 순간, 준희의 환한 미소가 시선을 사로

잡았다. 평소보다 여성스러운 원피스를 입은 그녀는 분위기가 달라 보였다. 둘의 대화는 약간의 긴장과 그리고 편안함, 연인의 향이 물씬 풍기고 있었다. 다채로운 색감이면서 정갈하고 촉감이 부드러워 보이는 원피스가 준희를 더욱더 돋보이게 했다. 현수는 그녀의 원피스에 도드라진 가슴에 자꾸 눈길이 갔다. 그리고 처음 준희와 만났을 때, DVD방에서 준희가 젖었던 것이 생각나서 밥 먹다 말고 갑자기 발기됨을 느끼며 다소 당황했다. 밥을 거의 다 먹어갈 즈음, 식사하면서도 준희는 능숙하게 대화를 이끌어갔다.

"오늘 후식은 우리 집에서 마시는 커피 맞지?"

그녀가 장난스레 눈을 깜빡이며 말했다. 현수는 웃으며 대답했다.

"응, 그렇지."

마지막 초밥 한 점을 먹으며, 그는 속으로 심호흡했다. 이제, 진짜 후식이 시작될 시간이었다.

준희의 집은 단출했지만 깔끔했다.

거실에는 소파와 작은 테이블이 있었고, 곳곳에 군더더기 없는 정리된 분위기가 느껴졌다.

"편하게 있어. 커피 내올게."

그녀는 주방으로 가서 커피를 내렸고, 따뜻한 향이 거실을 채웠다. 현수는 소파에 앉아 기다렸다.

현수는 커피를 들고 서서히 마셨다. 준희는 현수의 옆에 앉았다. 현수는 커피 향을 음미하려 하지만 준희의 다리가 닿자, 순간 팬티가 꽉 껴 답답함을 느꼈다. 그 순간 고개가 내려간 현수는 커피를 놓고 벌떡 일어나서 전전긍긍했다. 준희는 현수의 모습을 보며 우습다는 듯 소리 내 웃었다.

현수: 아, 미안. 내가 좀 너무 긴장되나 봐.

준희는 현수의 손을 잡고 방 쪽으로 걸어갔다. 현수는 준희의 손에 이끌려 준희의 방으로 들어갔다. 방문이 열리자, 준희가 몸을 돌려 현수를 바라봤다. 현수는 준희에게 키스하며 바로 침대에 몸을 눕혔다. 그리고 원피스를 올려서 팬티를 살짝 내렸다. 맨 엉덩이를 쓸어 잡으며 현수는 준희의 벌어진 입속에 자신의 혀를 넣고 키스했다. 뜨거운 열기가 느껴지며 현수는 준희의 목에 키스했다. 현수는 자기 옷이, 팬티가 조여오며 갑갑함을 느꼈다. 터져버릴 것 같은 열기를, 불편한 팬티를 당장이라도 벗어버리고 싶었다. 키스하다가 살짝 서로의 몸이 떨어졌고 현수는 빠르게 허리띠를 풀었다. 이때 준희는 몸을 일으키더니 살짝 내려가 있던 팬티를 벗었다. 현수는 준희를 보며 동시에 빠르게 바지를 벗었다. 준희는 현수에게 다가와 넥타이를 풀고 셔츠의 맨 위의 단추를 풀었다. 그러자 빠르게 현수가 자기 셔츠를 벗었다.

팬티만 입은 현수, 그리고 팬티만 벗은 준희.

준희는 현수를 살짝 침대에 눕혔다. 그리고 준희는 원피스를 그대로 입은 채 노팬티 상태로 현수의 위로 올라갔다. 현수의 성기를 준희의 몸속으로 빨아들였고 준희는 현수 위에서 서서히 움직였다. 격렬하고 뜨겁고 빠르게.

현수는 상위에 있는 준희의 가슴을 만졌다. 준희는 현수와 성기가 맞닿아 있는 상태로 원피스를 올려서 벗었다. 옷이 벗겨지면서 준희와 현수의 성기가 서로 살짝 떨어졌다. 그때 현수는 몸을 일으켜 준희를 침대에 눕히고 준희에게 입을 맞추고 목에 키스하고 탐스러운 가슴을 덥석 입에 물고 빨았다. 준희의 몸이 부르르 떨리는 걸 느끼며 그녀의 음부에 현수는 성기를 집어넣었다. 따뜻하고 포근하고 편안한 집에 온 듯 현수는 그 온기에 젖으며 탄식을 내뱉었다. 그리고 뜨겁고 부드러운 진동이 계속됐다. 현수는 몰려오는 흥분을, 폭발할 것 같은 자신의 욕정을 단숨에 뿜어내기 위해 빠르고 빠르게 떨리며 움직였다. 준희의 신음소리가 커졌다가, 잦아들었다가 끙끙거리는 소리를 냈다. 준희의 소리에 현수는 더욱 달아올랐다. 그리고 분출되는 찌꺼기가 나오려는 순간 현수의 입에서 탄식이 나왔다. '아~' 현수는 미끄러지며 누웠다. 그리고 눈을 감았다. 현수는 온몸에 피가, 힘이 온전히 다 빠진 것처럼 녹진한 기분에 당장이라도 잠이 들 것 같았다. 그때 옆에 누워있던 준희는 화장실로 향했고, 현수는 잠깐 눈을 감은 건지, 잠이 든 건지 순간의 시간이 지나갔다. 이후 현수가 눈을 떴을 때 준희가 옆에 누워있었다.

현수의 머릿속에는 여러 감정이 교차했다. 설렘, 만족감, 그리고 어딘지 모를 허전함.

그는 천천히 몸을 일으켜 샤워했다. 거울을 보며 넥타이를 고쳐 매고, 하나씩 옷을 챙겨 입었다. 그리고 거실로 나와 식은 커피를 한 모금 마셨다.

준희가 다가와 소파에 앉았다.

"집에 가려고?"

그녀의 목소리는 담담했다.

현수는 가만히 그녀를 바라봤다.

"응, 내일 출근해야 하니까."

그녀는 조용히 고개를 끄덕였다.

그는 문 앞까지 걸어가다 한 번 더 뒤를 돌아보았다. 그녀는 소파에 앉아, 마치 아무 일도 없었다는 듯 커피를 마시고 있었다.

"들어가서 톡 할게."

그녀는 웃으며 손을 흔들었다.

현수는 천천히 문을 열고 나왔다. 문이 닫히는 소리가 작게 들렸다. 차가운 밤공기가 그의 뺨을 스쳤다.

13. 집병

기성은 핸드폰 화면을 바라보며 깊은 고민에 빠졌다. 채팅방에선 여전히 새로운 메시지가 쏟아지고 있었지만, 그가 신경 쓰는 건 오직 한 사람이었다.

코코.

그녀가 방에 들어온 지 한 달이 채 되지 않았다. 그러나 기성의 눈에는 단번에 들어왔다. 나이를 떠나 분위기 있는 외모, 차분한 말투, 그리고 적당히 거리를 유지하는 태도. 흔한 오톡방 여자들과는 결이 달랐다. 그는 몇 번 번개에서 그녀와 대화를 시도했지만, 매번 어정쩡한 타이밍에 다른 사람들이 끼어들었고, 뭔가 진전이 없었다.

'그냥 단둘이 만나볼까?'

그 생각이 스쳐 갔지만, 금세 고개를 저었다. 남자 방장이 여자 신입에게 먼저 다가가는 건 조심스러웠다. 괜히 방 내에서 소문이라도 돌면 불편해질 게 뻔했다.

그럼 어떻게 해야 할까?

기성은 천천히 맥주를 한 모금 들이켰다. 남자 혼자 여자를 부르면 부담스럽다. 하지만 여럿이 모인다면?

'비벙[15]이다.'

그가 키보드를 두드리며 단톡방을 훑었다. 운영진인 현수와 초록, 그리고 몇몇 마음 맞는 멤버들이 떠올랐다. 이들과 함께라면 부담스럽지 않게 자연스러운 분위기를 만들 수 있을 것이다. 그리고 남녀 비율을 맞춰야 한다. 여자가 너무 적으면 코코가 꺼릴 수도 있고, 너무 많으면 또 애매해진다.

핸드폰을 들고 현수에게 메시지를 보냈다.

기성: 비벙 하나 하자.

현수: 뭔 비벙?

기성: 조용하게 몇 명만 집벙[16]으로 할까 해서.

현수: 갑자기?

기성: 코코 초대하려고.

잠시 답이 없었다. 그러더니, 곧 짧은 답장이 왔다.

현수: ㅋㅋㅋㅋㅋ 그래서?

기성: 여자 넷, 남자 넷 맞춰서 조용히 진행하는 거야.

---

15   비벙: '비밀벙개'의 줄임말. 공개적으로 공지되지 않고 일부 인원만 조용히 참여하는 비공개 모임을 뜻함. 주로 온라인 커뮤니티나 채팅방 내에서 친분 있는 사람들끼리만 공유하는 오프라인 만남 형태로 사용됨.

16   집벙: '집에서 하는 벙개'의 줄임말. 누군가의 집에 몇몇 인원이 모여 식사나 대화를 나누는 비공식 소규모 모임을 의미한다. 주로 친밀한 사이에서 이루어지며, 편안한 분위기의 만남으로 활용된다.

여자가 없으면 코코가 오기 어렵잖아.

현수: 그래서 누구 초대할 건데?

기성은 머릿속에서 빠르게 명단을 정리했다. 당연히 초록은 불러야 했다. 그녀는 분위기를 잘 띄울 줄 아는 사람이었고, 이미 운영진이기 때문에 이 모임을 자연스럽게 만들 수 있었다.

그리고 초록의 친구, 편지.

여자 숫자를 맞추려면 한 명이 더 필요했다. 하지만 기성이 직접 섭외하기보다는 초록이 직접 추천하는 인물이 더 자연스러울 것 같았다. 그래서 초록에게도 연락을 넣었다.

기성: 초록아, 비벙하는데 니 친구 한 명 불러봐.

초록: 비벙? 친구? 개인 친구? 아님 방에서 친구? ㅋㅋㅋ

기성: 코코 초대하려고.

초록: ㅋㅋㅋㅋㅋㅋㅋ 아.

그녀는 금방 사람을 정해서 연락을 주었다.

이제 남자는?

기성은 현수와 자신, 그리고 초창기 멤버인 쓰기와 휴식을 추가했다. 남자 넷, 여자 넷. 딱 맞는 숫자가 나왔다. 그는 흐뭇하게 핸드폰을 내려놓으며 맥주를 한 모금 더 마셨다.

'자, 이제 이 판을 어떻게 끌고 가야 할까?'

집벙 참석자

♥ 남자 4명

기성 (대장/42/서울/돌) → 방장, 집벙 주최자, 코코에게 관심 있음

현수 (바다/42/서울/돌) → 운영진, 초록(준희)과 비밀커플(비커)

휴식 (휴식/39/서울/돌) → 초창기 멤버, 조용하지만 분위기를 잘 맞추는 성격

쓰기 (쓰기/40/서울/돌) → 초창기 멤버, 유쾌하고 주변 잘 챙기고 분위기를 고조시키는 성격

♥ 여자 4명

초록 (초록/38/서울/돌) → 운영진, 현수와 비커 관계, 사교적이고 적극적인 성격

코코 (코코/40/서울/돌) → 기성이 관심 있는 신입, 최근 방에 들어옴

편지 (편지/38/구미/돌) → 초록의 친구, 초록이 초대해서 오톡방 기존.

애나 (애나/39/서울/돌) → 운영진, 사태파악을 잘하고 입이 무거운 초창기 멤버

금요일 저녁, 기성의 집. 초대된 여덟 명이 하나둘 모였다.

기성에게 이 벙개의 핵심은 코코였다.

그녀를 집에 부르고 싶었지만, 여자 혼자 남자 집에 오는 게 쉽지 않다는 걸 알기에 분위기를 만들었다. 자연스럽게 그녀가 올 수 있도록 남녀 비율을 맞추고, 편안한 분위기를 조성했다.

현수와 초록, 그리고 초록의 친구 편지, 운영진 애나, 초창기 멤버인 휴식과 쓰기까지.

그렇게 남녀 넷씩, 완벽한 조합이 되었다.

"왔어? 반가워!"

기성이 먼저 도착한 코코를 보며 밝게 웃었다.

그녀도 가볍게 웃으며 인사를 건넸다.

다른 멤버들도 차례로 도착했고, 집 안은 점점 시끌벅적해졌다.

기성은 자연스럽게 자리를 주도했고, 배달시킨 음식들이 하나둘 도착했다. 테이블 위에는 삼겹살, 치킨, 피자, 감바스, 그리고 각종 안주들이 가득했다.

술이 한 잔씩 오가면서 분위기는 점점 무르익었다.

술 게임을 하며 적당히 취하고, 적당히 달아오르는 분위기가 되었다. 369, 베스킨라빈스 31.

술잔이 비워질수록 말들이 많아지고, 웃음소리가 커졌다.

누군가는 게임에서 지고 벌주를 마셨고, 누군가는 분위기에 취해 자연스레 기대앉았다.

"왕 게임 한 번 갈까?"

누군가의 말에 분위기가 더욱 들떴다.

왕이 된 사람은 누구에게든 명령할 권한이 있었다.

"좋아, 간다!"

종이에 숫자를 적고 각자 하나씩 뽑았다.

그리고 왕이 된 사람이 손을 번쩍 들며 외쳤다.

"내가 왕이다!"

모두가 숨을 죽였다.

첫 번째 명령이 내려졌다.

"3번과 7번, 뽀뽀해!"

3번이 기성, 7번이 현수였다.

모두가 웃으며 박수를 쳤고, 지목된 두 사람이 서로 욕을 하며 벌칙으로 술을 들이켰다.

그러나 술이 더 들어가고, 분위기가 달아오르면서 명령의 수위는 점점 높아졌다.

"이번엔⋯ 5번과 2번, 딥키스하기!"

5번 초록, 2번 휴식.

초록은 말끝을 삼킨 채, 조용히 고개를 숙였다. 그러자 휴식은 자신은 할 수 있다며 적극적으로 나섰다. 초록은 상황을 살피다 술을 마셨다. 자기 술과 휴식의 술까지 마셔야 했는데, 휴식은 그냥 자기 잔은 자기가 마신다고 하며 마셨다.

"4번과 6번, 술 떨어졌으니까 둘이 심부름하고 와!"

벌칙에 당첨된 기성은 코코와 술 심부름하러 나가며 그녀와 잠시 이야기를 나눌 수 있었다. 찬바람을 맞으며 도착한 편의점. 기성은 코코에게 술 깨는 음료를 주며 마시라고 챙겨주었다. 심부름을 다녀오며 잠시 나눈 대화. 집으로 걸어오며 기성은 코코와 잠깐 손을 잡고 걸을 수 있었다.

집에 도착해 보니 게임은 한창이었다. 그런데 어느 순간부터 분위기가 더 스킨십을 요하는 방향으로 흘렀다.

"이번엔⋯. 1번과 3번, 1번이 3번 업어주기."

1번이 초록, 3번이 기성이 되었다. 초록은 기성을 낑낑거리며 업었다.

모두가 박장대소하고 웃었다.

현수는 내내 긴장하고 있었다.

자신과 초록의 관계가 들킬까 봐.

겉으로는 아무렇지 않게 웃으며 게임을 즐겼지만, 마음 한편은 계속 신경이 쓰였다.

초록은 그보다 더 단호했다.

"공개 커플은 안 돼. 방이 망할 수도 있어."

그녀의 말이 떠올랐다.

둘 다 운영진이기에 더욱 조심해야 했다.

밤이 깊어가며 취한 사람들은 하나둘 방으로 들어갔다.

여자는 여자들끼리, 남자는 남자들끼리.

기성도 먼저 들어가서 잠들었다.

거실에는 현수, 초록 그리고 휴식.

셋만이 남아 있었다.

술잔의 흔적이 어지럽게 남아 있었고, 테이블 위에는 남은 안주들이 아무렇게나 놓여 있었다.

"정리 좀 할까?"

현수가 말하자, 초록과 휴식이 고개를 끄덕였다.

셋은 조용히 테이블을 치우고, 빈 병을 정리했다.

현수는 내내 초록에게 말을 걸고 싶었다.

"오늘 어땠어?"

"재밌었어?"

좀 더 진중한 이야기를 하고 싶었지만, 옆에 휴식이 있는 게 걸려서 형식적인 이야기만 건넸다. 그저 눈빛만 주고받았을 뿐.

정리가 끝나고, 세 사람도 각자의 방으로 향했다.

현수는 초록과 나란히 걸으며 짧은 눈인사를 건넸다.

"잘 자."

"응, 잘 자."

그녀의 미소가 스쳐 지나갔다.

토요일 아침. 하나둘 깨어났다. 기성은 가장 먼저 일어나 부엌에서 움직이고 있었다.

"설거지 좀 해야겠네."

누군가는 커피를 내리고, 누군가는 쓸고 닦으며 청소를 도왔다. 현수도 조용히 움직이며 함께 정리했다.

술기운이 완전히 가시지 않은 얼굴들, 그러나 묘하게 더 친밀해진 분위기. 어제보다 더 편안한 공기가 흐르고 있었다.

"밥 먹으러 나갈까? 아니면 라면 끓일까?"

기성이 물었다.

"라면이 낫지 않아?"

"나가기도 귀찮고, 해장엔 라면이지."

결국 모두가 동의했고, 기성은 라면을 끓이기 시작했다.

끓는 물에 면을 넣고, 수프를 뿌리고, 대파를 송송 썰어 넣었다. 라면이 완성되자, 다들 하나둘 식탁으로 모였다. 뜨거운 국물을 후

루룩 마시며, 어제보다 훨씬 가까워진 대화들이 오갔다.

　어쩌면, 오톡방에서 만난 이 사람들이 가족보다 더 자주 보는 사람들이 되어가고 있는지도 몰랐다.

14. 이별 통보

현수는 요즘 들어 오톡방이 유난히 재미있다고 느끼고 있었다.

운영진이 된 이후, 사람들과의 관계는 더욱 깊어졌고, 채팅방의 흐름을 주도하는 일은 그에게 묘한 책임감과 동시에 즐거움을 안겨 주었다.

벙개에 참석하는 빈도도 자연스레 늘었다.

그는 이제, 채팅방이 단순한 온라인 공간이 아니라, 현실과 감정이 교차하는 또 하나의 세계라는 것을 체감하고 있었다.

초록도 마찬가지였다.

그녀는 현수와의 관계도 소중했지만, 벙개 자체를 즐기는 사람이었다.

두 사람은 굳이 따로 약속을 잡지 않아도, 벙개 자리에서 자연스럽게 마주쳤고, 그날의 분위기와 감정에 따라 함께하기도 하고, 각자의 길을 걷기도 했다.

어떤 날은 술자리가 끝난 후 초록의 집으로 향했고, 또 어떤 날은 각자의 집으로 조용히 돌아갔다.

거창한 약속 없이도 흐름에 따라 움직이는 관계. 그것이 그들의 방식이었다.

그날도 평범한 금요일 저녁이었다.

벙개 장소는 어김없이 활기를 띠고 있었고, 신입이 몇 명 있었다.

현수는 운영진으로서 늘 하던 것처럼 신입들에게 먼저 다가가 말문을 트고, 분위기를 부드럽게 이끌었다.

여자들이 노래를 부르면 화답하듯 마이크를 잡았고, 어색해하는 사람들 틈에서 자연스럽게 웃음을 퍼뜨렸다.

그는 그저 해야 할 몫을 해내고 있다고 생각했다.

하지만 어딘가 어색했다.

초록의 눈빛이 평소와 달랐다.

그녀는 유난히 조용했고, 마치 감정의 벽을 하나 세운 듯 현수와 거리를 두고 있었다.

언제나 먼저 다가와 농담을 건네거나 눈짓으로 장난을 던지던 그녀가, 그날은 눈조차 잘 마주치지 않았다.

2차 노래방에서도 그 분위기는 이어졌다.

초록은 신입들과 대화를 나누며 환하게 웃었지만, 그 웃음은 이상하게도 현수에게만 닿지 않았다.

현수는 속으로 되뇌었다.

'기분이 안 좋은 걸까? 무슨 일이라도 있었나?'

하지만 괜한 말로 더 어색해질까 봐 그는 거리를 유지했다.

어차피 끝나고 나면 따로 이야기할 수도 있을 거라 생각했다.

그러나 술자리가 마무리될 무렵, 초록은 가방을 챙기며 조용히 말했다.

"나 먼저 갈게."

현수는 순간 멈칫했다.

"같이 안 가?"

초록은 잠시 걸음을 멈췄지만, 돌아보지도 않고 덧붙였다.

"그냥 갈래."

"왜? 무슨 일 있어?"

그제야 그녀가 돌아섰다.

짧은 한숨을 내쉬며 그를 바라보았다.

"왜 그렇게 여자들 챙겨?"

"뭐?"

"신입들 오면 그렇게 호응해 주고, 챙기고, 노래 부를 때마다 반응해 주고…. 나 없을 때도 그러겠네?"

현수는 어이없다는 듯 웃었다.

"아니, 우리 운영진이잖아. 원래 그래야지. 그게 뭐가 문제야?"

초록은 피식 웃으며 고개를 저었다.

"됐어. 그냥 갈게."

그녀의 발끝은 이미 등을 돌리고 있었다.

현수는 잡을까 말까, 마음속에서 몇 번이나 결정을 되뇌었지만, 결국 아무 말도 하지 못한 채 그녀의 뒷모습을 바라볼 수밖에 없었다.

길가에 멈춘 택시에 그녀가 타고 문이 닫히는 순간까지, 그는 그저 멍하니 서 있었다.

마치 무언가를 잃어버린 사람처럼.

다음 날 아침, 출근길의 전철 안에서 현수의 머릿속은 여전히 어젯밤의 장면으로 가득했다.

그러나 회사에 도착하자마자 밀려드는 업무와 채팅방 관리에 정신을 쏟다 보니, 초록과의 일은 잠시 잊힌 듯했다.

그러다 퇴근을 앞두고 무심코 핸드폰을 열었을 때, 메시지 하나가 눈에 들어왔다.

준희: 우리, 그냥 여기까지 하자.

시간은 낮 12시 47분.

그는 이 메시지가 온지도 모른 채, 여섯 시간이 넘도록 아무런 반응도 하지 못한 셈이었다.

손끝이 떨렸다.

단 한 줄.

이유도, 설명도, 감정도 덧붙여지지 않은 메마른 이별의 문장.

그것이 그가 받은 전부였다.

현수는 천천히 핸드폰 화면을 내려다보며, 어젯밤 초록의 차가운 시선과 돌아서는 걸음, 그리고 마지막으로 들었던 말들을 떠올렸다.

붙잡아야 할까.

아니면, 그대로 끝내야 할까.

마음속에서 수십 번 되뇌어봤지만, 어떤 말도 떠오르지 않았다.

마치 혀끝이 얼어붙은 듯, 문자는 쓰였다가 지워지기를 반복했다.

창밖으로 노을이 물들고 있었다.

하늘은 붉게 타오르고 있었다. 그러나 마음속은 이상하리만치 서늘했다. 현수의 머릿속에는 수연(아내)의 마지막 말, "이혼하자."가 계속 맴돌았다.

그는 핸드폰을 천천히 내려놓았다.

그리고 아무 말도 남기지 않은 채, 조용히 화면을 껐다.

'끝'이라는 말은, 그렇게 간단하고 짧았다.

사랑은, 결국 말 한마디로, 혹은 한 줄의 문자로 끝날 수 있는 일이었다.

15. 동갑방

퇴근길, 현수는 핸드폰을 꺼내 기성에게 전화를 걸었다.

"나다, 너 오늘 저녁에 뭐 하냐?"

기성이 조금 놀란 듯한 목소리로 대답했다.

"갑자기? 왜?"

"그냥… 와서 밥이나 먹자. 소주 좀 사오고."

기성은 한 박자 뜸을 들이더니 웃으며 말했다.

"무슨 일 있는 거 아냐? 너 술 달라고 할 때는 꼭 뭔 일 있을 때잖아."

"와서 얘기하자."

음식을 시켜놓고 소주 두 병을 식탁 위에 올려두었다. 기성이 도착하자 현수는 별말 없이 소주잔을 채웠다.

"그래서, 무슨 일이냐?"

현수는 한참을 뜸 들이다가 조용히 입을 열었다.

"초록이랑… 끝났다."

기성의 손이 잠시 멈췄다.

"뭐? 언제?"

"오늘."

"너네 한 달쯤 된 거 아니었냐?"

"맞아."

"근데 왜?"

현수는 대답하지 못하고 잔을 들이켰다. 한 모금, 두 모금. 소주가 목구멍을 타고 넘어갔지만, 속이 풀리진 않았다.

"그냥 문자 하나 띡 보내더라. 여기까지 하자고."

기성은 헛웃음을 지었다.

"그래서? 너 뭐라고 답했는데?"

"아무것도 안 했어."

기성이 턱을 괴고 한숨을 쉬었다.

"그럼, 톡방에서는 어때?"

현수는 씁쓸한 표정으로 고개를 저었다.

"아무렇지도 않아. 운영진 방에서도 일 열심히 하고, 톡방에서도 여전히 활발하게 대화하고 있잖아."

"그럼, 너도 그렇게 하면 되잖아."

현수는 한동안 말이 없었다.

"그게 말처럼 쉽냐? 같이 있는 공간에서 아무렇지도 않은 척해야 하는데, 난 도저히 그러질 못하겠어."

기성이 고개를 끄덕였다.

"그래서 어쩐다고?"

"방 나가야지."

"방을 나가겠다고?"

기성이 잔을 탁 내려놓으며 펄쩍 뛰었다.

"야, 우리가 만든 방이잖아! 네가 왜 나가?"

"그럼 어쩌냐. 이 상태로는 불편한데."

"초록 내보낼까?"

"그건 좀….."

"굳이 뭘 나가냐, 그냥 잊고 다른 사람 만나. 요즘 새로운 신입도 계속 들어오고 더 활발해지고 있는데."

"모르겠다."

기성은 씁쓸한 웃음을 짓다가 결국 한숨을 쉬었다.

"너 진짜 심각하구나."

"나가고 나면 어떻게든 되겠지."

기성은 한참을 생각하더니, 결국 한 가지 제안을 했다.

"그럼 한 가지 조건이 있다."

"뭔데?"

"내가 있는 동갑방에 들어가."

"동갑방?"

"응. 기혼, 미혼, 돌싱 다 섞여 있는데, 그냥 친구 같은 분위기야. 썸도 별로 없고, 다들 편하게 수다 떠는 방이지."

"근데 내가 왜 거길 들어가?"

"오톡방 한번 나가면 술로 빠지기 딱 좋아. 넌 그런 놈이거든."

현수는 기성이 웃으며 던진 말이지만, 어쩐지 정곡을 찌르는 것 같아 쓴웃음을 지었다.

"그래서, 들어가면 뭐가 좋은데?"

"술 마시고 외롭다고 넋두리하지 말고, 사람들하고 수다 떨고 적당히 어울려. 그리고 너 오톡 끊으면 못 견딜걸?"

현수는 말없이 핸드폰을 바라봤다. 그러다 기성이 보낸 초대 링크를 눌렀다.

[동갑방]

채팅창에는 일상적인 이야기들이 오갔다.

"오늘 점심 뭐 먹었어?"

"회사 앞에서 떡볶이 먹었는데, 별로였어."

"야, 그 집 예전에는 맛있었는데 망존가 부다."

"나 오늘 야근이야 ㅠㅠ"

벙개 이야기는 거의 없었다. 분위기가 썸방 오톡방과는 사뭇 달랐다.

현수는 잠시 고민하다가 조용히 인사를 남겼다.

"안녕하세요. 바다입니다."

금세 환영 인사가 쏟아졌다.

"반가워! 닉 바꾸고."

"내 친구야."

"오, 썽이 친구, 어서와~ 난 샤넬이야."

"아~ 니가 방장이구나."

기성의 말처럼, 이곳은 '동물의 왕국' 같은 분위기가 아니었다.

그리고 현수는 조용히 기성과 함께 만든 오톡방을 나갔다.

집중했던 오픈채팅방이 없자 남는 시간들이 생겼다.

현수는 헬스클럽에 등록하고 운동을 시작했다. 처음에는 꾸준히 할 수 있을까 걱정했지만, 하루하루 몸이 변하는 걸 보면서 오랜만에 성취감을 느꼈다.

처음에는 어색했던 동갑방도 점차 편안해졌다. 사람들이 가벼운 농담을 주고받고, 누군가 고민을 털어놓으면 다 같이 공감해 주는 분위기. 벙개도 한 달에 한 번 있을까 말까였고, 무엇보다 사람을 쉽게 만나고 쉽게 헤어지는 분위기가 아니었다.

하지만 가끔, 핸드폰을 보면서 알 수 없는 공허함이 밀려왔다.

'오톡방이 뭐라고 이렇게 허전하고 무료할까?'

그는 오톡방의 중독성이 얼마나 강한지를 이제야 실감하고 있었다.

16. 재입방

"현수야, 방 다시 들어와."

기성의 목소리는 낮고 가벼웠다. 그러나 그 말이 끝나기도 전에 현수의 이마엔 자연스럽게 주름이 잡혔다. 그는 손에 들고 있던 맥주 캔을 테이블 위에 탁 놓으며 깊은 한숨을 내쉬었다. 캔이 닿는 금속음이 짧게 울렸다. 그 소리는 마치 그의 피로와 불쾌감이 표면 위로 번져 나가는 것처럼 느껴졌다.

"뭐? 불편하다니까. 왜 자꾸 그러는데?"

말끝에 묻어나는 짜증은 억누르지 않았다. 그는 벌써 이 대화가 마음에 들지 않았다. 그건 기성도 알고 있을 터였다.

기성은 늘 그렇듯, 대수롭지 않다는 듯한 웃음을 흘렸다. 살짝 비꼬듯한 그 말투는 늘 무언가를 숨기고 있었다.

"야, 초록이 강퇴시켰어."

"… 뭐?"

현수는 잠시 귀를 의심했다. 대답은 들었지만, 의미를 받아들이는

데엔 조금 시간이 걸렸다. 그는 맥주 캔을 다시 손에 쥐었다가, 들지도 않은 채 가만히 바라보기만 했다. 거기에는 따뜻함도, 갈증도 남지 않았다.

"초록이가 휴식이랑 비커였데. 근데 이번에 새로 들어온 신입이랑 썸 타는 거 같으니까, 휴식이가 열받아서 나한테 상담하더라."

현수는 말없이 눈을 깜빡였다. 마음속에서 퍼지는 미세한 진동이 가슴 안쪽을 톡톡 건드리고 있었다.

"잠깐만. 초록이랑 휴식이가 비커였다고?"

"응. 50일 정도 됐대."

그 순간, 머릿속 계산이 자동으로 돌아갔다. 초록과 자신이 처음 썸을 타기 시작한 시점, 그리고 서로 연락을 끊은 후 흐른 시간. 대략 3주. 그러니까… 그녀는 자신과 썸을 이어가고 있던 그 시점에 이미 휴식이와 연애 중이었다는 뜻이었다. 50일. 그건 숫자였지만, 그 속에 담긴 감정은 결코 단순하지 않았다.

"야, 그럼 이건 완전 양다리였네."

현수는 허탈하게 웃었다. 하지만 웃음은 끝내 입술 끝에서 맺히고 말았다. 손끝으로 이마를 문질렀다. 알 수 없는 감정이 뿌옇게 끓어올랐다가 다시 가라앉았다. 그는 속으로 누군가를 욕하고 싶었지만, 동시에 자신이 너무 순진했던 건 아닌가 싶었다.

기성은 한숨을 내쉬며 말을 이었다.

"휴식이가 완전 멘붕이더라고. 사귀고 있었는데, 초록이가 신입 남자랑 은근슬쩍 썸 타는 것 같으니까 속 터진 거지. 그놈이 나한테 와서 하소연을 하는데, 듣다 보니 너무 어이가 없더라. 내가 뻔히 너네 둘 사이 아는데, 휴식이에 또 다른 신입까지⋯."

현수는 머리에 손을 얹었다. 손바닥 안에서 느껴지는 열기가 점점 무겁게 느껴졌다.

"진짜⋯ 뭐 이런 경우가 다 있냐."

피식 웃으며 기성이 말했다.

"그래서 내가 강퇴시켰어."

"그럼 됐네. 나랑은 상관없는 일인데 왜 나보고 다시 들어오라는 거야?"

현수는 더 이상 개입하고 싶지 않았다. 말 한마디에도 기운이 빠지는 요즘이었다.

"그냥 들어와라. 초록이도 없겠다, 다시 편하게 채팅하면 되잖아."

현수는 말없이 있었다. 대답을 하진 않았지만, 그 말이 아주 틀린 것도 아니라는 걸 알고 있었다. 기성은 잠시 기다리다가 다시 말했다.

"조만간 들어온다고만 해라. 어차피 네가 다시 돌아올 거 다 안다."

현수는 한참을 뜸 들이다가, 결국 짧게 대답했다.

"⋯ 알았어."

그날 밤, 현수는 조용히 동갑방에 접속했다. 감정의 뒤엉킴을 정리하려면, 아무 대화나 붙잡아야 했다. 익숙한 닉네임들, 빠르게 오가는 채팅, 그 안에서 그는 아주 느리게 숨을 고르기 시작했다.

양다리 이야기가 방 안에 퍼지자, 분위기는 순식간에 활기를 띠었다.

"야, 요즘도 그런 사람이 있냐?"

"있지. 많지. 진짜 사람 볼 때 조심해야 돼."

"양다리라니… 대체 어떤 여자야?"

"내가 진짜 속이 쓰려서 미치겠다."

현수는 농담처럼 말을 던졌지만, 그 속은 마치 오래된 상처를 괜히 다시 긁은 듯 쓰라렸다. 웃고 있었지만, 속은 문드러지고 있었다.

그때였다. 동갑방의 방장, 샤넬이 대뜸 말했다.

"야, 너 힘들겠네. 술 한잔하자. 내가 벙개 칠게."

그렇게 해서 모이게 된 다섯 명의 동갑 친구들.

샤넬/42/서울/돌/여

라떼/42/부산/돌/여

꼬막/42/대전/돌/남

필름/42/서울/미/남

그리고 현수.

처음 보는 얼굴들이었지만, 같은 나이라는 이유만으로 그들은 너무도 쉽게 섞였다. 오톡방의 불편한 공기와는 달랐다. 이들은 서로를 평가하지 않았고, 경쟁하지도 않았다. 말할 틈을 빼앗지도, 하이에나처럼 탐색하지도 않았다.

샤넬은 다부진 성격이었다. 목소리에 힘이 있었고, 말투는 카리스마를 품고 있었다. 한쪽 머리를 살짝 묶어 넘긴 스타일은 단정하면서도 세련되었고, 그녀의 말끝에는 늘 주도권이 실려 있었다.

라떼는 부드러운 인상의 여자였다. 화려하진 않았지만, 말투에서 묻어나는 따뜻함이 있었다. 상대방을 먼저 배려하는 말들이 그녀의 성격을 설명했다.

꼬막은 장난기 많은 남자였다. 술잔을 자주 들이키며 사람들의 웃음을 유도했다. 분위기를 이끄는 사람. 어쩌면, 이런 자리에 꼭 필요한 사람.

필름은 말이 없었다. 대신 가끔 던지는 한마디가 묵직했다. 표정은 무심했지만, 눈빛은 사람을 꿰뚫었다. 그는 말 대신 분위기로 존재감을 드러내는 사람이었다.

그리고 그들 속의 현수. 그는 그저 조용히 술잔을 들었다. 그러나 그 속엔 이상하게 가벼운 기류가 감돌고 있었다. 무엇보다 편했다. 누구도 부담스럽게 묻지 않았고, 괜히 마음을 흔들지도 않았다.

"우리 진짜 42살 같냐?"

"아냐. 난 아직 서른다섯 같은데?"

"너무 내려가는데? 서른여덟 정도로 하자."

그 유치한 농담들 속에 웃음이 돌았고, 술잔이 다시 채워졌다. 현수는 그 자리에서 한동안 마음이 평온해지는 걸 느꼈다. 어깨에서 힘이 빠지고, 속이 서서히 가라앉는 듯한 기분. 오래 묵은 탁한 기운이 빠져나가는 느낌이었다.

술이 몇 순배 돌아가자, 샤넬이 현수를 바라보며 말했다.

"그래서, 너 다시 그 방에 들어갈 거야?"

현수는 한참을 생각했다. 굳이 대답하지 않아도 될 질문 같았다. 그러나 결국 조용히 웃으며 말했다.

"모르겠어. 하지만… 오늘은 그냥 이 시간이 좋다."

그날 밤, 현수는 오랜만에 편안한 마음으로 술을 마셨다. 그리고 그 마음은 새벽까지 이어졌다.

다음 날 아침, 출근길. 현수는 핸드폰을 열고, 기존 톡방에 다시 들어갔다. 별다른 말 없이 조용히 입장했고, 기성은 기다렸다는 듯 운영진 자리에 그를 다시 올렸다. 그 순간, 모든 것은 아무 일 없었다는 듯 제자리를 찾은 것 같았다. 하지만 현수는 알고 있었다. 자신은 조금씩 변하고 있다는 것을.

17. 천사

술잔이 부딪치는 소리가 잔잔한 음악 위로 흩어졌다. 유리잔이 맞닿는 맑은소리와 함께, 사람들의 웃음소리가 테이블 위에 동그랗게 퍼졌다. 시끌벅적하지도, 그렇다고 조용하지도 않은, 묘하게 기분 좋은 온도의 소란이었다. 누군가는 허리를 젖히며 크게 웃었고, 또 누군가는 소주를 따르며 상대의 눈치를 슬쩍 보았다.

현수는 조용히 자리에 앉아 있었다. 마치 주변의 공기와 살짝 어긋난 듯한 거리감이었다. 사람들 사이에 함께 있으면서도, 그는 한 걸음쯤 물러나 있는 사람이었다. 테이블 위에 놓인 맥주병과 소주잔, 젓가락 사이로 흐르는 이야기들 속에서도 그는 쉽게 섞이지 않았다.

누군가는 소주잔을 가볍게 기울였고, 또 누군가는 맥주 거품을 쳐다보며 혼잣말을 했다. 또 어떤 이는 바로 옆에 앉은 이에게 스스럼없이 말을 건넸다. 어색함 따위는 오래가지 않았다. 여기서는 누구든 몇 잔이면 친구가 되었다.

현수는 천천히 술잔을 들었다. 손끝에 닿는 유리의 차가운 감촉이 잠시 그의 생각을 끊었다. 술이 입안으로 들어왔다. 미지근했다. 처음엔 부드럽게 혀를 적시고, 곧 쓰디쓴 맛이 목을 타고 천천히 내려갔다. 그 뒤를 따라오는 건 짧고 흐릿한 뒷맛이었다. 금방 사라지는 여운. 그는 그 맛을 오래 음미하지 않았다. 그냥 넘겼다.

요즘의 사람도 그렇다. 처음엔 따뜻하고 부드럽다가, 어느새 차갑고 낯설어지고, 결국 아무 일도 없었던 듯 사라진다.

'너무 빨리 다가가면, 너무 쉽게 사라진다.'

현수는 속으로 중얼거렸다. 그 문장은 마치 오래된 스크래치처럼 마음 어딘가에 얇게 패여 있었다. 톡방에서 겪었던 수많은 만남과 이별들, 누군가의 관심이 시작되는 순간, 또 누군가의 손끝에서 미끄러지는 감정의 낙차들. 처음엔 그 모든 변화가 아팠지만, 이제는 무뎌졌다. 아니, 어쩌면 더 이상 느끼지 않으려 애쓰는지도 몰랐다.

미묘한 호칭 변화, 자리를 정할 때의 눈짓, 술잔을 주고받는 방식, 한순간에 변하는 말투의 온도. 그는 그런 것들을 자주, 많이 봐왔다. 그리고 그 모든 것들이 지나고 나면 남는 건 늘 혼자 들이키는 술 한 잔뿐이었다.

그래서 그는 다짐했었다. 감정은 오래 묶지 않기로. 끌림이 와도 천천히 바라보기로. 지금은 그저 이 공간에 있는 사람들과 어깨를 맞대고, 가볍게 웃으며 잊기 위한 시간.

벙개에 나가는 이유도 그저 그랬다. 누구를 만나고 싶어서가 아니라, 잠깐의 외로움을 달래려는 습관 같은 것. 사람이 많은 곳에 앉아 있는 것만으로도 덜 공허한 밤이 있지 않은가. 그래서 그는 어김없이 이 자리에 있었다. 잔을 비우고, 대화를 듣고, 웃는 사람들의 얼굴을 바라보며.

그런데 그날이었다. 그녀가 들어왔다. 톡방에, 그리고 그의 시야에.

닉네임은 '천사'. 프로필에는 단출한 정보가 적혀 있었다. '천사/43/서울/돌/여'

평범하게 진행된 얼공 사진, 그녀의 사진은 운영진 방에 보관되었다. 사진 속 그녀는 단지 '예쁘다, 혹은 아름답다'라는 단어로는 설명되지 않는 사람처럼 느껴졌다. 몇몇 사람들은 그녀의 사진이 과도하게 포샵 된 사진이거나 도용이라고 생각해서 양해를 구하고 다른 사진도 부탁했었다. 처음 방에 들어온 날부터, 톡방에서의 채팅에서조차 그녀는 그녀만의 공기 속에서 다른 진동을 가지고 있었다. 눈에 띄는 말이나 행동은 없었지만, 뭔가 서서히 다가오는 향기처럼, 존재감은 오히려 은근했고 그래서 더 강렬했다.

그리고 그날 저녁, 천사는 벙개에 모습을 드러냈다.

현수가 그녀를 처음 본 순간, 시간이 느리게 흐르는 듯한 착각에 빠졌다. 사람들 사이에서 그녀는 말없이 걸어 들어왔고, 그 어떤 꾸밈도 없는 옷차림이었지만, 그조차도 이상하게 단정해 보였다. 검은 니트와 어깨를 타고 부드럽게 흐르는 머릿결. 그녀는 어떤 화려함보다 조용한 무게감을 가진 사람이었다.

천사의 얼굴은 선이 또렷했다. 눈매는 길고 맑았고, 입술은 얇지만 선명했다. 피부는 밝고 윤기가 났으며, 그 주변 공기엔 어딘가 은은한 향이 있었다. 인공적인 향수가 아니었다. 깨끗한 비누 냄새 같은 것. 세탁을 마친 하얀 셔츠에서 나는 고요한 냄새. 그 향은 그녀의 말투와도 닮아 있었다.

현수는 이상하게 시선을 거둘 수 없었다. 그녀가 잔을 드는 동작, 고개를 살짝 기울이며 웃는 순간, 대화 중 눈썹을 살짝 찌푸리는 섬세한 표정 하나까지. 모든 게 조용한 악보처럼 리듬을 가지고 있었다.

그녀는 말수가 많지 않았다. 대신 상대의 말을 듣는 데 집중하는 사람이었다. 눈을 맞추고, 고개를 끄덕이고, 꼭 필요한 말만 꺼내며 대화를 이어갔다. 그 모든 동작이 너무나 자연스러워, 오히려 사람들은 자신도 모르게 그녀를 향해 말을 더 꺼내고 있었다.

그녀는 한 사람씩, 아주 천천히 사람들을 끌어당기고 있었다. 무언가를 내세우지 않으면서도, 모두를 끌어들이는 방식. 그것은 어떤 사람도 흉내 낼 수 없는 묘한 기류였다.

현수는 그 모든 걸 바라보며 술을 조금씩 마셨다. 그녀와 마주 앉아 있지 않았지만, 자꾸만 시선이 향했다. 그가 의도한 것도, 의식한 것도 아니었다. 그냥 본능처럼. 그녀가 잔을 드는 손끝, 웃음 뒤에 머뭇거리는 표정 하나하나가 그에게 각인되듯 남았다.

그는 알 수 있었다. 이 여자, 오래 혼자 있지 않을 거라는 것을. 말은 적지만 공기가 그녀를 설명하고 있었다. 그리고 그 공기 속에서 현수는 다시, 잊고 있던 감정을 느끼고 있었다.

그 순간이었다. 천사의 시선이 아주 천천히 현수를 향했다. 주변의 소란한 소음들이 그 찰나에 잦아드는 듯했다. 그녀의 눈빛은 단순한 시선이 아니었다. 마치 오래전부터 그를 지켜봐 온 사람처럼, 어떤 결론에 도달한 듯한 침착함이 있었다. 눈동자 속에 담긴 무언가가, 조용히 그를 흔들었다.

현수는 그 시선에 살짝 고개를 돌렸다. 입술은 말없이 닫혀 있고, 손끝은 술잔을 괜히 한 번 더 매만졌다. 그가 숨을 고르려는 찰나, 그녀의 입술이 아주 조용히 움직였다.

"바다는… 별로 말을 안 하네?"

그 말은 유난히 부드러웠다. 그러나 그 안에 담긴 울림은 이상하게 명확했다. 마치 물속에서 들려오는 소리처럼 멀리서 울리는 듯하면서도, 마음 안쪽 깊숙이 들어오는 선명함이었다. 단순한 말 한마디였지만, 그 순간 현수는 속을 들킨 것 같은 기분이 들었다. 숨이 어긋났다. 스스로도 인지하지 못했던 고요함이 드러나는 순간이었다.

"… 아, 그냥 듣는 게 더 재밌어서요."

현수는 애써 웃으며 대답했다. 하지만 그 웃음은 자연스럽게 이어지지 못했다. 입꼬리는 올라갔지만, 표정의 끝은 뻣뻣했고, 마음속에서는 작은 파문이 일렁였다. 천사는 가만히 그를 바라보았다. 시선을 피하지도 않고, 특별한 표정도 없이. 그러다 아주 느리게, 입꼬리가 스르르 말려 올라갔다.

그녀의 미소는 소란하지 않았다. 말하자면, 잔잔한 오후 햇살이 커튼 사이로 들어올 때처럼 부드럽고 조용했다. 그러나 그 미소는 이상하게 오래 남았다. 눈을 감아도 지워지지 않는 잔상처럼.

"뭔가… 다르게 보이네."

그녀는 마치 혼잣말처럼 말했고, 현수는 그 말이 자기 귀를 지나 가슴 어딘가에 얇고 날카롭게 스며드는 것을 느꼈다. 말로는 설명할 수 없는 찌릿한 감정이었다. 누군가 마음 안쪽의 작은 문을 조용히 열고 들어온 느낌.

그 말 이후로, 천사는 다시 조용해졌다. 다른 사람들과 자연스럽게 이야기를 나눴고, 현수도 덩달아 대화에 끼어들었다. 하지만 그의 의식은 계속 천사 쪽에 머물러 있었다. 그녀의 말투, 눈빛, 손끝의 움직임까지—모두가 잔상처럼 그의 안에 맴돌았다.

벙개가 끝나갈 무렵이었다. 모두가 잔을 비우며 웃고 떠드는 틈 사이로, 현수는 자신도 모르게 몇 번이나 그녀를 바라봤다. 갈까? 말까? 다가가 볼까, 아니면 이대로 돌아서야 할까. 마음속에서 '하지 마라'와 '지금이야'가 서로 어깨를 붙잡고 싸우고 있었다.

그는 결국 일어섰다. 발걸음이 가볍지는 않았지만, 확실했다. 어느새 그의 손은 핸드폰을 쥐고 있었고, 시선은 그녀의 곁으로 향하고 있었다.

"천사님, 혹시… 연락처 좀 받을 수 있을까요?"

그녀는 천천히 고개를 돌렸다. 주변의 소음이 잠시 멀어졌다. 그 눈빛은 여전히 잔잔했다. 흔들림이 없고, 동요도 없었다. 마치 예상하고 있었다는 듯한 표정이었다.

"천사님? 누나라고 안 하고?"

그녀는 짧게 말했다. 말투는 가볍지만, 어딘가 뾰족하게 남는 여운이 있었다.

"아, 누나라고 불러드릴까요?"

현수는 웃었다. 조금 더 편한 톤으로 말해보려 했지만, 스스로도 어딘가 부자연스럽게 느껴졌다. 그녀는 눈썹을 살짝 치켜올렸다. 눈동자 속이 살짝 웃었다.

"근데 바다는 톡방에서 연락처 잘 안 묻는다던데?"

그 말은 놀랍지도 않았다. 현수는 어쩐지, 그녀가 이미 자신을 유심히 보고 있었다는 것을 이제야 실감했다. 그가 얼마나 조심스럽게 관계를 맺는 사람인지도, 아마 다 알고 있었을 것이다.

"아… 천사님이라서 묻는 겁니다."

그 말이 입 밖으로 나오자, 그제야 그녀가 미소를 지었다. 조금 다르게. 소리 없이 퍼지는 미소였지만, 확실한 기류가 있었다. 짧은 침묵. 그리고 그녀가 말했다.

"어. 핸드폰 줘 봐."

현수는 잠시 멈칫하다가 핸드폰을 내밀었다. 그녀는 자연스럽게 손끝을 움직였다. 번호를 누르는 그녀의 손이 그의 화면 위에서 조용히 움직이는 모습은 이상하리만큼 정돈되어 있었다. 손톱 끝은 깔끔했고, 동작엔 한 치의 망설임도 없었다.

그 순간, 현수의 심장은 미세하게 빨라졌다. 그녀의 손끝이 그의 세상에 닿는 듯한 감각. 번호 하나하나가 화면에 찍히는 소리가 또렷하게 들리는 듯했다. 마치 누군가 그의 가슴 속에 작은 방울을 떨어뜨리는 느낌이었다.

그녀는 핸드폰을 건넸다. 아무 일도 아니라는 듯한 표정으로. 하지만 현수는 알고 있었다. 지금 이 순간, 아주 작은 무언가가 그의 세계 안에 조용히 자리를 잡았다는 것을.

18. 공커

현수는 조용히 핸드폰 화면을 들여다보았다. 손가락은 잠시 머뭇거리다가, 결국 짧은 메시지를 보냈다. 상대는 그녀였다. 오톡방에서 '천사'라는 닉네임으로 처음 그에게 들어왔던 여자. 이제는 그의 시야에서 쉽게 지워지지 않는 사람.

그는 그녀의 이름이 궁금했다. 단순한 호기심이라기보다는, 이름이라는 고유의 결을 알고 싶었다. 그녀는 화면 너머로 조용히 답을 보냈다.

'이서윤.'

그 이름은 이상하게 오래 남았다. 음절 하나하나가 고요한 여운처럼 마음속에 맴돌았다. 이름이 사람의 분위기를 닮는다는 말이 있다면, 서윤은 딱 그랬다. 단정하고 부드러우며, 어딘가 단단한 속을 품고 있는 느낌.

현수는 서윤과 둘이 식사 약속을 잡았고 개인적인 이야기를 나눌 수 있었다. 그녀와 대화를 이어가면서, 현수는 조금씩 그녀의 이야기를 알게 되었다. 서윤에게는 아이가 둘 있었다. 하지만 그 아이들은 전남편이 키우고 있다고 했다. 그녀는 담담하게 말했다.

"아, 혼자 살아."

그 말 한마디에, 현수는 한때 자신이 그리던 가족의 그림자가 떠올랐다. 그 역시 혼자였고, 여전히 어딘가 빈 자리를 품고 살고 있었다. 그는 수연(전 아내)도 떠올렸다. 그때도 이렇게 대화를 시작했었다. 그리고 끝은 늘 혼자였다.

서윤은 말이 많지 않았지만, 한마디가 깊게 스며드는 사람이었다. 그가 조심스럽게 물었다.

"이혼은… 혹시 실례가 안 된다면 물어봐도 돼요?"

서윤은 한동안 침묵했다. 그 침묵은 불편하지 않았지만, 묘한 무게감을 남겼다. 그리고 이내, 짧고 단호하게 말했다.

"남편이 바람을 많이 피웠어."

그 말은 칼날처럼 짧았다. 그러나 그 안에는 말보다 훨씬 많은 것들이 담겨 있었다. 표면적으로는 담담해 보였지만, 그 목소리 밑바닥엔 오래 눌러둔 감정들이 깔려 있었다. 현수는 말없이 그녀의 대답을 되새겼다. 그 말은 그의 마음에도 스며들었다.

그녀는 더 말하지 않았다. 하지만 현수는 알 수 있었다. 서윤은 오랜 시간 견디고 있었다. 그 끝이 단지 '바람' 때문만은 아니었으리라. 수많은 인내의 시간, 수많은 무너진 감정들. 그 모든 것을 지나온 끝에, 그녀는 혼자가 되었다.

현수는 바로 대답하지 못했다. 오히려 그의 과거가 머릿속을 스쳐

갔다. 그의 이혼도 떠올랐다. 수연. 그의 아내였던 김수연.

그날을 그는 잊을 수 없었다. 아무런 전조도 없이, 그녀는 단호하게 말했다.

"이혼하자."

며칠째, 같은 말이었다. 조용하지만 단호했고, 그의 귓가에 메아리처럼 맴돌았다. 피하려 했지만, 결국 지친 마음에 그는 입을 열었다.

"알겠어."

그리고 수연은 그날, 짐을 싸서 곧장 집을 나갔다. 감정의 그림자조차 남기지 않은 채.

그때 그는 생각했다. '나에겐 친정에 알리지 않겠다고 했지만 그래도 처갓집에 갔겠지.' 하지만 시간이 지나 알게 된 건, 그녀는 그 어디에도 없었다는 사실이었다. 그리고 어느 날, 그 안에 파고들었던 의심 하나.

'남자가 있었던 게 아닐까?'

그 생각은 처음엔 부정하고 싶었다. 하지만 시간이 지날수록, 그 의심은 의심이 아니라 확신이 들었다. 감정 없는 이별, 단 하루 만에 이사 가는 단호함. 그 모든 것들은 상식적인 설명으로는 부족했다.

'남자가 없었다면, 그게 가능했을까?'

현수는 그 생각이 끝날 때마다, 혼자 술잔을 비우곤 했다. 그리고 자신을 비웃듯 속으로 중얼거렸다. 너무 늦게 알아차렸다고.

그리고 이제, 그는 새로운 여자와 마주하고 있었다. 이서윤. 그녀는 그의 과거를 닮아 있었다. 배우자의 배신, 그로 인한 상처, 그리고 고요한 단념. 닮은 사람끼리는 서로를 쉽게 알아보는 법이었다.

그는 점점 서윤에게 끌렸다. 마음은 조용히 열리고 있었고, 감정은 어느새 바닥을 비추기 시작했다.

어느 날, 그들은 처음으로 함께 밤을 보냈다.

서윤은 강렬했다. 겉모습은 지적이고 단정했지만, 둘이 있을 때는 누구보다도 뜨거웠다. 자연스럽게 대화를 나누며 고조시키는 섹스, 그리고 강렬한 애무. 현수는 온몸의 감각에 소스라쳤다. 그녀는 온전히 감정으로 움직이는 사람이었고, 동시에 남겨두는 여백이 많은 사람이기도 했다. 그 여백은 현수를 자꾸만 당기고, 깊게 빠져들게 했다.

그녀와 함께 있는 동안, 그는 자신이 자유로워지고 있음을 느꼈다. 무언가 오래된 억압이 풀리는 느낌이었다. 서윤은 그를 묶지 않았고, 대신 풀어주었다. 그 자유로움은 따뜻했고, 또 위험할 정도로 달콤했다.

그 밤이 지나고, 현수는 처음으로 다시 진지한 연애를 하고 싶다고 생각했다. 가볍지 않게, 술김에 흐르지 않게, 뿌리를 내리고 싶은 감정이었다.

그리고 그들은 연애를 시작했다. 하지만 한 가지가 걸렸다. 비커.

오톡방에서 비커로 연애하면, 언제든 관계가 노출될 수 있었다. 사람들의 관심, 시선, 오해, 소문. 그 모든 것들이 다시 반복되는 게 현수는 싫었다. 그래서 그는 서윤에게 조심스레 말했다.

"우리… 공커로 하자."

그녀는 눈을 피하지 않았다. 현수는 그녀가 머뭇거릴 줄 알았다. 그러나 서윤은 짧고 분명하게 말했다.

"응. 그러자."

그녀의 대답은 빠르고 명확했다. 아무런 계산도, 조건도 없었다. 그 간결함은 오히려 더 묵직하게 다가왔다.

그렇게 그들은 공식 커플이 되었다.

닉네임을 바꾸는 건 단순한 일이었지만, 그들의 마음은 진심이었다. 현수의 닉네임 끝엔 작은 하트가, 서윤의 닉네임 끝에도 같은 기호가 붙었다.

'바다♥천사'

그리고 방엔 공지가 올라갔다.

[공지] 새로운 공개커플이 탄생했습니다!

'바다♥천사'

그 순간, 오톡방은 떠들썩해졌다.

"와! 축!!"

"헐 대박! 추카추카~"

"잘 어울려요! 오래오래 행복하세요~"

축하 메시지가 쏟아졌다. 현수는 미소 지으며 핸드폰을 내려놓았다. 이제는 더 이상 숨길 필요가 없었다. 마음을 감출 이유도 없었다.

그는 이제, 사랑할 준비가 되어 있었다. 전보다 훨씬 단단하게, 훨씬 조심스럽게, 그러나 분명하게.

19. 탈방

"난 오톡 안 해도 상관없어. 해도 상관없고."

서윤의 목소리는 낮고 부드러웠다. 하지만 그 안에 담긴 진심은 또렷하게 전해졌다. 그녀는 말끝을 흐리지 않았다. 늘 그랬다. 조용하지만 단단한 사람. 현수는 그녀의 말을 듣고 잠시 말이 없었다. 짧은 문장이었지만, 오히려 그 속에 담긴 의미는 무겁게 다가왔다.

현수는 그녀를 처음 만났던 그날을 떠올렸다. 톡방에서 오갔던 짧은 인사, 첫 벙개에서 마주한 눈빛, 잔을 들고 조용히 웃던 모습. 그날 그녀가 보여준 분위기는 단순히 외모의 아우라라고 부르기엔 부족했다. 또렷한 이목구비, 잘 정돈된 말투, 그리고 그 말 사이에 흐르던 침착함. 겉모습이 예뻤다는 것은 부차적인 일이었다. 그녀는 그보다 더 깊은 결을 가진 사람이었다.

그녀와의 대화는 매번 놀라움의 연속이었다. 생각의 결이 자신과 닮아 있었고, 말하는 방식에서도 묘하게 편안함이 배어 있었다. 그렇게 조금씩, 천천히, 그러나 분명하게 그들은 서로에게 스며들었고, 이제 그녀는 그의 여자가 되었다.

공개 커플이 된 후, 오톡방의 분위기는 이전과는 조금 달라졌다. 며칠 뒤 또 다른 커플이 등장하면서, 방 안은 다시 한번 들썩였다. 연애 소식에 이모티콘과 하트가 쏟아졌다.

"와, 선남선녀?"

"대박! 두 분 완전 잘 어울려요!"

"커플 탄생 축하합니다~!"

축하 메시지들이 흘러넘쳤다. 누군가의 사랑이 공개되면, 이상하게 다른 사랑들도 고개를 들기 시작했다. 비커 시절엔 숨죽였던 감정들이, 공개 커플이 늘어나자 조금씩 빛을 보기 시작했다. 어딘가 달라진 공기 속에서, 사람들은 더 이상 자신의 연애를 숨기지 않았다. 오히려 서로의 관계를 자연스럽게 인정하고, 격려하는 분위기로 퍼져갔다.

현수는 오톡방이라는 공간 안에서 만난 사람이지만, 그 관계는 단순한 호기심이나 외로움의 탈출구가 아니었다. 서윤과 그는 조금씩 서로의 일상에 스며들고 있었다. 하루의 피곤한 감정, 작고 사소한 일상의 이야기, 그리고 아주 작은 습관까지도 공유하게 되었다.

어느 날, 서윤이 물었다.

"자기, 집밥 좋아해?"

그 말은 뜻밖이었다. 하지만 따뜻했다. 현수는 웃으며 말했다.

"당연하지. 난 누가 해주는 밥이 제일 맛있더라."

서윤은 짧게 고개를 끄덕였다.

"그럼, 내일 우리 집에 와. 내가 해줄게."

그녀의 초대는 담백했지만, 그 안에는 뭔가 다른 기운이 감돌았다. 현수는 그 말을 듣고 나서부터 마음이 자꾸 설렜다. 오랜만에 느껴보는 아주 단순한 기대였다. 누군가가 준비한 밥상을 앞에 두고 앉는다는 것. 그건 그에게 오래전부터 잊고 있던 따뜻함이었다.

다음 날, 서윤의 집을 찾았을 때, 현수는 주방에서 분주하게 움직이는 그녀의 모습을 조용히 바라보았다. 앞치마를 두른 그녀는 소리를 내지 않고 요리하고 있었고, 그 조용한 움직임에서 묘한 평온함이 흘렀다.

돼지고기볶음이 지글거리는 소리, 된장찌개에서 피어오르는 구수한 향기, 계란말이를 부치는 그녀의 손끝에서 흐르는 정성.

그 모든 풍경은 오래된 필름처럼, 현수의 가슴 속에 아늑하게 스며들었다.

식탁 위엔 정갈하게 차려진 반찬들이 놓여 있었다. 김이 모락모락 피어나는 된장찌개, 윤기 흐르는 제육볶음, 호텔 조식처럼 정갈한 계란말이, 간이 알맞게 밴 나물 반찬들까지.

그는 한참을 바라보다가 천천히 젓가락을 들었다. 한 입 떠먹은 찌개의 국물이 입안에 퍼지는 순간, 현수는 생각했다.

'내가 이 여자를 왜 이제야 만났을까?'

그건 단순한 맛 때문만은 아니었다. 그 국물 속엔 그녀가 삶에서 지켜온 단정함과 따뜻함이 담겨 있었다. 정성이라는 단어가 실체를 가진다면, 그것은 바로 이런 밥상 같을지도 몰랐다.

서윤이 조용히 물었다.

"맛있어?"

현수는 천천히 고개를 끄덕이며 말했다.

"응, 너무 맛있어. 진짜 최고야."

그는 젓가락을 잠시 내려놓고 그녀를 바라보았다. 서윤은 자신이 만든 음식을 먹고 있는 그를 바라보며 잔잔히 웃고 있었다. 얼굴에 번지는 미소에는 자랑도, 부담도 없었다. 그저 '함께 있음'에 대한 기쁨만이 남아 있었다.

그 순간, 현수는 다시 한번 느꼈다. 아니, 확신했다.

'나는 이 여자와 오래 함께하고 싶다.'

그는 이제 마음속에 확실한 문장을 하나 새겼다.

더 이상 이 관계는 잠시 머물다 가는 바람 같은 감정이 아니었다.

이제 그는 사랑하고 있었다.

그들은 서로를 아끼고, 사랑했다.

함께 있을 때면 시간이 다르게 흘렀고, 같은 공간에서 웃음이 번질 때면 그 어떤 말보다 확실한 감정이 오갔다.

그러나 톡방에서의 연애는 생각보다 쉽지 않았다. 사랑하는 마음만으로는 지켜낼 수 없는 것들이 있었다. 서윤이 벙개에 다녀온 날이면, 늘 귀에 들어오는 이야기들이 있었다.

"서윤한테 대시하는 남자들이 있대."

"공커인데도 여전히 관심 보이는 애들이 있더라."

현수는 그런 이야기를 들을 때마다 괜찮은 척했지만, 마음 한편엔 어쩔 수 없이 작은 파문이 일었다.

그건 서윤도 마찬가지였다.

현수가 혼자 벙개에 나간 날이면, 그녀도 주변에서 이런 말을 들었다.

"운영진이라 그런지 신입 여자들이 엄청나게 붙는다더라."

"어떤 애는 대놓고 호감 표시했다던데?"

그런 말들이 귀에 들어올 때마다, 둘 사이엔 묘한 긴장감이 감돌았다.

함께 벙개에 나갈 때는 괜찮았다. 서로를 확인할 수 있었고, 서로의 존재가 자연스럽게 선을 그어주었다.

하지만 한 사람만 나가게 되는 날이면, 불필요한 오해가 공기처럼 퍼졌다.

보이지 않는 말들, 사소한 시선들, 그리고 그 안에서 생기는 상상은 어느새 둘 사이에 작은 틈을 만들었다.

믿었다.

서로를 믿고 있었다.

하지만 이곳의 분위기라는 것은 믿음마저도 흔들 수 있었다.

믿음을 시험하는 것은 상대가 아니라, 그들을 둘러싼 수많은 말의 그림자였다.

"나 이상한 말 들었어. 지난번 신입이 당신한테 들이댄다는 소문."

서윤의 말에 현수는 눈을 가늘게 떴다. 그리고 천천히 말했다.

"뭐지? 난 네가 벙개에 나갔을 때, 남자들이 들이댄다는 얘기 들었는데?"

순간, 둘의 말은 서로를 겨누는 화살처럼 날아들었다.

조금씩, 아주 조금씩 얇게 쌓이던 불안이, 드디어 표면 위로 모습을 드러낸 것이다.

사랑은 있었지만, 감정은 지쳐가고 있었다.

톡방이라는 공간이, 그들의 연애를 점점 무겁게 만들고 있었다.

"이렇게 사귀는 게 맞는 걸까?"

그날 밤, 현수는 오랜 시간 생각에 잠겼다.

서윤과 함께하는 시간은 분명 따뜻했지만, 그 따뜻함을 계속 지켜내기 위해서는 무언가를 바꿔야 했다.

지금의 방식으로는 언젠가 상처만 남게 될지도 몰랐다.

다음 날 아침, 그는 조용히 말했다.

"우리, 방을 나가자."

그 말은 짧았지만, 그 안에는 많은 고민이 담겨 있었다.

서윤은 한참 동안 말이 없었다. 그러다 아주 천천히 고개를 끄덕였다.

"그래. 나도 그게 좋을 것 같아."

그들은 마침내 결정을 내렸다.

더 이상 오해도, 소문도, 불필요한 시선도 감당하고 싶지 않았다.

사랑은 보호받아야 했다. 보여지는 게 아니라, 지켜지는 것이어야 했다.

현수는 기성에게 전화를 걸었다.

"기성아, 우리 방에서 나갈게."

기성은 잠시 침묵했다. 하지만 이미 예상하고 있었다는 듯한 목소리였다.

"진짜 나가는 거야?"

"응. 우리 진지하게 만나고 싶어서."

기성은 짧은 숨을 내쉬었다.

"알겠다. 근데… 술 땡기면 전화해라. 우린 따로 보자."

"그러자."

"우선 내가 공지글 먼저 띄울 테니까. 인사하고 나가라."

잠시 뒤, 톡방에 공지글이 올라왔다.

[공지] 바다♥천사님이 방을 떠납니다.

바다: 그동안 재밌었어요. 요즘 연애에 집중하느라 톡방에 신경을 많이 못 쓰게 돼서, 우리 둘 다 방을 나가려고 합니다. 다들 좋은 인연 만나시길 바랍니다. 감사합니다!

순식간에 답글들이 이어졌다.

"헉… 두 분 진짜 나가는 거예요?"

"둘이 행복하게 잘 만나세요! 방에서 못 보는 건 아쉽네요 ㅠㅠ"

"아, 바다, 아쉽다. 두 분 좋은 연애 하세요!"

현수는 하나하나 답을 달았다.

익숙했던 사람들이 남긴 짧은 문장들.

그 안에 담긴 진심과 아쉬움을 느끼며, 그는 마지막으로 방을 나 갔다.

그리고 핸드폰을 내려놓았다.

창밖은 밝은 햇살로 물들어 있었다.

아직 이른 시간의 고요함.

그 안에서 그는 혼자 창밖을 바라보며, 지난 시간을 떠올렸다.

오톡방에서 많은 일들이 있었다.

재미있었고, 설레었고, 때로는 상처도 받았다.

그리고 무엇보다, 그는 감사했다.

그곳에서 한 사람을 만났으니까.

그는 그 인연을 가슴 깊이 품으며, 조용히 웃었다.

20. 이별

————

현수와 서윤은 오톡방을 나와 둘만의 연애를 이어갔다.

다수의 사람 속에서 채팅창 너머로 스쳐 갔던 감정은 이제 현실 속 한 사람에게 닿아 있었다. 더 이상 익명의 말들 속에서 마음을 찾지 않아도 됐다. 더 이상 눈치나 경쟁, 오해와 경계로 감정을 지키지 않아도 됐다.

현수는 오톡에서 느꼈던 자극적인 재미와 유희를 떠올릴 때도 있었다.

그곳은 언제나 새로운 얼굴이 있었고, 매번 감정이 뒤섞였으며, 예측할 수 없는 말들이 오갔다. 그것은 피곤했지만 동시에 묘하게 중독적인 세계였다.

하지만 그런 순간마다, 그는 마음속에서 자신을 스스로 다잡았다.

'나는 이제 이곳을 벗어나, 현실의 사랑을 선택했다.'

그 다짐은 단순한 말이 아니라, 자신을 지탱해 주는 기둥 같은 것이었다.

서윤과 함께하는 시간은 평온했고, 따뜻했다. 함께 밥을 먹고, 여행을 떠나고, 계절의 변화를 함께 맞이했다. 어느 날은 서윤이 밥상을 차렸고, 또 어느 날은 현수가 와인을 준비했다. 연인의 일상이 쌓여가며 둘 사이에는 잔잔한 신뢰와 편안한 온기가 퍼져갔다.

현수는 만족했다.

아니, 만족하려고 애썼다.

그러나 마음의 가장 깊은 곳에 남은 허전함은 쉬이 사라지지 않았다. 핸드폰을 들여다볼 때마다, 그는 어딘가 공허한 기분을 느꼈다. 무심히 지나치던 채팅창, 빠르게 흐르던 대화, 사라졌다 나타나던 사람들. 그 모든 것들이 사라지고 나서야, 그것들이 그에게 어떤 감각이었는지를 알게 되었다.

오톡방을 나가면서 사라진 것은 단순한 창 하나가 아니었다.

그곳에는 끊임없이 새로운 감정이 싹텄고, 또다시 부서졌고, 그 반복 속에서 알 수 없는 흥분과 활기가 있었다. 그는 그 세계에서 벗어났지만, 그 여운은 쉽게 걷히지 않았다. 마치 담배를 끊은 이가 공허한 입가를 만지듯, 어느 순간 그는 습관처럼 핸드폰을 뒤적였다.

톡방을 나간 후에도 현수는 기성과 가끔 만났다.

둘은 술잔을 기울이며 지난 이야기를 꺼냈고, 기성은 여전히 톡방에서 벌어지는 새로운 소문들을 전해주었다. 누가 사귀었고, 누가 헤어졌고, 누가 강퇴되었는지— 이야기는 끝없이 이어졌다.

현수는 썸방은 떠났지만, 동갑방은 그대로 유지하고 있었다.

처음에는 별다른 감정 없이 들어갔던 공간이었다. 단지 또래 사람들과 편하게 이야기나 나누면 좋겠다는 기대였다. 썸이나 연애, 감정선 같은 건 없는, 말 그대로 친구의 공간이라고 믿었다.

그러나 그 역시도 오래가지 않았다.

조금만 들여다보면, 그 안에도 익숙한 그림자가 있었다.

불륜, 양다리, 애매한 감정선.

사람이 모이면, 결국 어디서든 같은 일이 벌어졌다.

그런데도 현수는 동갑방 안에서만큼은 사람들을 철저히 친구로 대했다.

어느 사람에게도 선을 넘지 않았고, 감정을 섞지 않았다.

그 덕분에 그는 동갑방에서 편안함을 느낄 수 있었다. 다정한 농담과 쓸데없는 추억들, 나이와 세대를 공유하는 사람들 사이에서 그는 종종 웃을 수 있었다.

그냥 친구처럼, 동창생처럼.

같은 시대를 살고, 같은 무게의 현실을 나누며, 그렇게 가볍게 떠드는 시간.

현수는 그 공간이 좋아졌다.

그러던 어느 날, 방장인 샤넬에게 개인 톡이 왔다.

시간은 오후 두 시를 조금 넘긴 때였다.

[샤넬] 2:13 PM

"현수야, 혹시 200 빌려줄 수 있어?"

현수는 잠시 눈을 의심했다.

그가 아는 샤넬은 언제나 여유로운 사람이었다.

좋은 차를 타고 다녔고, 늘 명품 가방을 들고 다녔으며, 자주 해외 여행 사진을 올리곤 했다. 겉모습만 보면 그녀에게는 아무런 경제적 어려움이 없어 보였다.

가볍게 숨을 내쉬었다. 무슨 사정이 있겠지. 그는 깊이 묻지 않기로 했다. 돈이 아까운 게 아니었다. 사람이 도움을 청하면, 그냥 손 내밀어주는 쪽이 편했다. 그는 고민 끝에 송금 버튼을 눌렀다.

송금 완료라는 문구가 뜨고 나서야, 그는 핸드폰을 내려놓았다.

그날 밤, 그는 서윤과 함께 저녁을 먹고 그녀의 집에 갔다. 식탁 위에 놓인 음식, 잔잔하게 흐르던 음악, 그녀가 준비해 놓은 와인잔 두 개.

그는 그 순간, 문득 생각했다. 이 여자가 있는 지금. 이 모든 고민이 별 의미 없다고. 서윤의 얼굴을 바라보았다. 밝지도 어둡지도 않은 조명 아래, 그녀는 편안한 얼굴로 그에게 미소를 지었다.

사랑을 나누고, 안정을 느끼며, 지금 이 순간을 함께 살아가고 있는 여자. 그녀와 함께하는 시간은 그에게 안식이었다.

그러나 안식이라는 단어는 가끔 고요함과 지루함 사이에 놓였다.

현수는 아직 말로 꺼내지 못한 감정을 품고 있었다. 그리고 그 감정은 아주 천천히, 그러나 분명하게 마음 안쪽에서 고개를 들고 있었다.

그녀의 부드러운 손길, 따뜻한 목소리, 그리고 그를 바라보는 눈빛 속에서 현수는 자신이 사랑받고 있다는 것을 실감했다.

그녀의 손이 그의 팔을 스칠 때마다, 그 따스함은 하루의 피로를 풀어주었고, 그녀의 말 한마디는 그의 마음에 조용히 스며들었다.

두 사람은 모든 순간을 최선을 다해 사랑했다. 시간을 쌓는 일에 게으르지 않았고, 감정을 나누는 일에 인색하지 않았다. 서로가 충분히 느낄 수 있도록 서로를 배려하고, 서로에게 천천히 스며들었다. 그녀의 집에서 함께 누워있을 때, 창밖에는 바람이 나뭇가지를 흔들고 있었다.

거실을 가득 채운 따뜻한 조명 아래, 그녀는 그의 품에 안겨 있었고, 현수는 그녀의 머리카락 사이로 손을 넣었다. 고요함이 흐르고, 침묵이 오히려 더 친밀하게 느껴지는 시간이었다.

그는 문득 생각했다.

'이제는 정말 괜찮은 걸까?'

모든 것이 단단해 보였다. 감정도, 신뢰도, 생활도.

그래서 그는 믿었다. 아니, 어쩌면 그렇게 믿고 싶었다. 그러나 모든 것이 평온해 보일수록, 어딘가 이상한 조짐이 있었다. 그것은 아주 작은 틈이었다. 하지만 현수는 그 틈의 냄새를 알아차릴 수 있었다.

서윤이 핸드폰을 자주 봤다. 함께 있을 때도, 대화 중에도 그녀의 손은 늘 휴대폰을 쥐고 있었다. 처음엔 그냥 넘겼다. 누군가와의 메시지겠지, 일상의 대화일 뿐일 거라 생각했다. 하지만 이상하게 마음이 거슬렸다.

그녀의 손이 핸드폰을 쥔 채, 자주 떨렸다. 그녀는 웃고 있었지만, 눈빛은 자주 화면을 향했다. 어떤 말에도 웃는 듯하면서, 동시에 어디론가 빠져 있는 듯한 표정.

무언가, 그 안에 있었다.

현수는 자신을 탓했다. 과민한 건지도 몰라. 괜히 혼자 생각을 키우는 건 아닐까. 그러나 의심은 자라나는 풀처럼, 마음속에서 뿌리를 내리기 시작했다.

그리고 어느 순간, 그는 더는 외면할 수 없었다. 그녀와 함께 소파에 앉아 있던 밤, 그녀의 손이 또다시 휴대폰을 쥐는 모습을 보고, 그는 조용히 입을 열었다.

"서윤아."

그녀가 고개를 들었다. 고요한 눈빛이었다. 익숙한 얼굴이었다. 그러나 그 안에 있는 감정을 읽는 건 또 다른 일이었다.

"핸드폰 좀 잠깐 보여줄래?"

그 말이 닿는 순간, 그녀의 손이 미세하게 굳었다. 아주 잠깐. 그러나 분명했다. 그녀의 표정이 바뀌었다. 눈빛이 흐트러졌고, 입술이 약간 떨렸다. 그 짧은 순간 동안, 현수는 이미 알아버렸다.

무언가 있다. 그녀의 손이 휴대폰을 움켜쥔 채, 눈치 보듯 머뭇거렸다. 현수는 그 모습을 말없이 바라보았다. 심장이 조용히, 그러나 빠르게 뛰기 시작했다. 말할 수 없는 묘한 예감이 그의 머릿속을 파고들었다.

그리고 마침내, 서윤은 천천히 핸드폰을 그에게 건넸다. 그는 화면을 바라보았다. 아무렇지 않게 띄워진 채팅창. 그 속에는 익숙하고 또 비슷한 톡방 이름이 있었다.

3040~

그녀가 다시 들어간 썸방이었다.

그리고 바로 위쪽에 방금 도착한 메시지 하나가 떠 있었다.

"고마워요, 덕분에 병개 재밌었어요~ 행복님, 담에 따로 커피 한 잔할까요?"

그 문장은 짧았지만, 현수의 안쪽을 깊게 찔렀다.

그 문장은 단지 말이 아니었다. 그동안 자신이 쌓아온 신뢰 위로 던져진 돌이었다.

그는 말없이 핸드폰을 내려놓았다.

침묵이 방 안을 가득 채웠다.

그는 순간적으로, 손에 들린 휴대폰을 던져버리고 싶었다.

손끝에서 느껴지는 차가운 기계의 감촉이 역겨웠다. 화면 너머의 말, 그 짧은 문장이 그의 속을 조용히 찢고 있었다.

서윤은 아무 말도 하지 않았다.

방 안에는 침묵이 깊게 내려앉았다.

숨소리마저 무겁게 가라앉았고, 조명 아래 가라앉은 공기에는 말로 설명할 수 없는 정적이 맴돌았다.

현수는 천천히 숨을 들이마셨다.

그리고 내뱉었다.

"… 이게 뭐야."

서윤이 입을 열었지만, 말이 되지 못한 채 입술 끝에서 맴돌 뿐이었다.

"나한테 솔직히 말해봐."

"그냥… 그냥 톡방만 들어간 거야. 아무것도 없어."

그녀의 말은 너무 늦었고, 너무 얕았다.

현수는 짧은 비웃음을 흘렸다. 웃음은 찰나였지만, 그 안에는 얼마나 많은 실망과 허탈함이 담겨 있었는지 그녀도 알았을 것이다.

"톡방에 있는 건 괜찮다고 치자. 근데 이건 뭐야?"

그는 방금 도착한 메시지를 가리켰다.

모든 핑계를 무색하게 만드는 한 문장. 그 메시지 안에 담긴 의도는 너무 선명해서 변명의 여지도 없었다.

서윤은 침묵했다. 아무 말도, 아무 해명도 없었다. 그 순간, 현수는 더 이상 이 공간에 있을 수 없다고 느꼈다.

눈앞이 아득해졌고, 가슴 한복판에서 묘한 통증이 스멀거렸다. 믿었던 그녀가, 그렇게까지 사랑했던 그녀가 이제는 다른 세상의 사람처럼 보였다.

그가 사랑한 건… 도대체 누구였던 걸까.

현수는 천천히 옷을 주워 입었다. 서윤은 그의 팔을 붙잡았다. 손끝이 떨리고 있었다.

"잠깐, 현수야. 오해하지 마."

현수는 조용히 고개를 저었다.

"아니야. 난 더 듣고 싶지 않아."

그녀의 눈이 흔들렸다. 감정이 빠르게 무너지는 얼굴이었다.

"그냥 나가면 안 돼. 우리 얘기 좀 하자."

현수는 잠시 그녀를 바라보다, 낮고 단호하게 말했다.

"나, 지금 안 가면 사고 칠 것 같아서 가는 거야."

그 말이 방 안을 가로질러 울렸다. 한동안 아무도 움직이지 못했다. 현수는 마지막으로 그녀를 바라보았다. 그녀의 얼굴은 당황과 후회로 얼룩져 있었다. 하지만 이제 그것은 더 이상 그에게 중요한 것이 아니었다.

그는 조용히 문을 열었다.

"잘 있어."

그 말은 짧았지만, 마지막 인사였다. 그녀가 뒤에서 그의 이름을 불렀다. 목소리는 떨렸고, 간절했다. 그러나 그는 돌아보지 않았다. 문이 닫히는 소리만이 조용히 울렸다.

마지막 말, 마지막 침묵

현수는 이제 안다. 사랑이란, 때로는 가장 뜨거운 순간보다 가장 조용한 이별에서 진짜 모습을 드러낸다는 걸.

그는 처음 오톡방에 들어섰을 때, 단순히 외로움을 달래기 위해서 였다. 그저 몇 마디 주고받는 채팅, 가벼운 웃음, 그리고 잠깐의 설렘이면 충분할 줄 알았다. 그러나 그 방은 그에게 또 하나의 인생이 되었다.

썸과 이별, 사람과 사람 사이의 욕망, 경쟁, 감정의 줄다리기. 오톡방은 단순한 채팅방이 아니었다. 그곳은 '관계'라는 이름 아래 가장 솔직한 인간의 얼굴이 드러나는 공간이었다.

운영진이 되고, 누군가의 연인이 되고, 또 누군가의 전 연인이 되며 그는 수없이 많은 감정을 오갔다.

그는 누구보다 열정적으로 참여했고, 누구보다 많이 실망했다. 그는 톡방에서 사랑을 찾았고, 또 잃었다.

거듭되는 만남과 헤어짐 속에서, 그는 점점 더 깊이 사람을 관찰하게 되었다.

그리고 결국 그는 깨달았다.

'가까워질수록 사람은 쉽게 잊힌다.'

누군가를 사랑했지만, 그 사랑은 오래가지 않았다. 그 사랑이 진짜였는지조차, 시간이 흐를수록 불분명해졌다. 그는 사랑했고, 허무하게 사랑이 떠났다. 그리고 다시 뜨겁게 시작했지만, 결국 다시 끝이 왔다.

그렇게 많은 사람을 거쳐 그는 점점 무뎌졌다. 아니, 어쩌면 조금 더 단단해졌는지도 모른다.

더 이상 누군가를 쉽게 믿지 않고, 더 이상 쉽게 기대하지 않았다.

그는 이제 안다. 사람은 언젠가 떠날 수 있다는 것, 그럼에도 불구하고 누군가를 사랑하게 된다는 것.

현수는 오늘도 조용히 출근길 지하철에 오른다. 핸드폰을 켜면 여전히 수많은 채팅방 알림이 보인다. 하지만 그는 더 이상 그 방에 있지 않다. 그의 마음에는 이제 오톡방이 아니라, 자신이 살아가는 이 일상의 중심이 자리를 잡았다.

가끔은 문득 그 방이 그립기도 하다. 그 시절의 웃음, 술잔을 부딪치던 밤, 처음 설레던 감정.

하지만 그는 안다. 그 모든 감정은 지나가야만 진짜가 된다는 것을. 그리고 지금, 그는 여전히 혼자지만, 어쩌면 진짜 자신을 찾은 것일지도 모른다.

누군가와의 관계 속에서가 아니라, 자기 자신 안에서 중심을 세우는 것.

사랑이 떠나고, 오톡방의 기억도 희미해진 지금 그제야 그는 깨달
았다.

'누구를 만나든, 먼저 나를 잃지 않는 것. 그게 이제, 내가 사랑을
시작하는 방식이다.'

서른여덟, 은경

은경은 싱글맘이다.

스물두 살에 결혼했고, 스물다섯에 이혼했다.

그 뒤로 열세해, 아이 하나를 키우며 혼자 버텼다.

하루하루 쌓인 생활력은 그녀를 단단하게 만들었지만,

그 단단함 아래, 외로움은 조용히 틈을 찾았다.

같은 나이의 친구들은 이제 막 결혼했거나,

아이 때문에 하루가 빠듯한 이들이 대부분이었다.

누군가와 가볍게 수다를 떨고, 잠시 웃을 공간조차 사라진

시간 속에서 은경은 조용히 '오픈 채팅'을 검색했다.

누구와도 깊지 않고, 어디서든 빠져나올 수 있는 그 느슨한 공간이…

그녀에게는 어쩌면, 가장 필요했던 위로였다.

그림자가 없는 낮

누군가의 생에는 조용히 주름을 타고 흘러내리는 시간이 있다.

폭풍처럼 휘몰아치는 시간도 있지만, 은경의 시간은 묵묵히 가라 앉아 있었다. 고요했으나 무겁고, 잔잔했으나 전혀 가볍지 않았다.

은경은 서른여덟이다. 무언가를 새로 시작하기엔 조금 늦은 것 같고, 무언가를 잃기엔 또 너무 많은 것을 감내해 온 나이.

그녀는 세상의 중심에서 조금 비켜선 채, 삶의 주변부를 살아왔다. 가장 화려한 것들은 늘 그녀 곁을 지나쳤고, 그녀는 그것에 집착하지 않는 쪽을 택했다. 어릴 때부터 익숙했던 건 빛보다 그림자였고, 말보다 침묵이었다.

열여덟, 고등학교 2학년. 그녀의 엄마는 갑작스러운 교통사고로 세상을 떠났다. 병실도 없이, 작별의 시간조차 없이, 그날 아침 출근하던 엄마는 저녁이 되자 싸늘한 주검이 되어 돌아왔다. 누구도 예상하지 못했던 부재였다.

엄마가 돌아가신 날. 딸이던 은경도, 그날 죽었다. 그리고 남은 건 밥을 하고, 돌보아야 할 '주부 은경'뿐이었다. 그날부터 은경은 '딸'이 아니라 '엄마'가 되었다.

홀아버지와 어린 남동생을 먹이고 돌보는 일은 자연스럽게 그녀의 몫이 되었다. 세탁기 소리, 된장국 끓는 냄새, 도시락을 싼 손끝의 감촉, 밤마다 밀린 숙제를 하며 울음을 삼키던 숨결. 그 모든 것이 그녀의 성장기였다.

스무 살, 은경은 4년제 대학이 아닌 전문대학에 진학했다. 선택의 기로에서 그녀는 더 나은 것을 꿈꾸기보다, 최소한이라도 지키는 쪽을 택했다. 모두가 스펙을 쌓고 미래를 설계하던 그 시간, 은경은 가족의 생계를 먼저 고민했다. 어느 날은 알바를 두 탕 뛰었고, 어느 날은 학비를 위해 전단지를 돌렸다.

그리고 그 시절, 첫사랑을 만났다. CC였다. 그의 손이 따뜻하다는 이유로 사랑을 믿었다. 그의 눈동자에 기대어, 조금은 쉬고 싶었던 걸지도 모른다.

그러나 사랑은 감정을 먹고 자라지 않았다. 둘은 어린 부부였고, 아기를 품었으며, 감당할 수 없는 시간 앞에서 무너졌다.

스물다섯, 도장을 찍었다. 이혼이라는 두 글자 앞에서 그녀는 더 이상 슬퍼하지 않았다. 감정이 말라 있었고, 기대도 없었다. 그저 '살아야 하니까'였다. 시댁의 무례함, 남편의 무책임함, 사회의 냉소는 그녀에게 상처를 주지 않았다. 이미 익숙했기 때문이었다. 그 이후로 은경은 오직 현실과 마주했다.

아이의 체온으로 아침을 시작하고, 중개업소의 문을 열고 닫으며 하루를 견뎠다. 한 달 한 달 쌓여가는 수입, 고객들의 작은 감사, 서류 위에 남은 계약 도장. 그 모든 것이 그녀에게는 작은 축복이었다.

집을 마련했고, 작은 상가에 투자도 했다. 비로소 '내 이름으로 가진 것'을 하나씩 늘려갔다.

하지만 어쩐지, 어느 날부터인가 마음이 비어 있었다. 기대도, 불안도, 열망도 사라지고, 다만 무채색의 하루가 반복됐다. 일하고, 아이와 저녁을 먹고, 거실의 TV를 보다가 잠드는 삶. 누군가와 나누는 말도, 느끼는 감정도 점점 희미해졌다.

은경은 반복되는 일상에서 벗어나, 사람들을 만나보고 싶다는 생각이 들었다. 그렇게 그녀가 처음 발을 디딘 곳은 인터넷 카페와 밴드. 그리고 그곳에서 들은 '카톡 안의 또 다른 공간'—오픈채팅—의 문을 두드리게 되었다.

익명의 사람들이 모이는 공간. 오픈채팅. 처음엔 단지 궁금했다. 가벼운 대화 속에서 은경은 뜻밖의 위로를 받기도 했다. 이 작은 화면 너머의 공간에선 누구나 가벼운 척했고, 또는 누구나 진지한 척했다. 어디까지가 진심인지, 어디서부터가 거짓인지 분간되지 않는 말들이 떠돌았다.

그러나 아이러니하게도, 그 모호함이 은경에겐 따뜻했다. 누군가의 고민, 누군가의 자랑, 누군가의 싸움. 그 사이사이에서 그녀는 오랜만에 자신의 감정이 살아 있음을 느꼈다.

삶은 항상 정해진 방식으로 흘러가지 않는다. 고요한 시간 속에 예기치 못한 균열이 생기고, 그 틈 사이로 새로운 바람이 스며든다. 오톡방은 그런 틈이었다.

그녀가 다시 사람을 마주하고, 다시 사랑을 의심하며, 다시 자신의 생을 되돌아보게 만든 아주 작고도 묘한 틈. 그리고 그 틈은 생각보다 깊었다.

서른여덟, 은경

1. 카페

　삶이란, 어느 날은 돌처럼 무겁고, 또 어떤 날은 공기처럼 무의미하다.

　은경은 그 사이 어디쯤에서 서 있었다.

　삶의 방향을 묻지도 않았고, 누군가에게 기대지도 않았다.

　그녀의 하루는 평범하고 무덤덤했다. 아침엔 출근하고, 점심엔 대충 한 끼를 때우고, 저녁엔 아이와 잠깐 대화를 나누다 텔레비전을 켰다.

　반복되는 시간 속에서 무언가 빠져나가는 듯한 느낌. 그것이 외로움인지, 허기인지, 그조차도 분간되지 않는 감정.

　그럴 즈음, 그녀는 '캠핑카페'를 만났다.

　어떤 이에게는 가벼운 취미이고, 누군가에겐 일탈의 통로일 수도 있겠지만, 은경에게 그것은 말 그대로 숨 쉴 틈이었다.

　닉네임을 정해야 했다. 오래 고민한 끝에 그녀는 '달빛안나'라는 이름을 적었다.

언젠가 본 한 문장에서 따온 말이었다.

'달빛은 어둠 속에서도 자신을 지우지 않는다.'

그녀는 어두운 밤에도 은은히 자신의 자리를 지켜내는 어떤 존재이고 싶었다.

가입 인사를 올린 지 며칠 뒤, 정기 캠핑 모임 공지가 떴다.

'연천 자작나무 캠핑장/2박 3일/12명 선착순'.

그녀는 지체 없이 버튼을 눌렀다.

그렇게 찾아간 연천의 숲은 생각보다 훨씬 더 조용했고 아름다웠다. 자작나무는 하늘을 향해 서 있었고, 땅 위엔 낙엽이 포근하게 깔려 있었다.

처음 보는 사람들이었지만, 그들 사이엔 낯선 기류보다는 공통된 결핍에 대한 묵인이 있었다. 각자의 외로움을 드러내지 않으면서도, 서로를 감싸안는 조심스러운 호의.

캠핑 카페 멤버 12인

곰돌(박형준, 43세)

그는 리더처럼 보였고, 실제로도 그런 사람이었다. 말수는 적었지만, 무언가 일이 벌어지면 늘 먼저 움직였다. 모닥불이 꺼질 즈음, 말없이 장작을 더 넣는 사람. 사람을 챙기면서도 부담스럽게 굴지 않는 방식이 오히려 더 따뜻했다.

은경은 그런 그의 등판을 자주 바라보았다. 묵직한 말 대신, 조용한 행동으로 사람 곁에 있는 사람. 그런 존재는 도시에서 늘 소음 속에 눌려 살던 그녀에게 오래 여운으로 남았다.

체리(김소라, 37세)

사진을 참 잘 찍는 여자였다. 은경은 종종 그녀가 카메라 뷰파인더에 얼굴을 묻고 있는 모습을 보며, 그 사람의 감성이 궁금해졌다. 체리는 먼저 다가오는 사람이었고, 말끝마다 작은 웃음을 얹는 사람이었다. 가끔 그녀가 건네는 따뜻한 손짓이 은경의 굳은 마음을 조금씩 풀어놓았다.

도토리(최준호, 39세)

언제나 유쾌했다. 진지한 순간에도 농담을 던질 줄 아는 사람. 사람들의 긴장을 풀고, 웃음을 불러오는 존재. 은경은 그가 캠핑 의자 위에서 장난스레 춤추며 노래를 흥얼거릴 때, 삶이 그렇게 단순하면 좋겠다고 생각했다. 하지만 그녀는 알았다. 웃음이 밝은 사람일수록, 속은 더 섬세하다는 것을.

비니(이민지, 34세)

막내다운 엉뚱함이 귀여웠다. 텐트를 설치하다 자꾸 끈을 반대로 걸고, 캠프파이어에서 마시멜로를 태워 먹기 일쑤였다. 하지만 그녀는 그 모든 실수마저 사랑스럽게 보이게 하는 사람. 은경은 비니를 보며, 잊고 있던 순수함 같은 것을 떠올렸다. 어쩌면 자신도 저런 시절이 있었을까.

하늬(이선영, 41세)

조용한 여자였다. 말보다는 침묵으로 사람 곁에 머무는 사람. 책을 읽거나, 아무 말 없이 숲을 바라보곤 했다. 은경은 그녀의 그 고요함이 좋았다. 서로 말을 나누지 않아도, 옆에 있어 주는 것만으로도 위안이 되는 사람. 그건 어떤 말보다 깊은 교감이었다.

로키(정민수, 38세)

은경은 그가 가끔 묘한 시선을 보내는 걸 느꼈다. 말은 많지 않았지만, 주변을 예리하게 관찰하는 눈빛이 있었다. 무심한 듯 돌아선 그의 고개, 그러나 스치는 시선. 은경은 그 감정의 결을 외면했다. 어쩌면, 아무것도 아닌 것을 괜히 의미 부여하고 있는지도 모른다. 그렇지만 스치는 온기만은 지울 수 없었다.

모래(윤서진, 40세)

미혼모였다. 은경은 그녀에게서 서투른 친밀감을 느꼈다. 말하지 않아도 닿는 감정, 상처를 안고 살아온 사람들만이 느끼는 공감대. 모래는 아이 이야기를 할 때만큼은 눈빛이 달라졌다. 강하면서도 슬픈, 그리고 다시 단단해진 사람. 은경은 그 눈빛에 자꾸 마음이 끌렸다.

써니(장태영, 35세)

말이 참 많았다. 빠르고 경쾌한 말투, 소소한 이야기들을 끊임없이 풀어내는 입담. 은경은 가끔 그런 그녀가 부러웠다. 별일 아니어도 웃을 수 있고, 사소한 하루에도 의미를 찾는 사람. 써니는 사람들을 이어주는 끈 같았다. 자잘한 이야기들이 사람을 연결해 주는 법을, 은경은 그녀에게서 배웠다.

우디(고재훈, 42세)

전문가처럼 고기를 굽고 있었다. 캠핑장에서는 늘 요리 담당처럼 보였다. 정성스럽게 고기를 뒤집는 그의 모습은 마치 하나의 의례 같았다. 은경은 그가 요리에 집중할 때면, 말하지 않아도 사람을 위하는 태도가 느껴졌다. 그런 사람은 보기 드물었다.

달봉(배은우, 36세)

기타를 들고 조용히 노래를 부르던 남자.

차에서 기타를 꺼내는 그의 모습은 마치 만화 속 한 장면 같았다. 그 순간, 은경은 자신이 판타지 속으로 들어온 듯한 기분에 잠겼다. 은경은 그의 음악을 좋아했다. 감정을 드러내지 않으면서도, 노래에 담긴 정서는 조용히 마음속으로 스며들었다. 모닥불 앞, 기타 소리가 잔잔히 흐를 때면, 그녀는 오래된 추억 속으로 빠져들곤 했다. 음악은 그렇게 사람의 시간을 건드리고, 마음을 흔든다.

미루(오혜진, 39세)

말수가 적었다. 단정한 외모에 뚜렷한 이목구비, 커리어우먼 같은 분위기는 사람들의 시선을 끌기에 충분했다. 그러나 그녀는 좀처럼 자신을 드러내지 않는 사람이었다. 은경에게 미루는 벽처럼 느껴졌다. 가까이 다가가고 싶지만, 선뜻 허용되지 않는 거리. 하지만 말 없는 눈빛 속엔 가끔 스치는 듯한 외로움이 있었다. 쉽게 마음을 내주지 않는 사람. 그래서 오히려 더 신경이 쓰였다.

달빛안나(은경, 38세).

외로운 도시의 한 귀퉁이에서 살아온 여자. 조용히 미소 지으며 사람을 바라보는 방식으로, 자신을 숨겨온 사람. 하지만 일상을 벗어나, 연천의 낯선 캠핑장이라는 새로운 공간에서 은경은 조금씩 달라지고 있었다. 누군가에게 마음을 열고, 닉네임을 부르고, 커피를 나누고, 이따금 누군가의 눈빛에 오래 머물기도 하며. 그녀는 그들 속에서 다시 사람을 배우고 있었다.

저녁이 깊어질수록 사람들은 천천히 마음을 풀어놓기 시작했다. 자작나무 사이로 바람이 지나가고, 불꽃은 작게 타올랐다. 누군가는 어릴 적 이야기를, 또 누군가는 썸, 사랑, 설렘에 대해 풀어놓았다. 그 모든 이야기 속에서 은경은 조용히 불을 바라봤다.

"혼자라는 게 꼭 외로운 건 아니더라고요."

체리가 말했다.

"그래도 가끔, 이렇게 누군가 옆에 있다는 게… 좀 덜 외롭게 만들죠."

은경은 고개를 끄덕였다.

그녀는 아무 말도 하지 않았지만, 그 말이 오래도록 마음에 남았다. 그 밤, 은경은 오랜만에 아주 깊은 잠을 잤다. 새벽엔 숲속 바람 소리에 잠시 깼다가, 텐트 천장에 비치는 은은한 달빛을 보며 다시 눈을 감았다.

마치, 자신이 이 작은 세상에 안긴 것처럼.

삶은 여전히 무겁고, 미래는 여전히 불확실했지만, 이런 밤 하나가 내일을 견디게 해주는 것 같았다.

2. 호텔 이벤트

은경이 인터넷 카페 두 곳에 가입한 지는 벌써 3개월이 넘었다.
하나는 캠핑카페, 다른 하나는 친목 카페였다. 여행을 떠나고 싶었
고, 새로운 사람들과 어울리고도 싶었다. 하지만 마음과 행동 사이
의 거리는 언제나 멀었다. 온라인에서는 글을 읽고 댓글을 달며 조
심스럽게 관심을 표현했지만, 막상 오프라인 모임에 나가는 일은
생각만큼 쉽지 않았다. 모르는 이들 사이에 앉아 미소를 짓는 일. 그
건 은경에게 예상보다 훨씬 어려운 일이었다.

한참을 마음속에서 실랑이를 벌인 후에야, 그녀는 처음으로 캠핑
카페에 발을 디뎠다. 처음 도착한 캠핑장, 알지 못하는 사람들의 튀
는듯한 웃음소리, 그리고 타오르는 불꽃 곁의 조용한 음악. 은경은
그 속에서 묘한 감정을 느꼈다. 어색함과 호기심, 그리고 오래된 고
립에서 풀려나는 기분. 자신이 얼마나 오랫동안 자기만의 세계 안
에 갇혀 있었는지를, 그제야 깨닫게 되었다.

그녀는 천천히 담을 허물고 있었다. 오래전부터 차곡차곡 쌓아온,

아니 스스로 쌓아두었던 벽들을 조심스럽게 무너뜨리는 중이었다.

첫 방문으로 선택한 캠핑카페를 무사히 넘긴 덕분일까.

그녀는 두 번째 친목카페의 공지란을, 이번엔 조금은 여유로운 마음으로 바라보고 있었다.

은경은 마치 무언가를 실수로 클릭한 사람처럼, 무심코 호텔 이벤트 신청창을 눌렀다. 한참을 머뭇거리다가 결국 신청 버튼을 누른 건, 호기심일까, 외로움일까. 그 마음은 자신도 정확히 짚어내지 못했다. 인터넷 카페에 가입해 등업이 된 지는 어느새 두 달이 훌쩍 지나 있었다.

그동안 그녀는 공지글들을 들여다보고, 누군가의 후기를 읽고, 사진들을 천천히 넘겨보며 새로운 풍경을 구경하듯 카페를 드나들었다. 빼곡하게 계획된 일정과 이벤트, 정모 공지 그리고 화려하게 정리된 후기 사진들까지—모두가 은경에겐 또 다른 세상이었다.

친목카페에서는 '별안'이라는 닉네임으로 가입한 그녀는 짧은 인사말만 남긴 채, 조용히 카페 글을 읽으며 사람들의 분위기를 가늠했다. 별처럼 빛나고 싶다는 욕망과 어딘가 안쪽으로 숨고 싶은 마음. 그 두 모순된 감정 사이에서 태어난 이름이었다. 빛과 그림자의 경계, 바로 그 어딘가쯤.

카페 '더모임'.

그곳은 수천 명의 회원이 오가는 커다란 사교 공간이었다. 누군가에겐 인생의 놀이터였고, 누군가에겐 외로움의 피난처였다. 은경이 처음 그 카페를 알게 된 건 우연이었다. 캠핑카페에 들렀다가 누군가의 글에 첨부된 링크를 따라 넘어간 곳. 그곳에는 깔끔하게 정리된 후기 사진들과 이벤트를 마친 회원들의 짧은 글들이 올라와 있었다.

호텔 조명 아래 웃고 있는 사람들, 와인잔을 기울이며 대화를 나누고 있는 모습, 테이블 위에 놓인 이름표와 꽃장식. 장난처럼 적힌 자기소개 속에도 묘한 온기가 묻어 있었다. 은경은 그 사진들을 오래 바라보다가 문득, 자신도 그런 공간에서 한 번쯤 웃고 싶다는 생각을 했다. 아주 잠깐이라도.

하지만 늘 어떤 감정이 그녀의 발목을 붙잡았다.

'나 같은 사람이 과연 어울릴 수 있을까.'

'너무 튀면 이상할까, 너무 조용하면 더 외로울까.'

그 고민은 습관처럼 따라붙었고, 그녀는 늘 마지막 클릭을 하지 못했다. 그러던 어느 날, 새 공지가 떴다.

'더모임 3월 호텔 친목파티 – 서울 강남 OO호텔 – 선착순 70명.'

그날, 그녀는 '참가'라는 체크를 누르고, 확인 버튼을 누르는 데까지 한참을 망설였다. 손가락 끝이 화면 위에서 머물렀다. 그리고 아주 천천히 버튼을 눌렀다.

참가 확정 메시지가 도착했을 때, 그녀는 핸드폰을 내려다보다가 조용히 숨을 내쉬었다. 심장이 조금 빠르게 뛰고 있다는 걸 그제야 느꼈다. 자신도 모르게 긴장하고 있었다.

경험해 보지 못한 세계에 발을 디딜 때마다, 그녀는 늘 그렇게 긴장했다.

하지만 그 긴장조차 낯설지 않게 느껴졌다.

어쩌면, 이제 조금씩 달라지고 있는지도 몰랐다.

호텔 로비에 들어선 순간, 은경은 자신이 조금 다른 세상에 발을 들였다는 걸 직감했다.

샹들리에는 조명을 품은 듯 부드럽게 빛났고, 벨보이의 미소는 딱 1.5초간 예의 바르게 이어졌다. 붉은 카펫 위를 조심스레 걸으며 그녀는 문득 자신이 내는 구두 소리가 유난히 크게 들리는 것 같았다.

지하 연회장으로 내려가는 엘리베이터 안에서 이미 몇 명의 참가자들과 마주쳤다.

그들은 서로를 알아보며 반갑게 웃었고, 은경은 조용히 고개인사를 건넸다.

그들 사이에 서 있는 자신이 어쩐지 이질적으로 느껴졌지만, 최대한 자연스럽게 숨을 고르며 엘리베이터의 벽면을 바라보았다.

연회장 입구. 참석자들은 닉네임이 적힌 이름표를 받아 목에 걸고 있었다. 은경도 조심스럽게 자신의 닉네임을 말했고, 건네받은 이름표를 들여다보다가 조용히 목에 걸었다. 그 명찰은 단순한 표시가 아니라, 또 다른 세계의 문을 여는 열쇠처럼 보였다.

연회장은 이미 가볍게 웅성거리고 있었다.

길게 늘어진 뷔페 테이블, 크고 넓은 와인바, 반짝이는 포토 존.

벽면에는 '더모임 HOTEL EVENT'라는 문구가 금박 장식과 함께 걸려 있었다.

총 70명. 남자와 여자가 정확히 반반.

30대부터 50대까지 다양한 얼굴들이 섞여 있었고, 그들 대부분은 이미 이런 모임에 자연스럽게 녹아들었다.

은경은 짙은 네이비의 셋업 슈트에 얇은 실크 블라우스를 매치했고, 단정하게 펌을 말은 머리는 단아한 인상을 주기에 충분하다고 생각했다.

그러나 연회장 안을 가득 메운 여성들의 옷차림을 보는 순간, 그녀는 자신이 마치 '사무실에서 퇴근하다 잠깐 들른 사람'처럼 느껴졌다.

반짝이는 드레스, 볼륨감 있는 원피스, 파우치 대신 정교한 클러치백.

가볍게 지나치는 향수 냄새는 낯설게 진했다.

그 세계는 그녀가 알지 못하던, 혹은 한 번도 발을 들여본 적 없는 공간이었다.

잠시 위축되었다. 마음이 뒷걸음질치는 느낌이었다.

그러나 그 감정도 오래가진 않았다.

옆쪽에 사람들이 서로 스스럼없이 농담을 주고받고 있었고, 은경은 그 친근한 분위기에 저도 모르게 미소가 번졌다.

그때였다. 가볍게 웃던 여성 중 한 명이 고개를 돌려 은경을 바라보며 말했다.

"여기 처음이세요?"

은경은 들킨 듯 당황스러웠지만, 입가에 맺힌 웃음을 그대로 유지하고 고개를 끄덕이며 말했다.

"네… 좀 긴장되네요."

여성은 부드럽게 웃으며 잔을 은경 쪽으로 살짝 들어올렸다.

"다들 그래요, 첫날엔. 근데 곧 익숙해질 거예요.

스스로 먼저 말도 걸고, 대화에 끼려고 노력해야 해요. 안 그러면 그냥 조용히 있다가 끝날 수도 있어요."

은경은 그녀의 친절한 조언에 고개를 끄덕이며 다시 잔을 들었다.

처음 만난 사람들 사이였지만, 어쩐지 마음 한구석이 조금은 풀리는 듯했다.

닉네임 '블링'.

40대 초반쯤 되어 보이는 그녀는 톡톡 튀는 말투와 화려한 외모를 지녔지만, 어딘가 다정한 기운도 있었다. 은경은 애써 미소를 지으며 고개를 끄덕였다. 그녀의 말은 친절했지만, 어딘가 마음 한구석을 찌르고 지나갔다.

스스로 적극적으로 나서야 한다는 말.

그건 마치 '여기에서도 조용히 있으면 안 된다'는 무언의 규칙처럼 들렸다.

서먹한 공간.

은경은 처음 나눈 이 따뜻한 듯 조심스런 대화 속에서, 이곳에서도 결국 '어울려야만 존재할 수 있는' 또 다른 세계를 느꼈다.

그때 누군가는 게임 테이블로 향했고, 누군가는 음식 코너 앞에 섰다.

운영진들은 분위기를 띄우기 위해 퀴즈 게임, 짝맞추기 미션, 베스트 참여상, 베스트 후기상 등 다양한 이벤트를 준비하고 있었다.

은경은 처음엔 그저 구경만 했다.

천천히 사람들을 바라보고, 접시 위 음식을 느리게 맛보았다.

스스로 이 분위기에 얼마나 어울리는지, 몇 번이나 자신에게 되묻고 있었다.

그때, 누군가가 말없이 그녀 곁에 다가섰다. 은경의 목에 걸린 이름표를 바라보던 그 사람은 잔잔한 미소를 머금고 조용히 말을 건넸다.

"'별안'님?, 반가워요."

은경이 고개를 들었다.

그 남자는 또렷한 눈매에 부드러운 목소리를 가진 사람이었다.

"처음 오셨어요?"

"네. 처음이라 어색하네요."

"별안님은 곧 이곳에서 스타가 되실 것 같은데요? 아름다워서~"

은경은 웃었다. 말끝에 담긴 농담이 어색하지 않게 들렸다.

"감사해요. 그런데 미인들이 정말 많은걸요… 저는 평범하죠."

그날 밤, 은경은 무언가에 초대받은 느낌을 받았다.

자신이 잊고 지낸 세상, 혹은 한 번도 가져보지 못했던 세계.

그녀는 22살에 아이를 품었고, 25살에 혼자가 되었고, 30대 내내 가족과 생계만 바라보며 살아왔다.

그동안은 '나는 이런 자리에 어울리지 않는다'고 스스로를 틀 안에 가두어왔지만, 사실 그건 오랫동안 그녀 안에 뿌리내린 방어기

제일 뿐이었다.

그날, 호텔의 조명 아래서 그녀는 조금 달라져 있었다.

조심스럽고 차분한 건 여전했지만, 처음으로 다른 세상을 향해 발을 디뎠다.

그것만으로도 충분히 아름다운 밤이었다.

3. 후기

──────────

캠핑은 끝났고, 호텔의 조명도 꺼졌다.

현실은 다시 은경을 자신의 일상으로 되돌려놓았지만, 어딘가 미세하게 그 결이 바뀌어 있었다.

마치 오래 쓰던 머그컵에 새 물을 따르듯, 평범한 일상 속에서도 다른 온도가 느껴졌다.

사람은 어떤 순간에 변하는 걸까.

거창한 계기가 아니라, 아주 작은 자극이 오래도록 잔향을 남기고, 그게 삶의 결을 조금씩 바꾸어 놓는 것.

은경은 지금 그 과정을 조용히 겪고 있었다.

휴대폰 알림이 하나둘 울렸다.

캠핑에서 만났던 곰돌이 단톡방을 만들었고, 호텔 이벤트에서 알게 된 블링은 개인 메시지를 보냈다.

"별안님, 사진 보셨어요? 같이 찍은 거 너무 예쁘게 나왔어요!"

"달빛안나님, 다음 모임 또 오실 거죠? 분위기 너무 좋았어요!"

낯설기만 했던 이름들이, 이제는 은경의 하루에 천천히 스며들고 있었다.

메시지를 읽는 손끝이 어느새 부드러워졌다.

그녀는 작게 숨을 내쉬며, 조심스럽게 짧은 글을 올렸다.

〈캠핑 카페〉

'처음 참가했지만, 따뜻한 분위기 덕분에 즐거운 시간이었습니다. 늘 마음속으로만 그리던 캠핑이었는데, 캠핑장에서 나눈 웃음과 음식, 대화까지 모든 순간이 꿈처럼 느껴졌습니다. 사진 몇 장 공유합니다.'

캠핑 카페에 올린 사진에는 조용한 불멍 앞에서의 웃음, 노릇노릇 익어가는 고기, 그리고 타오르는 불빛을 바라보는 순간들이 담겨 있었다.

〈더모임 카페〉

'처음 참가한 호텔이벤트였습니다. 인사를 나눈 모든 분들과 함께한 시간이 반갑고 즐거웠습니다. 소중한 추억을 남겨주셔서 감사합니다. 사진 몇 장 공유합니다.'

더모임 카페에 올린 사진 속에는 와인잔을 든 손끝, 게임을 진행하며 웃고 있는 사람들, 그리고 은경에게 다가와 인사를 건네며 함께 인증하듯 찍은 사진이 담겨 있었다.

그 장면들을 다시 바라보는 순간, 감정이 다시 살아났다.

그녀는 그 밤만큼은 외롭지 않았다.

댓글은 금세 달렸다.

"달빛안나님 글, 감성 넘쳐요~"

"다음에 또 꼭 같이 가요!"

"그때 그 캠핑에서 된장찌개 진짜 맛났어요. ㅋㅋ"

"호텔에서 인사했었는데 저 기억하시나요? 반갑습니다. 별안님~"

그 말들 사이에서, 은경은 오랜만에 자신의 존재가 누군가에게 반짝이는 기억으로 남았다는 느낌을 받았다.

어디선가 누군가가 자신을 떠올려준다는 사실이, 가만히 가슴속에 잔물결처럼 번져갔다.

가끔은 개인 톡이 부담스럽게 느껴지기도 했다.

'달빛안나님, 혹시 근처 사세요?'

'혹시 다음 모임에 같이 갈까요?'

'별안님, 후기 보고 감동했습니다. 다음에 또 뵙기를 희망합니다.'

그런 메시지들이 전부 싫지는 않았다. 그렇다고 설렘으로만 받아들이기에는 아직 어딘가 조심스러웠다.

은경은 천천히 배우고 있었다.

지나치게 다가오는 이들을 경계하면서도, 적당한 거리를 유지하는 법을.

그리고 어쩌면, 그 거리감 속에서야 비로소 자신다워질 수 있을지도 모른다는 감각.

누군가에게는 가까움이 편안함이지만, 누군가에게는 간격이 숨쉴 틈이 된다.

수줍게 올린 짧은 글.

그저 감사의 마음을 담은 몇 줄에 불과했지만, 댓글은 생각보다 따뜻했다. 단순한 인사말에도 반응해 주는 사람들이 있다는 것. 은경은 그 조용한 온기에 조금씩 마음이 풀어졌다.

오프 모임 이후, 은경은 카페에 올라오는 수많은 후기 글을 읽게 되었다. 사진과 감상을 간단히 적은 글도 있었지만, 어느 순간 그녀는 그 글들 속에서 무언가 다른 결을 느끼기 시작했다.

후기에는 단지 그날의 기억만이 담긴 것이 아니었다. 사람들은 그 안에서 서로를 기억했고, 감정을 나눴으며, 관계를 조금씩 이어가고 있었다. 한 줄의 인사말, 사진 속 작은 미소, 댓글 속 짧은 농담까지—모든 것이 누군가에게는 '관계의 신호'였다.

후기는 누군가에게는 시작이고, 누군가에게는 여운이며, 또 누군가에게는 작은 용기의 표현이었다.

은경에게 이런 관계는 '살아 있음'의 증거였다.

오랫동안 누구에게도 특별한 기억으로 남지 않았던 자신이, 지금은 누군가의 댓글 한 줄로 다시 존재감을 느끼고 있었다. 그런 조용한 시간이 조금씩 쌓여가고 있었다.

그리고 문득, 이런 생각이 들었다.

'나도 그냥 짧게 남기는 게 아니라… 좀 더 내 마음을 담아 써야 하지 않을까?'

은경은 노트북을 열었다.

처음 올린 짧은 감사의 말 대신, 그날의 분위기, 기억에 남은 순간, 함께한 사람들의 표정,

그리고 자신의 감정까지—

좀 더 솔직하게, 다정하게, 그리고 신중하게 써내려 가기로 했다.

그녀는 지금, 제대로 된 후기 글을 쓰기 위해 마음을 정리하고 있었다.

캠핑 카페

[후기] 자작나무 숲에서, 따뜻했던 첫 모임

작성자: 달빛안나

처음 참가한 캠핑이었습니다.

긴장도 되고, 낯설기도 했지만… 결과적으로 제게는 참 따뜻한 시간이었어요.

연천 자작나무 캠핑장은 생각보다 조용했고, 공기는 맑고, 바람조차 말이 느린 곳이더군요.

처음 혼자 도착해서 어색하게 텐트를 치려던 순간, 곰돌님이 조용히 다가와 도와주셨어요.

무뚝뚝한 듯 다정한 친절함이 묘하게 믿음직했고, 그 작은 배려가 제게는 큰 안심이었습니다.

체리님의 감성적인 사진은 정말 예뻤어요.

빛이 스치는 순간을 꼭 눌러 담은 듯한 느낌, 사진 속 공기마저 따

뜻하게 보였습니다.

도토리님은 역시 분위기 메이커답게 끝까지 웃음을 책임져 주셨고요. 그 특유의 유쾌함 덕분에 다들 금세 가까워질 수 있었던 것 같아요.

텐트를 함께 설치하고, 각자 준비한 음식을 나누며 손을 보태는 그 순간들.

사소한 행동 하나하나가 참 오래 기억에 남습니다.

불멍 앞에서 아무 말 없이 앉아 있던 시간, 누군가 기타를 조용히 튕기던 밤, 그리고 하늬님이 조심스럽게 건네주셨던 따뜻한 커피 한 잔.

저는 그런 순간들이 참 좋았어요.

말보다 마음이 먼저 전해지는 시간들이었고, 서로를 잘 몰라도 그 고요한 연결이 분명히 느껴졌던 하루였습니다.

독립적인 생활, 이제는 일상이 되어버린 일이지만, 가끔은 이렇게 함께하는 공간이 있다는 것만으로도 마음이 훨씬 단단해지는 것 같아요. 다들 반가웠고, 다음에도 꼭 다시 뵐 수 있으면 좋겠습니다.

고맙습니다.

달빛안나 드림

호텔이벤트

[후기] 반짝이는 저녁, 조금은 낯설고... 조금은 설레는

작성자: 별안

어제 호텔이벤트에 처음 참여했어요.

솔직히 말하자면 신청할 때까지만 해도 고민을 꽤 오래 했답니다. 하지만 결론부터 말하자면 정말 따뜻하고 즐거운 시간이었습니다.

연회장에 들어섰을 때, 반짝이는 조명과 빛나는 와인잔들,

그리고 이미 서로를 잘 아는 듯 웃고 있는 사람들 사이에서 살짝 위축되기도 했어요. 그런데 다행히도 블링님이 먼저 다가와 말을 건네주셨고, 덕분에 긴장을 풀고 도망가지 않고 좋은 분들과 어울릴 수 있었습니다.

처음 마주하는 사람에게 건네는 말 한마디가 얼마나 큰 힘이 되는지—그날 알게 되었어요.

많은 사람이 함께한 게임, 서툴지만 웃음 가득했던 그 장면들이 아직도 생생해요.

음식 코너에서 우연히 만난 해피님과의 짧은 수다도 기억에 남고요. 모두가 조금씩 서로를 향해 한 발 다가가는 분위기였어요.

운영진분들의 배려도 참 세심했고, 처음 온 사람도 금세 어울릴 수 있도록 곳곳에 마음을 써주셨다는 게 느껴졌습니다.

사실, 이런 자리에 제가 서 있다는 것 자체가 조금은 낯설고… 조금은 신기했어요. 뭐든 빨랐던 저지만, 또한 뭐든 너무 해 본 게 없는 게 '나'라는 걸 알았습니다. 엄마라는 이름표를 단 이후, 늘 일과 생계, 그리고 묵묵한 일상 속에서 바쁘게만 살아왔거든요.

그런데 어제만큼은 그 모든 시간의 결을 잠시 벗어나 하나의 '사람'으로서, '여자'로서, 그리고 '나'로서 웃을 수 있었던 밤이었습니

다. 별세상에 발을 디딘 듯한 기분.

누군가에게는 흔한 하루일지 몰라도, 저에겐 오랫동안 기억될 순간이었어요.

사진 몇 장 함께 올려봅니다. 그 반짝이던 저녁의 기억이 여러분께도 따뜻하게 전해지길 바라며…

다들 다음 모임에서도 꼭 다시 뵐 수 있기를 바랍니다.

감사합니다.

별안 드림

4. 오톡방

그리고 또 하나의 관문. 오픈 채팅.

은경은 몇 년 전, 잠깐 오픈 채팅을 해본 적이 있었다.

아주 소수의 사람들이 모여 있는 조용한 톡방이었다. 오프라인 모임도 없었고, 그저 가벼운 수다를 나누는 정도의 공간.

그러나 그 경험은 오래가지 않았다.

어떤 의미에서든, 그녀는 늘 '어울리지 않는 곳'에 있다는 감각에 익숙했으니까.

이번엔 조금 달랐다.

은경은 새로운 세계를 더 깊이 들여다보기로 결심했다. 이미 두 개의 카페에 가입했고, 밴드에도 참여했다. 카페 사람들과 나눈 대화 속에서 들려온 오픈채팅 이야기는 은경이 막연히 상상했던 것보다 훨씬 덜 낯설고, 덜 위험해 보였다. 그래서 다시, 조심스레 오픈 채팅의 문을 열었다.

'3040 오톡방 미돌방'

가입 버튼을 누르자 곧바로 규칙 안내창이 떴다.

* 하트 먼저 누르시고요.

* 닉네임 변경 필수입니다. (닉/지역/나이/성별/미돌 구분)

* 입방 인사 후 얼공 필수. (얼공X, 즉시 강퇴)

* 자동 존하대 방

은경은 잠시 멈칫했다.

그리고 천천히 닉네임을 바꾸었다.

'이음/강서/38/여/돌'

익숙한 동네와 숫자, 그리고 '돌'이라는 단어.

그 단순한 조합 안에서 어딘가 생경한 장면이 열리고 있었다.

하트를 눌렀고, 이어 인사 메시지를 올렸다.

이음/강서/38/여/돌: 안녕하세요~ 새로 들어왔어요. 잘 부탁드려요.

톡방은 이미 활기로 가득했다.

누군가는 이모티콘을 연달아 날리고 있었고, 누군가는 말꼬리를 붙잡고 장난을 주고받고 있었다.

곧 반응이 이어졌다.

참치/강남/42/남/돌: 오~ 어서와~

모카/마포/41/여/돌: 강서도 왔네ㅎㅎ 반가워요~

토토/송파/46/남/돌: 환영환영~ 얼공 ㄱㄱ

별빛/중구/39/여/돌: 얼공 가즈아~ ^^

은경은 순간 당황했다.

얼공이라니.

아직 낯설고 어색했지만, 규칙이라면 따를 수밖에 없었다.

잠시 고민 끝에, 미소 짓고 있는 셀카 한 장을 올렸다.

창가에 앉아 커피잔을 든 사진.

과하지 않지만, 조용히 빛나는 표정.

그녀다운 차분하고 단정한 얼굴.

그리고 곧, 반응이 폭발하듯 쏟아졌다.

참치: 와우….

토토: 오… 분위기 미쳤다.

모카: 존예….

빛나: 언니… 너무 예쁘다 진짜.

참치: 아, 나 갑자기 톡방에 집중하게 되네.

토토: 나도… 톡창 켜놓고 일할게. 이제 ㅋㅋㅋ

은경은 혼자 피식 웃었다.

그 새로운 공간에서 처음으로 건네받은 환대.

어딘가 가볍지만, 그렇다고 가벼이 넘길 수 없는 감정.

자신의 사진 하나에 사람들의 감탄이 이어지는 경험은 그녀에게
조금 특별했다.

그녀는 문득 생각했다.

'이 세계도, 나쁘지 않네.'

그 반응이 전부 진심은 아닐지도 몰랐다.

하지만 오랜만에 누군가에게 '예쁘다'는 말을 듣는 순간, 마음속

어딘가가 살짝 흔들렸다.

짧은 말 한 줄에 마음이 살짝 기울고, 셀카 한 장으로 기분이 바뀌는 것.

그건 은경이 그동안 잊고 지낸 감각이었다.

그리고 이어진 '답공 타임'.

재촉하며 말했다.

모카: 언니~ 답공 누구 볼래요~? 골라봐요. ㅎㅎ

은경은 톡창을 바라보다가, 살짝 장난스럽게 손가락을 움직였다.

이음/강서/38/여/돌: 음… 그럼 참치님?

참치: 오케이 ㅋㅋㅋ 살짝 부담되지만 가자~

잠시 후, 참치도 자신의 사진을 올렸다.

캐주얼한 차림에 익살스러운 표정.

어딘가 장난스러우면서도, 말주변 좋은 남자 특유의 부드러운 분위기가 묻어나는 얼굴이었다.

이음/강서/38/여/돌: 아~ 역시 말주변 좋으시더니 얼굴도 친화력이 느껴지네요. ㅎㅎ

참치: 앗… 친화력? 칭찬인가 욕인가? ㅋㅋㅋㅋㅋ

톡방 안에 웃음 이모티콘이 쏟아졌다.

서툰 농담도, 어설픈 위트도 그 순간엔 다정하게 느껴졌다.

은경은 조용히 웃었다.

이 공간은 카페나 밴드와 달리 반응이 빠르고 즉각적이었다. 빠른 속도가 생각보다 재밌었다.

토토: 주말에 벙 있는데, 이음도 올래?

빛나: 언니~ 처음이니까 가벼운 커벙(커피벙)부터 나와봐요~ 부담
없이.

은경은 핸드폰을 내려다보며 조용히 생각에 잠겼다.

자작나무 숲에서 불멍을 바라보던 밤, 정장을 입고 호텔의 연회장
에 들어섰던 날, 그리고 지금—이 이름 없는 사람들의 말장난 사이
에서 자신이 조금씩, 아주 조금씩 변해가고 있다는 걸 느꼈다.

분명히 은경은 자신의 일상에 다른 파장을 만들고 싶었다. 반복되
는 일상 속, 익숙한 얼굴들 사이에서 벗어나 완전히 새로운 공간이
필요했다.

카페, 밴드, 오픈채팅방.

이들은 단지 글이나 채팅만 주고받는 곳이 아니었다. 그 안엔 사
람이 있었고, 감정이 있었으며, 서툴지만 진심도 오갔다.

오픈채팅방에 들어간 지 며칠이 지났다.

'4주 이내 오프 모임 미참석 시 강퇴'— 정해진 룰.

그 기준에 맞춰야만 이 공간에 머물 수 있었다.

카페나 밴드와는 전혀 다른 분위기였다. 카페나 밴드가 천천히 도
는 회전목마라면, 오픈채팅방은 마치 거침없이 달리는 롤러코스터
같았다. 잠시 눈을 돌리면 놓쳐버리는 대화들. 말 그대로, 글이 아닌
실시간 채팅 중심의 공간. 즉각적인 반응, 끊임없이 이어지는 이야
기들, 매일같이 올라오는 벙개 일정들. 누군가와 쉽게 연결될 수 있

는 이 공간의 무한한 접근성은 은경에게 자유가 아니라, 갑작스럽게 들이닥친 뜻밖의 침입자처럼 느껴졌다.

처음에는 그저 따뜻한 교류의 장일 거라 생각했지만, 어느 순간부터 이곳은 감정이 빠르게 뒤섞이는 교차로 같았다. 서로 다른 속도, 서로 다른 온도의 사람들이 부딪히는 시장 같기도 했다.

은경은 채팅 속 말장난에 웃고 있었지만, 그 웃음 너머로 마음은 점점 멀어지고 있었다.

'나는 지금, 또다시 속도를 잃고 있다.'

은경은 천천히 종표시를 눌러 알림을 끄고, 프로필 창을 조용히 닫았다.

그리고 마지막으로 메시지 창에 짧게 글을 남겼다.

이음/강서/38/여/돌: 좋은 인연들 많이 만나시길 바랍니다. 저는 이만 나갈게요. 감사합니다.

그렇게 조용히 방을 나섰다.

소리 없이, 흔적 없이.

오픈 채팅의 창을 닫은 은경은 다시 현실의 방 안으로 시선을 옮겼다.

조용한 밤이었다.

그리고 그 조용함이 그녀에게는 지금 가장 편안한 대화였다.

5. 계약

캠핑카페. 두 번째로 참가하는 오프 모임이었다. 경기 양평, 숲 안쪽의 작은 펜션형 캠핑장. 자작나무 대신 소나무들이 바람에 흔들렸고, 공기는 그보다 더 부드러웠다. 자연은 언제나 사람보다 먼저 마음을 풀게 만들었다. 말이 필요 없고, 설명도 필요 없는 풍경이 은경을 천천히 감쌌다.

은경은 텐트를 설치하고 있었다. 손끝이 바삐 움직이던 그 순간, 시야에 처음 보는 얼굴이 한쪽에 들어왔다. 낯선데, 이상하게 마음에 남는 얼굴. 조용히 텐트를 설치하던 남자였다. 닉네임은 '온유'. 이름처럼 말수가 많지 않았고, 목소리도 낮고 조용했다. 눈에 띄는 사람은 아니었지만, 사람들 사이를 스치듯 지나다니며 가볍게 도와주는 손길이 있었다. 그런 종류의 배려는 의도적으로 만들 수 없는 성질의 것이라, 은경은 그를 무심히 한두 번 더 바라보게 되었다.

불멍 앞에서 분위기가 조금씩 무르익었다. 주변에 앉은 분이 술을 따랐고, 누군가 음악을 틀었다. 은경은 두 번째 잔을 조심스럽게 받아들며 자리에 앉았다. 불빛이 얼굴을 감싸고, 소주의 온기가 몸속으로 스며드는 시간. 조용한 웃음들이 주변을 가볍게 맴돌았다.

온유는 어느새 그녀 옆에 앉아 있었다. 일부러 그런 것처럼 보이지는 않았지만, 은경은 그 거리감이 낯설지 않았다. 나란히 앉아 몇 마디 대화를 주고받았다. 서로의 이야기는 많지 않았지만, 말하지 않은 틈새들이 더 깊었다.

"이상하게…" 온유가 말했다. "달빛안나님 목소리는 불멍이랑 잘 어울려요."

은경은 잔을 손에 들고 조용히 웃었다. "불멍이랑 잘 어울린다는 건… 따분하다는 뜻인가요?"

"아뇨, 조용한데 강렬할 것 같은 사람… 그런 느낌이요."

그녀는 고개를 돌려 그를 바라보았다. 눈빛이 불빛을 머금은 채, 조심스럽게 얽혔다. 다시 대화를 이어가지 않아도 어색하지 않았다. 대신 맥주 한 모금이 천천히 말을 대신했다. 조금 더 시간이 흘렀고, 온유는 그녀 쪽으로 잔을 건넸다. 은경의 손끝이 그의 손등을 스치듯 닿았다. 그 순간, 아주 잠깐이었지만 서로의 눈이 다시 마주쳤다. 말없이, 조금 더 오래.

술이 한 모금 더 들어가자, 온유의 어깨가 조금 느슨해졌다.

은경도 잔을 들고 미묘하게 숨을 고르며, 조용히 자세를 바꿨다. 그 조용한 움직임들 속에서, 두 사람 사이의 공기가 달라지기 시작했다.

은경은 취기가 오르는 와중에도 주변을 의식적으로 살폈다.

사람들은 어느새 제각각 흩어져 있었다.

누군가는 불멍 앞에 앉아 있었고, 누군가는 화장실을 다녀온다며 자리를 비웠다. 조금 전까지만 해도 북적이던 공간은 어느덧 둘만의 조용한 틈을 허락하고 있었다. 어느 순간부터, 둘이 서로를 바라보는 시간의 길이가 조금씩 길어졌다. 무언가 말을 하려다 멈추는 순간들이 반복되었고, 웃음도 서서히 잦아들었다. 그 침묵 안에는 조금씩 다가가는 감정이 있었다.

은경이 불빛 너머를 바라보며 잔을 들고 있을 때,

온유가 조심스럽게 그녀 쪽으로 몸을 기울였다.

그의 움직임은 아주 느렸고, 조심스러운 마음이 동작 하나하나에 담겨 있었다.

은경은 놀라지 않았고, 미처 눈을 감지도 않았다.

입술이 닿기 직전, 둘 사이엔 아직 불빛의 열기가 남아 있었다.

아주 짧고, 아주 가벼운 키스. 스치듯, 그러나 분명히 남는 온기였다. 그 순간, 모닥불보다 더 따뜻한 감정이 그들 사이를 지나갔다.

그리고 다시, 아무 일 없던 듯 밤은 지나갔다.

다음 날 아침, 은경은 커피를 내리고 있었다. 어젯밤의 기억이 새삼스레 떠오를 듯 말 듯, 스팀 소리 사이로 감춰져 있었다. 커피 내리는 그녀의 손끝에선 아무렇지 않은 척이 묻어났고, 주변은 다시 평온했다.

온유가 다가왔다. 멈칫하다가 그녀 옆에 선 그는 조용히 물었다. "어제… 술은… 괜찮아요?"

은경은 고개를 살짝 끄덕이며 웃었다.

"네, 뭐… 술… 괜찮아요."

그도 따라 웃었다.

그러곤 잠시 머뭇거리다가 조심스레 입을 열었다.

"저… 하나 제안하고 싶은 게 있는데요."

그의 목소리는 가벼운 듯하면서도 묘하게 진지했다.

"저랑… 만나보실래요? 선뜻 답하기 어렵다면, 딱 한 달만. 우리, 계약 커플로 지내보는 거 어때요?"

"계약… 커플이요?"

은경은 놀라듯 되묻고, 그는 웃으며 고개를 끄덕였다.

"거절하시면… 아마 상처받을 거예요."

그의 눈빛이 잠시 흔들렸다가, 다시 단단히 고정되었다.

"다음 캠핑 모임까지만, 그렇게 지내봐요.

그다음은… 그때 가서 정해도 돼요.

그냥 지금은 'YES'라고 말해줘요."

은경은 천천히 커피잔을 들고, 그의 얼굴을 바라보았다. 말은 장난처럼 했지만, 어딘가 거절을 거절하겠다는 듯한 단호함이 느껴졌고, 어쩌면 그것은 간곡한 당부처럼도 들렸다.

그 순간, 은경은 문득 이런 생각이 들었다.

그의 말은 어쩌면—진심일지도 몰라.

잔을 입에 댄 그녀는 잠시 그를 응시했다. 아직은 아무 말도 하지 않았지만, 눈빛 속에 어쩐지 조용한 미소가 번지고 있었다.

가벼운 듯, 농담처럼 툭 던진 제안이었다.

그런데 그의 입꼬리엔 웃음이 남았지만, 목울대 아래로는 잔잔한 떨림이 번졌다.

은경은 커피잔을 들고 있던 손을 살짝 힘주어 쥐었다가 다시 풀었다. 잔의 온기가 손바닥을 타고 천천히 전해졌고, 그 온도는 그녀의 마음 한구석을 무르게 했다.

바람이 불었다.

펜션 옆 숲의 나뭇잎이 조용히 흔들렸다.

온유는 말없이 그 움직임을 바라보고 있었고, 그 옆의 은경은 아주 천천히 미소를 지었다.

눈을 살짝 내리깔고, 고개를 끄덕였다.

"그래요. 한 달."

그 말은 계약의 시작이었다.

서명도 없고, 조건도 없고, 누구에게도 말하지 않는 둘만의 약속.

연인처럼 지내되, 그 안에 감정을 얽매지 않기로 한, 어쩌면 너무 궁색하고, 어쩌면 너무 솔직한 거리두기.

그 순간, 그녀의 잔 위로 커피 향이 다시 피어올랐다.

따뜻한 향이 코끝을 스쳤고, 불멍에서 남은 연기의 잔향이 그 뒤를 이어 따라왔다.

그 모든 냄새가, 그 모든 공기가 마치 지금의 그들 사이처럼 복잡하게 얽혀 있었고, 은경은 그 복잡함이 싫지 않았다.

온유는 말이 없었다.

그저 그녀의 말끝을 따라 고개를 끄덕였다.

둘 사이의 침묵은 온화했다.

말이 없어도 어딘가 연결되어 있다는 느낌.

은경은 오히려 그 조용함에서 더 많은 감정을 읽고 있었다.

그녀는 안다.

사람의 마음은 종이 위 계약에 갇히지 않는다는 걸.

문장으로 다 쓰지 않아도, 가슴 속에 먼저 써 내려가는 문장들이 있다는 걸. 그러니 어쩌면 이 한 달은 서로를 알아가는 시간이 아니라, 이미 알고 있는 마음을 조금 더 선명하게 확인하려는 시간일지도 모른다.

불빛이 조금씩 낮아지고, 커피잔이 식어가는 동안에도, 그들의 눈빛만은 아직 따뜻한 온도를 잃지 않고 있었다.

6. 아빠

온유의 이름은 강민준이었다.

은경은 그의 이름을 마음속으로 조용히 떠올렸다.

입 밖으로 꺼내진 적은 없지만, 그 이름은 어느새 그녀의 가슴 한 가운데에 가만히 내려앉았다.

짧고 담백한 이름. 하지만 그 이름을 떠올릴 때마다 은경은 그가 닿았던 손끝의 온기와 말없이 건네던 시선의 결을 함께 떠올렸다.

창밖은 이미 어둠이 내려 있었고, 모텔 방 안에는 얇은 커튼 너머로 도시의 불빛이 잔잔히 번지고 있었다.

그 고요한 불빛 속에서, 은경은 지금 막 스며들기 시작한 누군가의 흔적을 조용히 느끼고 있었다.

두 사람의 체온은 조심스럽게 닿아갔다. 마치 누가 먼저랄 것도 없이, 서로의 몸이 그 온기를 확인하려는 듯 가까워졌다.

그의 손끝이 천천히 허리를 감쌌고, 은경은 숨을 조심스레 들이쉬었다.

오래도록 잊고 있었던 남자의 체온.

그녀는 약간 놀라면서도 동시에 안도했다.

그 품 안에서, 아주 천천히 숨을 내쉬었다.

관계의 이름은 '계약커플'이었다.

그러나 그 밤만큼은 그 어떤 연애보다 더 진심에 가까웠다.

입술이 닿고, 눈이 감겼고, 체온과 숨결이 얽히는 사이—그녀는 계약이라는 단어가 얼마나 얄팍한 틀인지 새삼 느끼고 있었다.

하지만 감정이 뜨거워질수록, 현실은 더 찬물처럼 찾아왔다.

침대에서 몸을 일으키는 순간, 핸드폰 진동이 울렸다.

은경은 손을 뻗어 화면을 확인했다.

"내일 저녁, 밥 한 끼 하자."

아빠였다.

짧은 문장이었고, 담담한 말투였지만, 이상하게 그 한 문장이 마음 깊은 곳에 툭 박혀 들어왔다.

잠시 그대로 화면을 바라보았다.

그 문장에는 설명도 없었고, 감정도 드러나지 않았지만… 바로 그런 무뚝뚝함이 더 오래 남았다.

모텔을 나서며 민준과 짧은 인사를 나눴다.

"조심히 가요."

"그래요. 연락할게요."

그의 말투는 여전히 조용했고, 그녀도 그에 맞춰 짧게 고개를 끄덕였다. 몸은 멀어졌지만, 마음 어딘가엔 여전히 그의 손끝이 남아 있었다.

택시 안, 창밖 풍경이 뒷걸음질치는 동안 은경은 생각에 잠겼다.

우리는 지금 어떤 사이일까. 연인이라기엔 계약이라는 한정이 있고, 계약이라기엔 이미 깊은 교류가 생겼다. 그 경계는 모호했고, 감정은 그 모호함 속에서 자라나는 것 같았다.

늦은 밤이었다.

집으로 가는 길, 은경은 편의점에 들렀다.

두부, 햄, 고추장, 계란, 양파.

내일 아빠에게 가져다줄 반찬을 위해 이것저것 바구니에 담았다.

슈퍼에 들렀으면 더 신선한 걸 살 수 있었겠지만, 이 시간엔 그것도 사치였다.

아쉬운 마음을 가볍게 넘기며 계산을 마쳤다.

집에 도착하니 열한 시 반.

겉옷도 벗지 않은 채, 곧장 부엌으로 향했다. 빠르게 냉장고를 정리하고 난 후 옷을 갈아입었다.

프라이팬 위에서 기름이 지글거렸다. 두부가 익는 냄새, 양파의 단내, 고추장의 매운 향이 순식간에 부엌을 채웠다.

오랜만에 주방이 분주했다.

냉장고에서 반찬 재료들을 꺼내 놓고, 감자채를 썰고, 무생채를 무치고, 두부조림을 만들고, 계란말이를 굽고, 오징어채에 고추장을 버무렸다.

손끝은 지쳤지만, 멈추지 않았다.

손으로 무언가를 만들어내고 있다는 감각이 오히려 위로됐다.

반찬통 하나하나에 반찬이 채워질 때마다, 마음 어딘가가 조금씩 단단해졌다.

피곤했지만 만족스러웠다.

아무도 몰라줘도 괜찮았다.

그녀는 혼자서도 충분히 무언가를 해낼 수 있는 사람이었다.

시계를 보니 새벽 두 시.

부엌의 불빛만 환하게 남아 있었다.

다음 날, 은경은 미리 만들어 놓은 반찬을 챙겨 출근했고, 일과를 마치고 아빠를 만났다.

아빠는 늘 조용한 사람이었다.

평생 한 회사에서 묵묵히 일했고, 말수도 적고, 특별한 취미도 없었다.

욕심 없는 사람.

자신의 감정을 잘 드러내지 않는 사람.

그러나 은경은 안다.

그런 사람이 건네는 '밥 한 끼'라는 말속에 어쩌면 세상에서 가장 큰 표현이 담겨 있었을지도 모른다는 걸.

아버지는 늘 그랬다.

무던하게, 성실하게 가족이라는 울타리를 말없이 이끌어왔을 뿐.

툭툭 던지는 말속에, 마음을 다 담아내지 못하는 사람.

식탁 위에는 은경이 정성껏 만들어 온 반찬들이 하나씩 놓여갔다.

아버지는 조용히 일어나 손수 끓인 된장찌개를 데워 왔다. 뚝배기 안에서 김이 피어올랐다. 국자로 찌개를 떴다. 두부와 애호박. 그게 전부였다. 감자도, 파도, 고춧가루도 없이, 찌개는 된장만 물에 푼 듯 맑은 국물처럼 보였다.

은경은 밥을 한 숟갈 떴다.

입안에 맴도는 밍밍한 국물.

그저 슴슴할 뿐인데, 이상하게 목이 막히는 듯한 감각이 올라왔다. 목구멍 한편이 잠깐 먹먹해졌다.

아버지는 무심히 밥을 먹었고, 은경은 말없이 아버지 쪽으로 반찬을 밀었다.

대화 없이 오가는 수저.

그 말 없는 식탁에서, 침묵으로 더 많은 말이 오갔다. 아무 말도 하지 않았지만, 마음은 어느새 조금씩 흔들리고 있었다.

식사를 마친 뒤, 은경은 설거지를 시작했다.

싱크대 앞에 선 그녀의 등 뒤로, 아버지가 보는 TV 소리가 작게 흘러나왔다.

물소리와 뉴스 멘트가 엇갈렸다. 조용한 집 안, 벽지 사이로 스며드는 공기까지도 낯설게 느껴졌다.

이 집에는 아버지와 은수가 함께 살고 있었다.

은수는 아직 철이 없고, 오토바이를 타며 띄엄띄엄 일하고, 사고도 잦다.

정작 누군가는 이 집을 책임져야 했다.

그건 결국 아버지였다.

'내가 이 집으로 들어가야 할까.'

문득 그런 생각이 스쳤다.

그러나 마음속 어디선가, 부드럽게 그 생각을 밀어냈다.

아버지와 독립했던 그 순간은 결혼이라는 실패를 겪었음에도 은경에겐 자유의 시작이었다.

지금 이 집으로 다시 돌아가는 건, 돌봄이라는 이름의 의무로 자신을 가두는 일이 될 것이다.

아들과 둘이 살아가는 일은 외롭지만, 아빠와 동생이 함께 산다고 덜 외로운 것도 아니다.

삶은 결국 각자의 몫이었다.

누군가를 감당하는 일은, 언제나 마음을 짓누르는 무게였다.

은경은 고개를 들어 조용히 창밖을 바라보았다.

창가 너머로 봄기운이 스며들고 있었다.

바람은 부드러웠고, 하늘은 어둠으로 접어드는 중이었다.

멀건 된장찌개는 배 속에 남았고, 그 뒤에 남은 생각은 하나였다.

'그래도 혼자… 각자 살아야 한다.'

설거지를 마친 은경은 손을 털고, 부엌 조명을 껐다.

조용히 한숨을 내쉬며 뒷걸음질쳤다.

삶은 다시 별일 없는 듯 흘러가고 있었다.

7. 은수

은경은 불이 꺼진 거실을 뒤로 한 채 부엌을 빠져나왔다.

창밖으로 봄기운이 스며들고 있었지만, 그 따뜻함은 마음 깊숙한 곳까지 닿지 못했다.

조용히 거실로 들어서자, 아버지는 소파에 앉아 무표정한 얼굴로 TV를 보고 있었다. 화면은 어딘가 시끄러웠지만, 그 안에서 어떤 감정도 느껴지지 않았다.

"커피 마실래?"

아버지가 물었다.

은경은 고개를 끄덕였다.

잠시 뒤, 아버지는 믹스커피 두 잔을 쟁반에 올려왔다.

종이컵 안에서 김이 어렴풋이 피어오르고 있었다.

은경은 컵을 들었다.

조금 밍밍한 커피였다. 설탕도, 프림도 어딘가 모자란 듯한 맛.

마치 아까 먹었던 된장찌개처럼, 한 끗 부족한 감각.

하지만 왠지 모르게 그 싱거움이 마음을 어루만지는 듯했다.

아버지와 함께 조용히 마시는 그 한 모금 속에서, 오래된 시간들이 느리게 되살아났다.

고요한 부엌, 말없이 마주 앉은 아버지, 그리고 그런 장면들이 익숙해질 만큼 많은 시간을 지나온 기억.

잠시의 침묵.

그리고, 아버지가 커피잔을 내려놓으며 입을 열었다.

"은수가… 카드값이 좀 밀렸다더라."

그 말은 갑작스럽지 않았다.

마치 기다려 온 문장처럼, 슬그머니 준비된 호흡 속에서 조심스레 꺼내진 이야기였다.

은경은 손에 쥔 컵을 내려놓으며 아버지를 바라보았다.

"또요?"

말은 짧았지만, 그 안에는 피로가 고스란히 담겨 있었다.

한 번, 두 번, 몇 번을 반복해 온 지침과 서운함.

아버지는 시선을 피했다.

은경은 다시 커피를 한 모금 마셨다.

입안에 남는 단맛보다, 마음속에 퍼지는 씁쓸함이 더 진했다.

"지난번에도 연체돼서 아버지가 대신 갚아줬잖아요."

"응… 그랬지. 이번에도 그 비슷한 상황인 것 같아."

"그 비슷한 상황이 몇 번째인데요."

아버지는 말없이 손등을 문질렀다.

습관처럼, 말 대신 행동으로 마음을 감추는 방식이었다.

그 침묵이 오히려 은경을 더 자극했다.

"왜 자꾸 은수 편만 드세요?"

"은수는 아직 어려. 좀 부족해."

"아빠, 은수 서른 넘었어요."

그 말에 아버지는 잠시 말을 잇지 못했다.

커피잔을 손에 쥔 채, 시선이 어딘가 멀어졌다.

그리고 작게 한숨을 내쉬었다.

"네가 첫째니까, 네가 더 많이 감당했지. 엄마 없을 때부터… 고등학생이었던 네가, 한참 공부해야 할 시기에 살림하고, 동생 돌보고 다 한 거 알아, 알지. 근데 은수는… 그땐 아직 초등학생이었잖니. 나는 일한다고 바빴고, 제대로 챙겨주지도 못했어. 나는, 나는 그게 미안하다."

그 말에 은경은 가슴 어딘가가 묵직하게 내려앉는 것을 느꼈다.

그러면 그 시절의 무게는 누구의 몫이었단 말인가.

왜 자신이 감당한 시간은 당연한 것이 되고, 은수의 부족함은 늘 '어린 시절의 결핍'이라는 이름으로 용서받아야 하는가.

그 순간, 아버지가 조심스럽게 서류 한 장을 꺼내 건넸다.

말없이, 그러나 무겁게.

"이게… 그제 도착한 건데…."

은경은 받아들었다.

고지서였다.

익숙한 봉투, 익숙한 서류 양식.

하지만 제목이 낯설었다.

'유체동산 압류 예고 통지서'

눈앞이 잠시 흐려졌다.

종이를 꽉 쥔 손끝에 힘이 들어갔다.

"이게… 뭐예요? 집에, 압류요?"

"카드사에서… 은수랑 같이 살고 있으니까 그렇게 되는 모양이야."

"말이 돼요, 이게? 은수가 빚내고 연체한 건데 왜 아빠 집을."

목소리가 가파르게 올라가려는 순간, 은경은 스스로를 다잡았다.

말을 삼키듯 숨을 깊게 들이쉬었다.

속이 뜨겁게 타오르는데, 겉은 애써 조용해야 했다.

조금 전까지만 해도 단순히 커피 한 잔의 시간이었지만, 지금은 감정의 파문이 너무 멀리까지 번져 있었다.

그러나 마음속에서 무언가 무너지는 소리가 들렸다.

"아빠, 제발 이번엔… 안 돼요. 갚아주지 마세요. 이건 은수가 책임져야 할 일이에요."

아버지는 고개를 숙였다.

"나도 알아. 그런데 그냥… 네가 좀 알아봐 줄 순 없겠니? 이번만. 마지막일지도 몰라…"

은경은 더는 말을 잇지 못했다.

분노보다 더 깊은 감정. 그것은 체념에 가까운 슬픔이었다.

마음속 어딘가가 조용히 주저앉는 기분이었다. 그녀는 자리에서 움직이지 못한 채, 조용히 핸드폰을 꺼내 들었다.

'은수'

전화 연결음이 허무하게 울리다 끊겼다.

'또 술이겠지.'

그녀는 이미 알고 있었다.

은수가 전화를 받지 않는 이유가 어디에 있는지를, 몇 번이고 경험으로 알고 있었다.

"요즘 은수 몇 시에 들어와요?"

"응… 뭐, 늦어도 들어오긴 해."

아버지의 말은 멀게 들렸다.

그 말속에는 스스로에 대한 자책과 그럼에도 여전히 멈추지 못하는 허용의 습관이 묻어 있었다.

책임감보다는 미안함, 미안함보다는 그저 익숙해진 무력함.

은경은 말없이 앉아 있었다.

한참을 그렇게 있다가, 밤 열 시가 되어서야 은수에게 메시지를 남겼다.

'술 마시는 중이면, 문자 보고 바로 전화하지 말고 내일 깨고 전화해.'

고지서를 조용히 가방에 넣었다.

그녀는 자리에서 일어났다.

"아빠, 저 갈게요."

"그래, 조심히 가라."

현관문을 열며, 은경은 한 번 뒤를 돌아보았다.

아버지는 주방 쪽에서 물을 따르고 있었다.

등 뒤로 보이는 그 일상의 풍경은 너무나 평범했지만, 왠지 그 평범함이 더 아프게 느껴졌다.

은경은 말없이 한숨을 내쉬었다.

숨은 조용히 뱉어졌고, 마음 어딘가에 남은 한 점의 무거움은 지워지지 않았다.

집으로 향하는 버스 안, 가방 속 고지서가 손끝에 닿았다.

그 종이 한 장이, 그녀가 이제껏 버티며 살아온 모든 시간을 무력하게 만드는 것 같았다.

하지만 은경은 다짐했다.

이대로는 안 된다.

누군가는 이 사슬을 끊어야 한다.

누군가는 멈추지 않고 살아내야 한다.

문을 열고, 자신의 집 안으로 들어섰을 때, 은경은 가만히 눈을 감았다.

잠시, 아주 잠깐.

심호흡하듯, 세상의 모든 무게를 흉곽 안으로 품고.

8. 한별

집에 들어온 시간은 이미 늦은 밤이었다.

현관문이 닫히는 소리가 작게 울리고, 은경은 서둘러 안방으로 걸어갔다. 가방을 내려놓는 순간, 은경은 짧은 숨을 내쉬었다. 익숙한 공기가 폐 안으로 들어왔다.

옷을 갈아입고 손을 씻었다. 그리고 안방을 나와 거실로 향했다.

집. 하루의 끝에서 자신을 조용히 붙잡아주는 유일한 공간. 부엌 한쪽, 밥솥은 아직 따뜻했다.

전날 일부 남겨 두었던 반찬들은 냉장고 안 한 쪽에 자리했다. 아버지와의 식사, 은수의 고지서, 말없이 쌓여 있는 가족의 무게. 하지만 그 모든 것과 상관없이 집은 평온했다. 어떤 상처도 잠시 멈춰 서는 공간처럼. 그리고 그 안에 한별이 있었다.

은경은 아들 방 앞에 조용히 섰다. 문을 톡톡, 두드렸다.

"한별아, 엄마야."

안쪽에서 무뚝뚝한 대답이 돌아왔다.

"응."

문을 살짝 열고 고개를 내밀었다. 책상 앞에 앉은 아들은 이어폰을 꽂은 채, 모니터를 바라보고 있었다.

은경은 그 모습이 낯설지 않으면서도, 어딘가 멀게 느껴졌다.

"밥은 먹었어?"

"응, 냉장고에 있던 거 데워 먹었어."

"그래. 냉동실에 돈가스도 해서 넣어놨어. 삼겹살도 소분해 놨고."

한별은 고개만 살짝 끄덕였다. 은경은 더 묻지 않았다. 괜한 잔소리로 벽을 세울 필요는 없었다. 그저 조용히 방문을 닫았다.

자신의 방으로 들어온 은경은 벽에 등을 기댄 채 바닥에 앉았다.

고요한 방 안, 익숙한 정적. 혼자 있는 시간이야 언제나 그렇듯 편안했지만, 오늘따라 마음 한구석이 유난히 허전했다.

정한별, 열다섯. 그 무섭다는 중학교 2학년. 세상 모든 반항기를 등에 업고 사는 시기. 그러나 은경에게 한별은 어느 날 문득 선물처럼 삶에 들어온 존재였다.

세 살. 그 나이에 어린 아들은 그녀의 등에 업혀 부동산 사무실을 함께 다녔다.

맡길 곳이 없어 유모차에 아이를 눕힌 채 계약서를 쓰러 간 날들, 졸린 눈으로 엄마를 기다리던 작은 손, 마른 입술. 그 시간은 모두 은경의 삶이었다.

그 아이를 키우며, 그녀는 자기 자신을 다시 키워냈다.

부서진 마음도, 흔들리는 삶도, 결국은 작은 생명 하나 붙잡고 다시 일으켜 세운 시간.

방 안의 공기가 차분히 내려앉았다. 은경은 무릎 위로 손을 포개고 조용히 눈을 감았다.

아무 말 없는 밤, 조용히 스며드는 오래된 기억들 속에서, 그녀는 오늘의 피로와 어제를 함께 눌러 앉혔다.

실장으로 일하면서도 틈틈이 공부했고, 자격증을 따며 결국 자신만의 사무실을 열었다.

지치고 무너질 때마다, 한별은 그녀를 다시 일으켜 세워 준 힘이었다. 아이가 있었기에 포기하지 않았고, 아이를 위해 견뎠다.

그러나 이제, 그 아이는 서서히 그녀의 손에서 멀어지고 있었다. 그게 당연한 일이라는 걸 안다. 아이에게 독립은 성장이고, 부모에게 독립은 놓아주는 일이라는 것도.

하지만 여전히, 문 너머 무뚝뚝하게 고개만 끄덕이던 아들의 뒷모습이 마음에 오래 남았다. 조금은 서운했고, 조금은 허전했다.

한별은 한 달에 한 번 아버지를 만났다.

은경은 이혼 이후에도 그 관계를 막지 않았다. 아니, 오히려 바라던 일이었다. 아들이 적어도, 부모라는 이름을 가진 사람들에게 사랑받고 있다고 느끼기를.

전 남편은 이혼 후 처음 몇 년간은 제대로 아이를 챙기지 않았다.

하지만 시간이 흘러, 나이가 서른을 넘기며 서서히 달라졌다. 한별을 데려가 밥을 먹이고, 영화를 보고, 게임을 함께했다. 그것만으로도 은경은 감사했다. 자신의 부재를 채워주는 누군가가 있다는 것.

그가 비록 과거의 상처였을지라도, 어쩌면 그것 또한 축복이었다. 하지만 요즘, 한별은 서서히 감정의 거리를 두기 시작했다.

엄마보다 친구, 엄마보다 스마트폰, 화면 속 캐릭터. 그 변화는 너무 자연스러워서 아팠고, 너무 예측할 수 있어서 더 외로웠다.

한때, 문득 '딸이었다면 어땠을까?' 생각한 적도 있었다. 그러나 이제 그런 상상조차 허망하게 느껴졌다.

아들은 잘 자라고 있었고, 그 자체로 충분히 감사한 일이었다.

다만, 하나 바라는 것이 있었다. 부디 은수처럼만은 크지 않기를. 자기 삶에 책임질 줄 아는 사람. 자기 말에 무게를 담을 줄 아는 사람. 그렇게 자라주기를 간절히 바랄 뿐이었다.

은경은 조용히 책상 서랍을 열었다. 오래된 가죽 커버의 수첩, 손에 익은 무게. 그 안에는 아무에게도 말하지 못한 조용한 기도들이 담겨 있었다.

그녀는 천천히 펜을 들었다. 그날의 마지막 문장을 꾹꾹 눌러 적었다.

'한별이를 위해 기도합니다. 건강하게, 따뜻하게, 자신을 스스로 지킬 수 있는 사람으로 자라기를. 누군가에게 상처 주지 않고, 상처받지 않기를. 자신을 아끼고 타인에게 베풀고 자신과 타인을 사랑할 수 있는 아이가 되기를.'

그리고 맨 마지막 줄.

'그리고 내가 아이에게 짐이 되지 않고 힘을 줄 수 있는, 의지가
될 수 있는 엄마가 되게, 그렇게 될 수 있게 노력하겠습니다. 간절히
저의 바람을 들어주시길 기도합니다.'

은경은 수첩을 덮고 조용히 두 손을 모았다.

어디로든 닿기를 바라는 그 마음 하나.

그것이면 이 밤은 충분했다.

9. 이별

무엇이라 불러야 할까.

이별이라고 하기엔, 이 관계는 애초에 끝을 품고 있었다.

시작부터 유통기한이 정해져 있었기에, '이별'이란 말조차 사치처럼 느껴졌다.

아마도 '계약 종료'— 그 표현이 더 정확했을지도 모른다.

한 달.

서로의 삶에 아주 조심스럽게 스며들었던 시간.

그 한 달 동안 은경은 강민준이라는 사람을 '남자'로 받아들이는데 점점 익숙해졌고, 그 익숙함은 감정을 요구하기 시작했다.

총 네 번의 데이트. 두 번의 하룻밤.

그 밤은 결코 대단한 환희는 아니었지만, 그의 손끝이 다정했고, 그의 품 안에서 은경은 잠시 무너질 수 있었다.

그게 그녀에겐 충분한 이유였다.

사귀자고 말하지 않았지만, 말이라는 게 꼭 필요하지 않다고 믿고 싶었다.

그의 눈빛, 그의 침묵 속의 따뜻함, 은경은 그 모든 것들을 스스로 해석했고, 스스로 믿었다.

그러니까, 그날 마지막 데이트 자리에서도 은경은 어딘가 기대하고 있었다.

민준이 예약한 식당은 조용하고 깔끔한 이탈리안 레스토랑이었다. 와인잔이 빛났고, 테이블 위 작은 촛불이 깜박였다.

서로의 일상을 이야기했고, 웃음도 몇 번 오갔다.

하지만 어딘가 모르게 그날의 대화는 건조했다.

그는 평소보다 더 말을 아꼈고, 은경은 그 침묵 속에서 괜히 자신의 표정을 다듬었다.

식사를 마치고, 은경은 조심스럽게 물었다.

"이따가… 어딘가 더 갈까?"

자연스럽게 이어질 줄 알았다.

다섯 번째 밤, 혹은 '연애'라는 단어로 넘어가는 기점이 되기를.

하지만 민준은 고개를 흔들었다.

"오늘은 좀 피곤해서… 그냥 들어가려고."

순간, 은경의 가슴 안쪽 어딘가가 조용히 무너졌다.

그는 미안하다는 말도, 아쉬움도 없이 그렇게 말했다.

잠깐의 침묵 끝에, 민준은 웃었다. 너무 담백하게, 너무 쿨하게.

"그래도 재밌었어요, 이 한 달."

그 말. '이 한 달'이라는 시간에 마침표를 찍는 말. 그 한마디로, 은경의 머릿속에 지난 30일이 주마등처럼 스쳐갔다.

함께 웃었던 카페, 그의 손등에 얹혔던 자신의 손, 모텔방 어둠 속에서 가만히 안겨 있던 밤, 그 모든 순간이 갑자기 '계약된 감정'처럼 느껴졌다.

'나만 착각했던 걸까?'

'이 사람에겐… 그냥 가볍고 지나가는 일이었을까?'

마음속에서 수없이 의심이 생겨났다.

그의 쿨한 태도는 거리를 지키려는 성숙함인지, 아니면 애초부터 마음이 없었던 것인지, 혹은… 다른 누군가가 있었던 것인지.

은경은 조용히 고개를 끄덕였다.

"그래요… 저도 즐거웠어요."

말은 그렇게 했지만, 그 말이 나오는 순간 스스로도 그 안의 쓸쓸함을 감출 수 없었다.

식당을 나와 걸음을 떼는데, 그의 발걸음은 가볍고 단호했다.

그는 그녀를 집까지 데려다줄 생각도 없이, 그저 인사를 건넸다.

"다음에 또 봐요. 친구처럼요."

친구. 그 단어가 입술을 빠져나와 나를 향해 천천히 날아왔다.

시간이 멈춘 듯, 그 짧은 순간이 끝없이 길게 늘어졌다.

내 표정은 그 말을 이해하려는 듯 잠시 멈췄고, 입꼬리는 그 자리에 얼어붙었다.

마치 미소라는 가면이 그대로 굳어 금이 간 도자기처럼 조용히 금이 가기 시작했다.

　나는 아무 말도 하지 않았다. 입 안 가득 쓴물이 고여, 목으로 넘기지도 못한 채 가슴속으로 삼켰다.

　혼자 택시를 타고 집으로 돌아오는 길, 은경은 차창 밖을 보았다.

　밤하늘은 깊었고, 도로 위엔 불빛만 반짝였다.

　'나는 도대체 뭘 바랐던 걸까.'

　'계약 커플이라는 말 뒤에, 왜 연애의 환상을 넣어두었을까.'

　그 감정은 너무 조용히 쌓였고, 너무 쉽게 무너졌다.

　집에 도착하자, 텅 빈 집 안이 유난히 조용하게 느껴졌다.

　은경은 가방을 내려놓고, 주방 싱크대 위에 물을 따라 마셨다.

　입안에 맴도는 물맛이, 어쩐지 오늘의 감정을 닮아 있었다.

　차갑고, 텁텁했다.

　계약은 종료되었다.

　요식행위도 없었고, 이별의 형상도 없었다.

　그저 한 달짜리 감정이, 기한이 지나 버린 약속처럼 사라진 것뿐이었다. 하지만 마음은 여전히 잔고장이 남은 기계처럼 덜컹거리고 있었다.

　은경은 가만히 손끝으로 입술을 짚었다.

　그가 마지막으로 입맞춤했던 자리, 지금은 너무도 공허했다.

　그리고 조용히 스스로에게 물었다.

'나는 괜찮은 걸까?'

아무도 대답해 주지 않았지만, 은경은 그 고요 속에서 아주 작게 고개를 끄덕였다.

괜찮지 않더라도, 내일은 다시 살아야 하니까.

10. 입방

괜찮다고 다짐한 며칠이 지났다. 그러나 괜찮을 리 없었다. 퇴근길, 피곤함이 무겁게 어깨를 짓눌렀고, 머릿속은 자꾸만 그날 이후로 멈춰 있었다. 겉으로는 아무 일 없는 듯 지나가는 하루들이었지만, 실상 은경은 하루도 그를 잊지 못한 채 잠을 이루지 못하고 있었다.

집에 도착한 은경은 현관문을 닫자마자 그대로 주저앉았다. 불도 켜지 않은 거실. 창밖 가로등 불빛이 희미하게 바닥을 스치고 있었고, 그 빛 속에서 그녀는 잠시 몸을 움직이지 못한 채 앉아 있었다. 생각이 꼬리에 꼬리를 물며 흘러가다가 어느 순간 다시 의식의 전원이 꺼진 듯, 고요했다. 아무 생각도 들지 않으면서, 동시에 수백 가지 감정이 뒤섞였다.

허탈함, 서운함, 자괴감.

'내가 뭐가 부족했을까.'

'왜 나는 매번 혼자서 마음을 채우고, 또 혼자서 비워야 할까.'

강민준.

그는 분명 한동안 은경의 마음속에 천천히 들어와 있었다.

아주 조심스럽게, 아주 따뜻하게.

말 한마디, 손끝의 온기, 불멍 앞의 웃음.

하지만 그 모든 것이 지금은 다 허상처럼 느껴졌다. 그는 아무 말 없이 떠났고, 정확히는 '계약'이라는 말 아래에서 아무 책임도 없이 돌아섰다.

은경은 다시 핸드폰을 집어 들었다. 습관처럼 카페 앱을 열고, 무심코 커뮤니티 게시판을 스크롤했다. 그러다 익숙한 닉네임 하나가 눈에 들어왔다. '온유'. 그가 다른 회원의 게시글에 댓글을 남기고 있었다. 아주 사소한 농담 같았다.

"ㅋㅋ 그건 진짜 웃기네요~ 다음 모임엔 꼭 봬요."

손끝이 멈췄다. 은경은 그 댓글을 한참 바라보았다. 문장은 짧았지만, 이상하게도 마음 어딘가가 쓰라렸다. 알 수 없는 감정이 안쪽에서부터 조용히 치밀어 올랐다.

'그럼 나는 뭐였지? 그 사람은 언제부터 이별을 준비하고 있었던 걸까?

아니, 이건 이별이기라도 했던 걸까?'

분명 '계약'이었다. 서로가 기대하지 않기로 약속한 관계였다. 그 저 짧은 한 달, 가벼운 유희처럼 지나가기로 했던 사이. 그런데 왜 그녀만 이렇게 무너지고 있는 걸까.

은경은 천천히 카페 창을 닫았다. 눈앞이 텅 빈 것처럼 느껴졌다. 그러곤 아주 조용히 오톡방을 검색하기 시작했다.

불과 한 달 전, 몇 년 만에 오톡방에 들어갔을 때, 은경에게 그곳은 마치 지나치게 넓은 광장 같았다. 누구도 그녀를 구속하지 않았고, 누구도 그녀를 간섭하지 않았다. 자유로웠다. 그러나 그 자유는 오히려 은근한 두려움이기도 했다. 모든 감정이 발가벗겨진 채 부유하는 공간. 어쩌면 은경은 그 무한한 자율성 속에서 스스로를 어디에 놓아야 할지 몰랐는지도 모른다.

그녀가 처음 경험한 오픈채팅은 달랐다. 소수의 사람들이 가끔씩 조용히 들러 소소한 이야기를 나누는, 마치 오래된 동네 골목 안 작은 찻집 같았다. 누구도 과하게 다가오지 않았고, 대화는 특정한 날에만 겨우 몇 마디씩 오가는 정도였다. 은경은 그 조용한 채팅방에서 익명성과 별명 사이에 몸을 숨기고, 가벼운 말들 위에 잠시 머리를 기대곤 했다. 아무것도 묻지 않는 말들, 아무 책임도 없는 응답. 그곳은 그녀가 숨을 고를 수 있는 잠깐의 쉼터였다.

그러나 지금은 달랐다.

지금의 은경은 누군가와 진짜 이야기를 하고 싶은 게 아니었다. 따뜻한 공감이나 위로도, 진심 어린 애정도 필요치 않았다. 오히려 반대로 무의미한 농담들, 깊이 없는 말들, 익숙하게 반복되는 감탄사들이 더 끌렸다. 감정을 분산시키기 위해서라도, 감정과 무관한 공간에 머물고 싶었다. 감정을 숨기는 것이 아니라, 감정에서 도망치는 방식.

그녀는 핸드폰을 들어 검색창에 손가락을 움직였다.

'3040/서울/미돌'

주저함 하나 없이 채팅방에 입장했다. 하트부터 눌렀고, 닉네임도 바꿨다.

가을/강서/38/여/돌

익숙한 방 규칙들이 자동으로 떠올랐다.

하트를 누르고, 입방 인사를 하고, 얼공까지.

그녀는 하나씩 기계처럼 해냈다. 그저 어딘가에 자신을 분산시키는 행위 같았다.

가을/강서/38/여/돌: 안녕하세요~ 새로 들어왔어요.

익숙한 말투, 익숙한 이모티콘.

그리고 익숙한 환영 인사들이 채팅창을 가득 메웠다.

초밥/강북/40/남/돌: 가을~ 어솨 ^^

조각/강남/41/여/돌: 가을~~~ 반가워~ ㄱㄱㄱ ㅎㅎ

마루/양천/38/남/돌: 어솨~

은경은 사진첩에서 평범한 셀카 하나를 골랐다.

미소도 없고, 필터도 없고, 그저 카메라를 정면으로 바라본 얼굴.

사진을 올리자 반응은 폭죽처럼 터졌다.

마루/양천/38/남/돌: 오~ 뽀샵 아닌 사진?

루루/동대문/43/여/돌: 예쁘다

마루/양천/38/남/돌: 칭구닷. 동갑반갑.

법사/서초/39/남/돌: 와우~ 환영~

초밥/강북/40/남/돌: 눈빛 장난 아니넹ㅎㅎ

조각/강남/41/여/돌: 가을… 스타일 너무 고급지다여~

은경은 그 반응을 한 줄 한 줄 읽으며, 문득 마음 안이 공허하게 울리는 소리를 들었다.

그 말들은 모두 어디선가 복사해 온 것 같았다. 감탄의 형식을 지닌 말, 그러나 감정은 비어 있는 말.

하지만 이상하게도, 그런 말들조차 그녀의 감정을 일시적으로 묻어주는 솜털 같은 효과가 있었다.

소란 속에서 잠시 고요를 얻는 것처럼, 진심 없는 칭찬도 그 순간만큼은 그녀의 허기를 눌러주었다.

그녀는 몇 마디 더 나누었다.

누군가의 일상, 누군가의 넋두리, 누군가의 말장난, 누군가의 외로움.

그 안에 스며들 듯 섞였고, 자신의 감정도 조금씩 흘려보냈다.

마치 뜨거운 찜물 속에 손끝을 담그듯, 감정을 희석시켜 흘려보내는 느낌이었다.

그게 위로인지, 도피인지 은경도 분명하지 않았다.

다만 확실한 건, 그날 밤 그녀는 다시는 혼자이고 싶지 않다는 생각으로, 또 다른 방을 하나 더 검색했다.

'3040 수다방/감성톡방'

새로운 방, 또 하나의 닉네임, 반복된 인사.

그녀는 지금, 어쩌면 사랑을 원하는 것이 아니었다.

그저 잊고 싶은 감정에서 도망치고 있었고, 그 도망은 곧 또 다른 만남으로 이어질 것이라는 걸 본능적으로 알고 있었다.

그게 사랑이든, 오해든, 상처든 무엇이든 좋았다. 지금의 공허보다는 차라리 흔들리는 무언가가 더 나을지도 몰랐다.

그녀는 계속 방을 넘나들었다.

가벼운 말들, 무거운 삶, 그리고 익명의 감정들 사이에서.

그녀 안의 고요는 그렇게, 서서히 흔들리기 시작했다.

11. 벙개

톡방에서 올라온 공지.

"이번 주 토요일 벙개 공지. 삼겹살 오지게 맛있는 집으로~!"

은경—가을/38/강서/여는 아무 생각 없이 손가락을 움직였다.

참석.

그날은 무언가 특별한 의미가 있는 것도 아니었고, 그저 조용히 타들어 가던 감정의 재를 술기운에 맡기고 싶은 마음뿐이었다.

그리고 어쩌면, 다시 누군가에게 기대고 싶다는 마음이 아주 작게 깃들어 있었을지도 모른다.

은경이 모임 장소에 도착하니 입구부터 맛있는 냄새가 진동했다. 맛집 삼겹살이라서 그런지 손님들이 이미 가득 차 있었다. 다행히 벙주가 모임을 위해 예약해 두어서 안쪽 자리로 들어갈 수 있었다.

사람들은 하나둘 모여들었다.

도톰한 고기가 지글거리며 익고, 소주가 따라지고, 말보다 웃음이 먼저 퍼졌다.

은경은, 아니 '가을'은 인연의 문턱에 걸쳐 선 얼굴들과 마주 앉아 있었다. 익명의 공간에서 만나서 오프라인에서 자신의 이름을 나눈다. 그러나 그 진위는 누구도 확실히 알지 못한다. 그저 닉네임으로 존재하고, 닉네임이 그들의 실체일 뿐이다.

처음 보는 사람들. 낯설고 어색해서 오히려 고마운 공기. 어딘지 모르게 같은 톤의 웃음, 비슷한 말투, 그들 사이엔 이미 어느 정도의 리듬이 흐르고 있었다. 그리고 그 흐름 속에서 가을은 조용히 자신의 자리를 찾아가고 있었다.

가장 먼저 말을 건 사람은 '달밤'이었다. 마포에서 왔다는 37세의 남자. 테이블 분위기를 주도하듯 재치 있는 농담을 던지고, 음식을 나르며 좌중을 이끄는 그의 성격은 분명 사람을 끌어당기는 힘이 있었다. 은경에게도 자연스레 말을 붙였다.

"가을 누나~ 이 집 삼겹살 진짜 맛있어요. 이 소스에 찍어 드셔보셨어요?"

말투에는 과한 친절보다는 익숙한 능청이 묻어 있었다. 고기를 접시에 올려주는 그의 손놀림은 능숙했다. 은경은 가볍게 웃으며 대답했다.

"아… 감사감사. 나는 그냥 소금이 더 좋아."

그 순간, 옆자리에 앉아 있던 또 다른 남자가 조용히 말을 얹었다.

"그렇지. 인생은 고기서 고기고, 고기 맛을 즐기는 우리의 인연은 고귀하지. 삼겹살은 소금이지. 자극적인 것보다 본 맛을 볼 줄 아는,

뭐 좀 아네~."

'비온', 양천에서 왔다는 41세의 남자였다. 유쾌하고, 그가 내뱉는 한마디는 웃음을 자아냈다. 눈빛은 정제된 감정 같았고, 은경은 그 눈빛이 어딘가 깊숙이 와 닿는 걸 느꼈다. 말은 가볍지만 시선은 날카롭게 찌르는 사람. 어쩌면 은경에게 지금 필요한 건, 그런 유쾌한 자극일지 몰랐다.

반대편에는 '유자'가 앉아 있었다. 영등포에서 온 37세의 여성. 화려한 인상과 빠른 말솜씨로 분위기를 채웠고, 자연스럽게 여러 남자들과 눈을 맞추며 웃고 있었다. 그녀의 시선은 사람을 단숨에 사로잡는 방식이었다. 은경은 그런 유자의 모습을 바라보며 어딘가 미세한 어긋남을 느꼈다. 부러움도, 거리감도 아닌—단지, 자신과 너무 다른 결이라는 인식.

그 옆엔 '하루', 38세의 여성이 있었다. 서초에서 왔고, 은경과 나이도 동갑이라 첫인사부터 대화가 편했다. 하루는 말수가 많진 않았지만, 은근히 말끝을 따뜻하게 감싸주는 사람이었다. 가볍게 나눈 이야기 속에서 은경은 오랜 친구와 대화하는 듯한 편안함을 느꼈다. 그런 사람은 쉽게 눈에 띄지 않지만, 오래 기억에 남는다.

그리고 마지막, 청록. 강남에서 온 40세의 남자. 말없이 술잔을 천천히 돌리던 그는 은경에게도 조심스럽게 잔을 채워주었다. 거슬리지 않는 방식으로 다가오는 사람. 말보다 손끝이 먼저 마음을 건네는 그런 사람이었다. 은경은 청록의 미세한 배려에 문득 고개를 들었다. 그리고 잠시 눈이 마주쳤다. 그의 시선은 부드럽고도 단단했다. 마치 '조금은 다르게, 당신을 알고 싶다'고 말하는 듯한 눈빛.

그 테이블 위엔 수많은 이야기가 오갔다. 누군가는 웃음을 던지고, 누군가는 눈빛으로 말을 하고, 누군가는 한 잔의 술로 거리를 좁혀왔다.

은경은 조용히 그 풍경을 바라보며, 문득 이런 생각이 들었다.

'사람은 이름보다 그가 내는 온기로 기억된다.'

그리고 그날 밤, 은경은 그들의 얼굴을 떠올리며 혼잣말처럼 마음에 새겼다.

빈 잔을 채워주며, 마음까지 담는다고 웃으며 농담을 건네는 사람. 어색한 침묵을 덜기 위해 말을 걸고, 또 묵묵히 이야기를 들어주는 사람.

고기를 구워주고, 음식이 부족한지 살펴주는 사람.

그것이 단지 몸에 밴 예의인지, 다정함인지, 혹은 그저 습관처럼 흘러나온 친절인지—알 수는 없었다.

하지만 그런 작은 마음의 조각들이 퍼즐처럼 맞춰지며,

조금씩, 아주 조금씩 그녀 안으로 들어오고 있었다.

술잔은 오갔고, 대화는 점점 수위가 높아졌다.

"가을은 사진보다 실물이 훨씬 매력 있다. 깜짝 놀랐어."

청록이 그렇게 말했을 때, 유자가 슬쩍 웃으며 말을 덧붙였다.

"맞아요~ 저도 오늘 처음 봤는데, 눈빛이 되게 분위기 있어요."

"오 ~ 우리 방에 새로운 여신 등극 아닌가?"

은경은 웃었지만, 마음 어딘가가 묘하게 떨렸다.

칭찬은 부담스러웠지만, 외면하고 싶지도 않았다.

그리고 그 말은 곧 농담처럼 이어졌다.

"자, 그럼 울방 여신에게 작대기 한 번 던져볼까나?"

달밤이 장난스럽게 소주잔을 들어올리며 말했다.

"비온 형은 어떠세요?"

모두가 웃었고, 비온은 술잔을 든 채 말했다.

"나? 음… 가을이 받아주신다면야."

은경은 놀라듯 웃었고, 그 장난 속에 아주 작은 설렘이 맴돌았다.

맛있게 먹고 마신 후에는 2차 장소를 이미 병주가 예약해 놓은 상
태라며 이동하라고 했다. 은경은 사람들을 따라나섰다. 두 명을 제
외하고는 모두가 2차 장소로 향했다.

불빛은 어지럽고 음악은 컸다.

소주, 맥주, 음료수, 물. 안주가 테이블에 깔리고 노랫소리에 흥이
들었다. 어지럽게 춤을 추는 사람, 노래방에서도 노래보다는 술을
더 즐기는 사람.

말보다 시선과 손짓이 오가는 세계.

은경은 하루와 함께 앉아 있었고, 옆자리의 비온이 천천히 말없이
맥주를 건넸다.

"너무 시끄럽지?"

"괜찮아요. 오랜만에 이런 분위기도 나쁘지 않네요."

그렇게 말하며 은경은 잔을 받았다.

작은 손끝이 잠깐 스쳤고, 그 순간 서로 아무 말도 하지 않았다.

누군가는 '비와 당신, 네버엔딩 스토리'를 불렀고, 누군가는 '붉은 노을'을 불렀다.

은경은 조용히 리듬을 탔다.

외로움의 껍질이 조금씩 벗겨지는 듯한 기분이었다.

노래방에서 이미 커플 분위기를 내는 사람들이 자리를 떠나기도 했다. 그런 사람들을 보며 은경은 자유로운 사람들이 오히려 부럽다고 생각했다. 은경은 취하게 마시지 않으려고 술을 조절하고 있었고, 노래방에서 술보다는 노래를 불렀더니 술이 더 깼다. 2차 자리를 파하면서 많은 사람이 각자의 목적지로 향했다.

비온이 가볍게 맥주 한 잔 더 하자고 말했고 남자 둘, 여자 둘, 넷이 3차 맥줏집으로 향했다. 한 테이블에 모여 앉아 보다 진솔한 이야기들이 펼쳐졌다.

늦은 밤. 비온은 은경을 보며 조용히 말을 걸었다.

"오늘, 나오길 잘한 듯."

"네, 저도요."

"가을… 사람들이 너무 가볍게 다가오면, 부담스럽지?"

"글쎄요…가벼운 것도 괜찮아요. 가벼우니까 다치지 않잖아요."

그 말에 비온은 잠시 시선을 피했다.

그리고 말했다.

"하지만… 마음이 생기면 무게는 생기겠지. 가볍고 싶어도 마음은 늘 무겁던데.”

은경은 조용히 웃었다.

그날 밤, 집으로 돌아가는 택시 안에서, 은경은 차창 밖을 보았다.

분위기 좋은 저녁.

기분 좋은 술기운.

그리고 살며시 다가오는 누군가의 눈빛.

그 감정이 무엇이든 간에, 이번엔 조금만 더 천천히, 조금만 더 조
심스럽게 열어보고 싶었다.

12. 정환

벙개 이후, 톡방에는 은경의 닉네임이 자주 등장했다.

여전히 익숙한 말들, 다정한 인사, 건조한 농담, 그리고 그 속에 묘하게 조용히 스며드는 한 사람이 있었다.

비온/41/양천/남

처음엔 별 감흥이 없었다.

괜스레 건네는 농담이 재밌었지만, 특별히 매력적이진 않았다.

그런데 가볍다고 생각한 그의 농담은 이상하게 싫지 않았고, 자상한 모습과 말투는 적당히 따뜻했다.

그는 자주 은경의 말에 반응했다.

"가을, 얼공사진 보니 좋다. 나까지 기분이 좋아지네."

"어제 언급했던 책, 나도 한번 읽어보려고."

"다음 벙개 나오나? 오랜만에 얼굴 보면 좋겠다~"

아주 적극적이지도, 무심하지도 않았다.

그저 항상 은경의 시야 안 어딘가에 머무는 사람이었다.

두세 번 커피를 마셨다. 가볍게 저녁도 한두 번 함께했다.

그는 말끝을 흐리는 사람이었고, 질문보다 리액션이 많았다. 표현이 서툴렀지만, 눈빛과 몸짓엔 숨기지 못한 마음이 담겨 있었다.

은경은 알았다. 정환은 자신에게 다가오고 있지만, 동시에 선을 긋고 있다는 것을.

"요즘은 일이 어때여?"

은경이 물으면, 그는 늘 웃으며 말끝을 던졌다.

"그냥저냥. 뭐, 인생 다 그렇지."

뭔가 확신을 주는 답은 없었다.

자기 삶에 대한 설명도 없었고, 은경은 자꾸 그 '빈칸'이 신경 쓰였다.

차가 없다는 것도 이상하게 발끝에 모래알처럼 맴돌았다.

처음에는 거리 문제인 줄 알았지만, 몇 번 만나보니 매번 대중교통을 이용했다.

한 번도 "데려다줄게!"라는 말은 나오지 않았다.

별것 아닐 수도 있었다.

하지만 은경은 그런 '별것 아닌 것'들이 자꾸 마음에 남았다.

40이라는 나이는 더 이상 '될지도 모르는 사람'이 아니라, 지금 '어떤 사람인가'를 보여줘야 하는 나이였다.

지갑을 꺼내는 타이밍, 계산할 때의 어색한 손짓, 가끔 "다음에 살게!"라는 말로 넘기는 순간들.

작은 것들이 은경의 감각에 걸렸다.

그리고 무엇보다 그는 결정적인 말을 하지 않았다.

"우리 만나볼까?"라는 말도, "좋아한다."라는 말도 없었다.

그는 늘 은경의 바로 옆에서 말없이 함께 있었을 뿐이다.

은경은 가끔 헷갈렸다.

'그가 내게 마음이 없는 걸까, 아니면 너무 조심스러운 걸까.'

하지만 은경 자신도 알고 있었다.

자신이 그렇게까지 그를 원하고 있는 것은 아니라는 걸.

어느 정도 안정감 있고, 적당히 편안하고, 그러나 뭔가 빠져 있는 사람.

은경은 그가 딱히 마음에 들지는 않았다.

하지만… 싫어할 이유도 아직 없었다.

그는 그녀가 나오는 번개마다 나왔다.

그녀의 말을 조용히 따라 웃었고, 그녀가 불편해하면 그 분위기를 바꿔줬다.

은경은 그 사람이 자기 삶의 가장자리를 조용히 걷는 사람처럼 느껴졌다.

정면으로 뛰어드는 것도 아니고, 등을 돌리는 것도 아닌.

은경은 그의 태도에서 일정한 거리를 느꼈다. 그 거리는 너무 멀지도, 그렇다고 가까운 것도 아니었다. 어쩌면 그것은 그가 가진 조심스러움이자, 자신이 그에게 가진 마음만큼의 거리이기도 했다.

그의 말은 가볍고 유쾌할 뿐이었다.

그래서일까. 서로에게 특별한 감정이 없는 건 아닐까, 그런 생각이 잠시 스쳤다.

하지만 그 거리에는, 오히려 누군가를 진심으로 좋아해 본 사람들만이 지킬 수 있는 어느 정도의 간격이 깃들어 있는 듯했다.

나란히 일직선으로 연결된 선처럼, 갑작스럽게 다가오지 않는 그 일정한 거리감이—

은경에게는 오히려 더 편안했다.

연애를 하고 싶었지만, 또 한편으로는 누군가를 다시 들이는 것이 두려웠다. 그것을 은경은 누구보다도 잘 알고 있었다.

그는, 적당히 가까운 사람이었다.

굳이 밀어낼 필요도, 굳이 끌어안을 이유도 없는 그런 거리.

그래서 은경은 그저 지금처럼, 조용히 그와 이 거리를 유지하기로 마음먹었다.

그녀는 오늘도 그의 메시지에 답장을 보냈다.

"네, 이번 주 벙개요? 생각해볼게요."

그는 곧바로 이모티콘 하나를 보냈다.

가볍고 익숙한 미소.

언제나 그랬듯, 안심할 수 있는 거리에서 웃고 있는 사람.

그 사람과의 거리는 가까워질 수도, 멀어질 수도 있는 어딘가에서 그렇게 머물고 있었다. 그리고 은경은 그 거리를 당장 좁히지도, 완전히 끊어내지도 않았다.

아직은.

13. 손수건

벙개 공지.

신청자들이 하나둘씩 늘었다. 최종인원 13명.

톡방 공지글에는 빠르게 닉네임들이 올라왔다.

"이번 벙은 보쌈벙~ 신입들 필참~ 즐거운 밤 함께해요."

은경은 별생각 없이 참석을 눌렀다.

정환은 이미 참석자로 등록되어 있었다.

익숙했다. 그 사람은 언제나 조용히 곁에 있었으니까.

하지만⋯ 은경은 서둘러 벙개 장소에 도착했다. 여전히 새로운 신
입들이 들쭉날쭉했고 벙개마다 새로운 얼굴들이 보였다.

참석자 13인

가을/38/강서/여 – 은경, 비온/41/양천/남 – 정환, 유자/37/영등포/여, 후
니/40/서대문/남, 하루/38/서초/여, 이슬/43/마포/남, 조각/42/성동/여, 노
을/37/도봉/남, 모레/39/구로/여, 담배/46/송파/남, 밤톨/40/용산/남, 준

결/40/중랑/남, 가빈/37/강동/여.

보쌈과 족발 냄새, 맥주 거품이 따라지는 소리, 그리고 군데군데서 터지는 웃음과 농담이 어색함을 조금씩 덜어냈다.

은경은 조용히 사람들을 훑었다.

이 자리가 어색하진 않았지만, 익숙하지도 않았다.

이름과 나이, 지역이 적힌 간단한 프로필만으로 누군가를 만나는 건 마음이 조심스러워지는 순간이다.

비온— 정환이 반갑게 인사하며 자신을 소개했다. 정환은 부드러운 인상으로 장난스럽게 말하며 분위기를 띄웠다. 유자는 입이 쉬지 않았다. 이야기꽃을 피우며, 자리를 옮기며 돌아다녔다.

후니는 묵직했다. 말보다 눈빛으로 대화를 이어가는 스타일. 하루는 은경과 동갑으로 둘은 꽤 친해졌다. 그 때문인지 둘은 금세 편해졌다.

감성적인 눈빛을 가진 하루는, 톡방 남자들에게도 꽤 인기가 있었다. 그녀의 말끝에는 늘, 가볍지 않은 여운이 남았다.

이슬은 장난기가 넘쳤다. 가벼워 보일 수도 있었지만, 분위기를 살리는 데는 탁월했다.

조각은 세련됐다. 말투 하나, 젓가락 드는 동작 하나에도 도시적인 세련미가 배어 있었다. 노을은 웃음이 많았다. 말보다 리액션으로 사람을 편하게 만드는 분위기 메이커였다.

모레는 조용했지만, 중간중간 깊은 눈빛을 드러내며 묘한 존재감을 남겼다. 담배는 말이 많았다. 재미있긴 했지만, 다소 과한 순간도 있었다. 밤톨은 눈빛이 강했다. 말수는 적지만, 뭔가를 꿰뚫고 있는 듯한 느낌. 그리고 가빈— 신입인데 조용했다. 그녀는 귀여운 외모로 옆에서 누가 말 걸면 눈웃음을 지으며 살짝 고개를 숙였다.

은경의 시선이 준결(진수)에게 멈췄다.

처음부터 말이 없던 그는 유난히 조용했다.

그러나 이상하게 존재감은 선명했다.

마치 한 발 뒤에 서 있으면서도, 필요할 때는 정확히 앞으로 나오는 사람처럼.

그가 갑자기 은경 쪽으로 고개를 돌렸다.

"가을?"

그는 은경의 닉네임을 부르며 자리에서 일어나 다가왔다.

"보쌈은 따뜻할 때 먹어야 맛있지."

말은 짧았지만, 접시에 고기를 덜어주는 그의 손끝은 자연스러웠고, 목소리는 낮고 부드러웠다. 귓가를 살짝 스치는 듯한 결. 묘하게 잔향이 남는 톤이었다.

은경은 순간, 그를 바라보았다.

그의 얼굴은 단정했다. 잘생겼다는 말보다는 정돈되었다는 말이 어울리는 사람. 말은 없지만, 말을 걸면 피하지 않고 정중하면서 다정하게 대하는 사람.

그런 모습으로 사람들과 어우러졌다.

"감사해요. 맛있네요."

그녀는 짧게 웃으며 말을 받았지만, 그 순간 마음 어딘가가 살짝, 정말 아주 작게 흔들렸다. 그가 자리로 돌아갔다. 그의 눈빛은 오래 머무르지 않았지만, 그 짧은 스침이 어쩐지 오늘 밤 내내 은경의 마음 한편을 간질일 것 같았다.

식탁 위 접시들이 비워지고, 남은 고기는 젓가락만 스쳐 가고 있었다.

술잔은 어느새 소주로 바뀌었고, 사람들의 얼굴에는 적당한 온기가 돌기 시작했다. 서로 어깨를 기울이며 웃는 소리, 익숙해진 호칭, 이름을 부르며 건배하는 손끝들. 분위기는 천천히, 그러나 분명하게 풀리고 있었다. 누군가 말없이 잔을 채웠고, 병주는 슬쩍 자리에서 일어나 계산대 쪽을 향했다.

그제야 한 명씩 입을 열었다.

"2차 가요."

"배도 적당히 찼고, 이제 몸 좀 풀어야죠."

웃으며 나온 말들 사이로, 누군가 노래방을 말했다. 더 이상 특별한 설득도 필요 없었다. 사람들은 자연스럽게 자리에서 일어났고, 세 명은 먼저 간다며 자리를 떠났고, 열 명의 발걸음은 조용히 다음 장소로 향했다.

노래방 문이 열리고, 빠르게 자리가 채워졌다. 화면에 시간이 추가됐고 하루는 마이크에 마게를 씌웠다. 술과 음료수가 먼저 나오고 저마다 잔을 채우고, 노래를 예약했다. 술을 추가하고, 테이블엔 익숙한 안주의 냄새가 피어올랐다.

움직임엔 주저함이 없었고, 아무도 지시하지 않았지만 분위기는 척척 맞아 떨어졌다.

먼저 유자가 마이크를 잡았다.

낯가림이라고는 모르는 그녀의 목소리는 첫 곡부터 분위기를 끌어올렸다. 담배는 마이크를 두 손에 쥐고 과하게 춤을 췄고, 사람들은 포복절도하며 웃음을 터뜨렸다. 이내 노래방은 각자의 리듬으로 살아 움직이는 작은 무대가 되었다.

"가을, 노래 한 곡 예약~"

정환의 권유에 은경은 미소만 지은 채 고개를 저었다. 노래를 부르기엔 감정이 너무 또렷했다. 그저 잔을 들고, 마이크 너머 사람들의 목소리를 들으며 분위기에 녹아들고 싶었다.

그때, 조용하던 준결(진수)이 마이크를 들었다.

김광석의 '사랑했지만'.

은경은 순간, 몸을 기울여 그를 바라봤다.

그의 목소리는 담백했다. 힘주지 않았고, 흔들림도 없었다. 그런데 그 담백함 속에 묘한 깊이가 있었다. 절제된 감정이 오히려 더 짙은 울림을 만들어냈고, 은경은 어느 순간, 그의 입술이 아닌 눈을 보고 있었다.

그리고 눈빛이 마주쳤다. 준결(진수)은 노래를 부르며, 그녀를 조용히 바라보고 있었다. 부담스럽지 않은 시선이었다. 그러나 의식하지 않을 수 없는 농도.

은경은 느꼈다. 자신이 상기되어 있다는 걸.

노래는 계속 이어졌고, 마이크는 사람들 사이를 돌았다. 어깨가 스쳤고, 잔이 오갔다. 그 틈에서 은경은 점점 기분이 좋아졌다.

술기운, 음악, 불빛, 그리고 그 시선.

하지만 그 좋은 기분은 오래가지 못했다. 머리가 아찔해졌고, 속이 뒤틀렸다. 도를 넘은 술기운이 한꺼번에 치밀어오른 것이다. 은경은 조용히 자리에서 일어나 화장실 쪽으로 향했다.

"우웩"

"괜찮아?"

화장실 문 밖에서 조심스러운 목소리가 들렸다. 준결(진수)이었다. 그의 목소리는 낮고 부드러웠다.

은경은 이마를 짚은 채, 힘겹게 웃었다.

"조금… 속이 안 좋아서요."

그는 아무 말 없이 작은 손수건을 꺼내 건넸다. 색은 은은했고, 향은 깔끔했다. 은경은 말없이 그것을 받아들었다. 그 작은 물건 하나가 손끝에 이상하게 오래 남았다.

그가 물병을 건넸다. 손에 쥔 병마저도 조심스러웠다. 그리고 조심스럽게 말했다.

"이런 말… 오지랖처럼 들릴 수도 있는데, 가을, 술 조금만 마시는 게 좋겠다. 필요하면… 해우소, 내가 해줄 수 있어."

잠시 망설인 뒤, 그는 말을 덧붙였다.

"오늘 처음 봤는데, 그냥… 눈이 계속 가고, 신경이 쓰여서."

그 말이 진심인지, 아니면 술기운 때문인지는 알 수 없었다. 그러나 그 순간, 은경은 판단을 멈췄다.

그저 기분이 좋았다.

노래방을 나설 즈음, 열 명으로 붐볐던 무리는 어느새 흩어지기
시작했다. 누군가는 약속이 있다며, 또 누군가는 다음 날 일찍 일어
나야 한다며 조용히 빠져나갔다. 결국 남은 사람은 일곱. 분위기는
한층 가라앉았지만, 대신 더 가까워졌다.

3차는 맥주집이었다. 잔잔한 조명, 부드러운 음악, 튀기지 않는
대화.

거칠고 시끄러운 분위기는 뒤로하고, 조용히 서로의 얼굴을 바라
보는 시간이 찾아왔다. 테이블이 작았다. 자연스럽게 두 테이블로
나뉘었다. 은경이 앉은 테이블에는 준결, 그리고 후니가 함께했다.

은경(가을)은 벽 쪽 자리에 앉았고, 그 옆에 준결(진수)이, 맞은편에
후니가 자리를 잡았다. 잔잔한 맥주 거품이 부드럽게 입술을 적셨
다. 은경은 이미 취기가 몸을 감싸고 있다는 걸 느꼈다. 분위기는 느
긋했고, 맥주는 부드러웠고, 무엇보다 준결(진수)이 가까웠다.

말없이 비워지는 잔. 그때마다 준결(진수)은 조용히, 적당한 양만
을 채워주었다. 자연스러운 손놀림이었다. 가까워진 거리. 말없이
닿는 팔과 팔.

은경은 그 따뜻한 체온이 이상하게도 마음을 무너뜨리는 듯했다.
준결(진수)은 별말 없이 물을 건넸고, 음료수를 앞에 놓아주었다. 은
경은 웃음처럼 고개를 끄덕였다. 그 눈빛이, 그 손끝이, 그저 조용히

스며들었다.

적은 인원이 남으니, 조금 더 사람들을 인식하고 알아가는 시간을 가졌다. 그리고 적당한 시간이 되어 즐거운 마음으로 사람들과의 자리가 파했다.

집에 도착한 늦은 밤, 은경은 가방 안을 조심스레 열었다.

손수건. 작고 사소한 물건 하나가 그 자리에 있었다. 땀이 묻지 않았고, 냄새도 없었지만, 그 안에는 분명히 누군가의 마음 한 조각이 담겨 있었다. 그것은 단순한 배려 이상의 것이었다.

은경은 그것을 가만히 쥐고 있다가 천천히, 아주 천천히 방 안 조명을 껐다.

그 손수건은 그의 손끝 같았고, 그날의 잔상은 이미 그녀의 감정 안에 깊게, 조용히 묻혀 있었다.

14. 비커

손수건은 그냥 작은 물건이었다.

그러나 그 안에 스며들어 있던 감정은 시간이 지나며 조금씩 향기를 뿜었다.

은경은 몇 번이고 그 손수건을 다시 꺼내 보았다.

은은한 향, 부드러운 감촉, 그리고 무엇보다 그 순간 그의 손끝.

"언제 돌려드릴까요?"

그녀가 톡으로 조심스레 물었을 때, 그는 가볍게 답했다.

"언제든. 아니면 커피 한잔하고 싶을 때 연락해도 되고."

그 말은 이후 다음을 기약하는 약속이 되었다.

은경은 그날, 이상하게 설렜다.

거울 앞에 서서 몇 번이나 옷을 바꿔입었고, 입술 색을 조심스레 골랐다.

자신도 모르게 여자로서 설레는 감정이 부풀어 있었다.

그는 약속 시간보다 5분 먼저 도착해 있었다.

외제차.

은경은 그것이 그의 진짜 매력은 아니라고 스스로를 설득했지만, 그 차 안에서 그가 내리는 순간 마치 장면 하나가 완성되는 느낌이었다.

셔츠의 단정함, 눈빛의 깊이, 그리고 말투의 느긋한 조율.

그는 은경의 이상형에 가까운 남자였다.

카페에서 나누는 대화는 가볍고도 진중했다.

"가을아, 어쩐지 오늘… 더 느낌이 새롭다. 예뻐서 정신이 없네."

그 말은 상투적이었지만, 그의 목소리에선 이상하게 진심이 느껴졌다.

은경은 미소로 대답했다.

그냥 좋은 기분, 설명하기 어려운 설렘.

술 한 잔쯤은 자연스러운 흐름이었고, 조금 더 걸었고, 조금 더 가까워졌고, 그리고 아주 자연스럽게 모텔에 들어갔다.

그 밤은 놀라울 만큼 완벽했다.

그의 손길, 입맞춤.

은경은 오랜만에 자신이 여자로 살아 있음을 느꼈다.

욕망이 아니라, 감정이 맞아떨어지는 순간이었다.

은경은 속으로 감탄했다.

'이렇게 잘 맞을 수도 있구나.'

그는 서두르지 않았고, 감정은 천천히 깊어졌으며, 그의 시선은 단 한 순간도 은경을 놓치지 않았다.

"이런 말, 이르지만…"

그가 말문을 열었다.

"가을이랑 있으면… 마음이 편해. 이런 감정… 요즘 들어본 적이 없어."

은경은 대답하지 않았다.

그냥 웃었다.

그 웃음 안에 수많은 감정이 섞여 있었다.

그날 이후, 둘은 비밀연애를 시작했다.

"그냥… 우리 둘만 아는 관계로 지내자. 오톡방에선 눈치채지 못하게. 비커로, 비밀커플."

은경은 고개를 끄덕였다.

공개 커플은 시끄럽다.

누군가는 질투하고, 누군가는 험담하고, 사랑이 아닌 관전의 대상이 된다.

하지만 지금, 이 감정은 조용히 오래가고 싶었다.

그는 여전히 다정했고, 은경은 어느새 그와의 시간이 기다려졌다.

톡방에서는 아무 일 없는 듯, 그는 여전히 '준결/40/중랑/남/돌'이었다.

은경 역시 '가을/38/강서/여/돌'로 그에게 적당하게 친한 척했다. 하지만 개인 메시지는 온도가 달랐다.

'보고 싶다. 내꺼.'

'심쿵~ 보물단지'

'사랑의 이모티콘'

'조심히 들어가, 가을꽃.'

은경은 또다시 감정의 바다에 발끝을 담그고 있었다.

이번엔 빠르게 빠져들었다.

거부도 없었고, 단 한 순간의 머뭇거림도 없었다.

그는 조용히, 그리고 너무 치명적으로, 그녀 안으로 들어오고 있었다.

그리고 은경은 그것을 기꺼이 허락했다.

15. 캠프

톡방에 캠프 공지가 올라온 날.

은경은 별 고민 없이 참석 버튼을 눌렀다.

'1박 2일 캠핑벙 모집!

숯불 바비큐 & 불멍.

숙박까지 풀패키지. 선착순 13명 회비:1/n.'

당연히 준결/40/중랑/남/돌도 있었다.

그리고 비온/41/양천/남/돌 ─ 정환도 이름을 올렸다.

은경은 평소와 다름없이 조용히 가을/38/강서/여/돌로 이름을 올렸다.

그러나 이번 캠프는 이전과는 달랐다.

그녀는 '비커'였다.

준결(진수)과 아무도 모르는 은밀한 연애를 시작한 상태.

그리고 이 캠프는 그 은밀함을 가장 깊게 즐길 수 있는 무대였다.

캠프 참석 15인

가을/38/강서/여/돌 – 은경, 준결/40/중랑/남/돌 – 진수, 비온/41/양천/남/돌 – 정환, 노을/37/도봉/남/돌, 하루/38/서초/여/돌, 달밤/43/마포/남/돌, 청록/40/강남/남/돌, 유자/37/영등포/여/돌, 모레/39/구로/여/돌, 밤결/40/용산/남/돌, 조각/42/성동/여/돌, 담배/46/송파/남/돌, 도도/37/서대문/여/돌, 딸기/36/서초/여/돌, 반달/39/동대문/남/돌

첫날 저녁, 해가 질 무렵 캠핑장엔 숯불이 피어오르고 있었다.

고기와 채소를 손질하고, 조별로 음식이 준비되며, 사람들은 분주한 와중에도 이미 술 한 잔씩을 들고 있었다.

은경은 일부러 준결과 멀리 떨어져 있는 자리에 착석했다.

그는 마치 아무 일 없는 듯 다른 사람들과 웃고 있었다.

하지만 그들만 아는 시선의 교차는 이미 몇 번이나 지나갔다.

가볍게 잔을 건네는 손, 멀리서 슬쩍 건네는 미소, 작은 말끝 하나로 공유되는 코드.

"불 너무 세지 않아?"

"그러게요."

"조금만 뒤로~ 다들 좀만 뒤로 오세요."

그렇게 서로 말을 던지며, 오직 둘만 알아채는 농도와 타이밍으로 교감이 이어졌다.

저녁이 깊어지고, 술은 빨라졌다.

한쪽에서는 이미 '작대기 타임'이 벌어지고 있었다.

"야~ 가을에게 작대기 던질 사람 없습니꽈?"

"노을은 왜 자꾸 눈빛 보내는겨?"

그 분위기 속에서 정환(비온)은 은경 쪽으로 조심스럽게 앉았다.

"잘 음식 많이 먹었어?"

"네, 음식 너무 맛있네요."

"불멍 좋아해?"

"좋아하죠. 불꽃 보는 거 좋아해요."

그 말은 자연스럽게 은경의 시선이 준결(진수) 쪽으로 미끄러지게 만들었다.

그는 여전히 멀리서, 그러나 은경을 보고 있었다.

정적을 깨듯, 스타일도 좋고 얼굴이 너무 예쁜 '도도/37/서대문/여/돌'이 등장했다.

그녀는 늦게 도착했고, 등장과 동시에 남자들의 시선이 쏠렸다.

화려한 옷차림, 길게 풀린 머리.

입술은 또렷했고, 말투는 단정하면서도 매혹적이었다.

"안녕하세요~ 늦었죠? 차가 좀 막혀서요."

그녀가 웃을 때마다, 남자들의 술잔이 자꾸 엎질러졌다.

유자는 그 순간, 술잔을 천천히 내려놓으며 시선을 좁혔다.

"요즘 톡방에 신입 존예 많다더니… 여기였네."

말은 웃었지만, 뼈가 있었다.

여자들 사이의 기류가 미세하게 뒤틀렸다.

특히 유자는 남자들의 시선을 빼앗긴 것에 예민해졌고, 은경에게도 슬쩍 말을 흘렸다.

"가을언니도 이제 조심하셔야겠어요~ 비온오빠, 준결오빠 뭐예요. 얼굴 빨개진 거예요? 남자들, 다들 무슨 시선이 블랙홀이에요?"

그 말은 애써 웃는 말처럼 들렸지만, 그 안에 뭔가 뾰족한 가시가 섞여 있었다. 은경은 미소로 넘겼지만.

그날 밤, 그녀는 조용히 캠프장 끝, 불빛 덜한 쪽에서 준결(진수)을 만났다.

"오늘은, 좀… 북적북적하네요."

은경이 조용히 말했다.

"그냥, 이 순간을 즐겁게 놀고 즐기자고."

준결(진수)은 손끝으로 은경의 손을 살짝 스쳤다.

그 손길은 사람들의 눈이 닿지 않는 밤의 숲처럼 은밀했다.

그들은 말없이 눈으로 이야기했고, 작은 손짓 하나로 서로의 마음을 확인했다.

늦은 밤이 되자 음악이 틀어지고, 몇몇은 노래를 따라 불렀다.

사람들은 웃고, 술기운에 한쪽에선 진지한 대화가 오가고, 말소리도 커지고, 노래를 따라 부르는 사람도 있었다. 호감이 있는 사람들의 시선은 저마다 바쁘게 움직였다. 그리고 취한 건지, 반한 건지 남녀가 손을 잡고 있거나 기대있는 사람들도 포착됐다.

서른여덟, 은경

그 모든 시골벽적함 속에서 은경과 진수는 아무도 모르는 연애를 조용하고 은밀하게 하고 있었다.

캠프는 그렇게 지나갔다.
그리고 아침.
분주하게 아침식사를 위해 식당으로 가고, 식당에서 밥을 다 먹고, 각자 짐을 싸고 즐거웠던 1박2일 캠프의 종지부를 찍었다.

16. 불청객

주말이었다.

한별이가 아빠와 1박 2일 함께 보내는 날이라 집을 나섰다.

집 안은 고요했고, 창문 틈 사이로 노을빛이 흘렀다.

은경은 테이블 위에 와인잔 두 개를 올려두었다.

살짝 차가운 치즈와 크래커, 그리고 낮게 깔린 음악.

그날 처음으로, 은경은 자신의 집으로 그를 초대했다.

이전에 한 번, 그가 원했을 때도 은경은 주저했다.

이 집은 한별과 함께 있는 공간, 가벼운 연애로 누군가를 들이기엔 너무 내밀한 장소였다.

하지만 이번엔 은경이 먼저 원했다.

그와의 사랑은 서서히, 그러나 깊게 진행되고 있었고, 모텔의 차가운 시트보다 자신의 집에서 함께 숨 쉬는 밤을 갖고 싶었다.

그도 곧 도착했다.

늘 그렇듯 단정한 셔츠, 깔끔한 향수 냄새, 그리고 언제나처럼 절제된 미소.

"너무 좋다, 이런 분위기."

그는 잔을 들며 말했다.

"정말 가을 같아. 가을 집에서 가을을 마시는 기분."

은경은 가볍게 웃었다.

그의 이런 말투, 가볍지 않으면서도 시적인 말들.

은경의 감정을 한없이 유연하게 녹여주는 말들.

음악이 잦아들고, 잔이 비워질수록 두 사람의 거리는 자연스럽게 좁아졌다.

손등이 스쳤고, 입술이 닿았다.

그리고… 사랑은 시작됐다.

그 밤, 은경은 처음으로 자신의 침대 위에서 그와 함께 있었다.

그의 손길은 익숙했고, 그의 숨소리는 따뜻했다.

그리고 은경은 자신이 얼마나 이 남자에게 빠졌는지를 인정할 수밖에 없었다.

몸의 전율, 가슴 깊숙한 안도감, 그리고 사랑받고 있다는 확신.

그는 그녀의 머리를 쓰다듬었고, 그녀는 그의 팔에 고요히 안겼다.

"불편하지 않아?"

그가 속삭였다.

"아니. 너무 편해."

"이불도 좋고… 이 집, 네 냄새가 나서 더 좋은 것 같아."

그 말이 은근히 가슴에 와닿았다.

그가 이 집에 오고 싶어 했던 이유— 처음도, 이번도— 그가 먼저 말했었다. 하지만 아들 한별이가 있을 때는 상상도 할 수 없는 일이었다.

은경의 집에 남자가 온 건 처음이었다. 그동안 제대로 된 연애도 없었고, 누군가와 잠시 교제를 하더라도 집은 늘 금단의 영역이었다.

그런데 지금, 그 남자를 집에 들였다.

은경은 그 사실만으로도 준수가 더 특별하게 느껴졌다.

자신의 공간, 자신의 침대에 함께 누워 있는 남자.

그래서일까. 그의 발길이, 그의 손길이 이 집 안 구석구석에 스며드는 것이 은경은 오히려 그게 행복했다.

몇 번의 데이트는 한없이 좋았다.

맛집, 카페, 공원 산책, 대화는 끊기지 않았고, 웃음은 자연스러웠다.

그는 항상 은경을 존중했고, 은경도 어느 순간, 자신이 다시 사랑을 믿고 있음을 느꼈다.

그것은 아직까지 그 누구도 주지 못한 무언가, 아주 부드럽고도 강한 끌림이었다.

그리고 그날, 두 번째 초대.

한별은 또다시 아빠 집으로 갔다.

진수는 마트에서 직접 와인을 고르고, 음식까지 사왔다.

그는 모든 것이 자연스럽고 능숙했다.

잔을 채우는 손, 음식을 담는 감각, 그리고 그녀를 바라보는 눈빛.

그날의 밤은 처음보다 더 뜨거웠고, 더 깊었다.

은경은 모든 걸 잊고, 그의 품에서 마치 오래된 품처럼 익숙하게
잠에 들었다.

그는 팔베개를 해주며, 그녀의 머리칼을 조용히 쓰다듬고 있었다.

밤 12시 즈음.

조용한 집 안, 은경은 눈을 살짝 감은 채 그의 품에 누워 있었다.

그리고 대문 앞, 초인종이 울렸다.

처음엔 그냥 착각인 줄 알았다.

하지만 곧이어 쿵. 쾅. 쿵.

문을 두드리는 소리가 거칠고 커졌다.

은경은 놀라 자리에서 일어났다.

진수도 몸을 일으켰다.

"누구지…? 이 시간에… 한별이에게 뭔 일이 있나?"

은경은 허겁지겁 옷을 주섬주섬 입었다.

가슴이 빠르게 뛰었다.

쿵, 쿵쾅.

그 소리는 점점 더 다급해졌고, 은경은 알 수 없는 공포를 느끼며 현관으로 향했다.

그리고 혹시 몰라서 그의 신발을 신발장 안에 집어넣었다.

손잡이에 손이 닿자, 그녀는 문을 열었다.

17. 형벌

문을 열자마자, 한결이 아닌 성인 여자가 서 있었다.

은경은 순간 누군가가 집을 잘못 찾아온 줄 알았다.

"누구세요?"라고 묻자, 여자는 대답 대신 은경을 밀치고 거칠게 집 안으로 들어섰다.

신발도 벗지 않은 채, 바닥을 쿵쿵 울리며 거실로 향하는 여자.

그녀는 분노에 가득 찬 얼굴로 욕설을 퍼붓고 있었다.

눈동자엔 이미 광기가 서려 있었다.

마치 은경이 투명한 유령이라도 되는 듯, 여자는 거침없이 안으로 들어섰다.

그 소란에 진수가 거실로 나왔다.

여자의 시선이 곧장 진수에게 꽂혔다.

"여기였어."

입에서 흘러나온 고함 같은 말.

"이 여자가 그 여자야? 으아~~~" 울음이 섞인 절규 같은 소리.

"이 여자랑 잤어? 이 여자랑 살림 차린 거야?"

"이년 때문이었어? 그따위로 나한테 말한 이유가? 야, 너 사람 새끼 맞아?"

여자의 목소리는 날이 서 있었다.

"너, 이 썅년."

들고 있던 가방을 그대로 휘둘렀다.

가방 끝이 은경의 머리를 강하게 때렸다.

"악—!"

은경의 몸이 휘청였다. 정신이 아득해졌다.

충격 때문인지, 상황 때문인지 분간이 되지 않았다.

눈앞이 핑 돌고, 귀가 멍해졌다.

은경은 붉게 달아오른 뺨을 손으로 감싸쥐며 고개를 들었다.

그 시선 끝에—진수가 서 있었다.

진수의 표정.

그의 태도.

그는 아무 말도 하지 않았다.

… 아니, 정확히 말하면 했다.

하지만 은경을 향한 말은 단 하나도 없었다.

"그만해. 진정 좀 해. 당신, 이러면 안 돼…"

그의 말은 여자를 향했다.

그는, 소리를 지르고 있는 그녀만 바라보고 있었다.

공기처럼 가벼워지고, 그림자처럼 묻혔다. 은경은 투명 인간이 되었다.

진수의 눈에는 오직, 그 여자가 있었다.

"당신이 이러면 일이 커져. 지수는 어쩌고 이 시간에 여길 어떻게 온 거야?"

"지수, 입 밖에 꺼내지 마! 딸 걱정 되는 놈이 이러고 있어?"

'지수?'

심장이 미친 듯이 쿵쾅거렸다.

세상이 슬로우모션처럼 느려졌다.

꿈속처럼 멍했다.

'딸?'

그는 아이도 없고, 분명히 이혼했다고 했다.

혼자 산다고 했다.

은경은 그를 믿었다.

그래서 집에 들였다.

침대에 들였다.

그리고 마음 깊숙이 들여버렸다.

하지만 지금, 그는 단 한 마디의 해명도 하지 않았다.

은경을 위한 말은 하나도 없었다.

화가 난 여자는 다시 소리쳤다.

목이 터져라 악을 썼다.

"너 이년, 내가 너 낯짝 들고 살게 둘 것 같아? 버젓이 가정 있는 남의 남편 꼬셔서 살림을 차려? 좋아, 니년이랑 저 새끼, 둘 다 가만

안 돼. 남의 가정 조져놓고 잘도 살아봐라. 니 인생도 끝장이야. 죽어, 그냥 둘 다 죽어버려! 바람을 피다 피다, 이제 살림을 차려? 개같은 년놈들. 씨발 것들. 더러운 년놈들 다 까발려줄 거야. 이 썩어빠진 년놈들아! 이 갈보, 창녀 같은 년! 개새끼! 이 씨발년아, 말 좀 해봐, 너! 진짜 사회악이야, 니년놈들은! 으아아악!!"

은경은 몸을 떨었다.

머리에서 뭔가 뜨겁게 흘러내렸다.

피인지, 땀인지, 모욕감인지.

그 모든 게 뒤섞여, 그 자리에 그대로 무너지고 싶었다.

은경은 말없이 서 있었다.

머릿속은 하얬고, 입은 열리지 않았다.

무엇을 해명해야 하지?

누구에게?

그가 아니라고 했다.

그는 이혼남이라고 했다.

그리고 그녀는 그 말을 믿었다.

아니, 의심조차 하지 않았다.

하지만 지금 이 장면은 잔혹한 진실이었다.

진수는 여전히 그녀를 보지 않았다.

"가자. 당신, 이러면 안 돼. 제발…"

그가 여자를 붙잡았다.

여자가 몸을 밀치자, 그는 더욱 세게 껴안았다.

한참을 소리 지르던 여자가 점점 잠잠해졌다.

그는 그녀를 달래며, 황급히 짐을 챙겨 들었다.

그리고 두 사람은 조용히 문을 닫고 사라졌다.

문이 닫히는 소리가 들리자, 은경은 힘이 빠진 듯 그 자리에 주저앉았다.

이 집.

자신이 평생 지켜온 공간.

조금 전까지 사랑이 머물렀던 자리.

웃음이 가득하던 그 침대.

지금은 불결하고 더럽게 느껴졌다.

손끝에 닿은 와인잔은 이미 식어 있었다.

방 안을 가득 채우던 그 향기마저 이제는 코를 찌르는 악취처럼 느껴졌다.

이별은 사랑이 식는 게 아니라, 믿음이 갈라지는 것이다. 그 말이 가슴에 박히자, 은경은 감정의 둑이 터지는 소리를 들었다.

그녀는 자신이 안으로부터 흘러내리는 기분을 느꼈다.

그의 팔베개, 그의 손수건, 그의 따뜻한 말들, 그의 웃음, 그의 키스. 모든 것이 찢어진 위장처럼 느껴졌다.

그가 떠난 문을 보며 은경은 속삭였다.

"… 나, 왜 몰랐을까."

그 말은 누구를 향한 것도 아니었다. 그저 스스로를 향한 절망의 한숨이었다.

그것은 이별이 아니었다.
그것은 은경이라는 사람에게 내려진 또 하나의 벌이었다.

그리고 그녀는 그날 밤, 한 줄도 일기를 쓰지 못했다.
그 어떤 말도, 감정을 견딜 만큼 정리가 되지 않았기 때문이었다.
그녀는 오래도록 가만히 앉아, 문이 닫힌 그곳을 바라보았다.
그 문 너머, 다시는 열지 않을 사랑이 사라져갔다.

18. 민사 소송

침묵은 오래갔다.

그날 밤, 집안에 남겨진 건 깨진 감정, 남겨진 체취, 그리고 얼룩진 수치감뿐이었다.

은경은 집 안을 정리했다. 선명하게 남은 발자국, 흩어진 이불, 와인 얼룩, 거실에 구겨진 손수건.

진수의 흔적이 남아 있는 모든 것들을 가차 없이 치웠다. 그러나 지워지지 않는 것은 그 아내가 떠나며 뱉고 간 침의 일룩. 그건 단순한 분노가 아니라, 은경의 존재 자체를 사회의 바닥으로 밀어내는 낙인의 상징이었다.

늦은 오후. 아들 한별이 집에 왔다.

은경은 무너진 심장을 억지로 세우고 아무렇지 않게 행동했다.

"엄마, 밥은 있어?"

"응. 미역국 끓여놨어."

어느새 키가 훌쩍 큰 아들. 그 아이 앞에서 무너질 수 없다는 게 은경이 견딜 수 있는 유일한 자존심이었다.

은경은 톡방을 들어갔지만, 댓글 하나조차 달 수 없었다. 그저 모든 말이 낯설었다.

웃고 떠들던 사람들이 그대로였고, 그들 사이에 비켜였던 진수는 탈퇴한 상태였다.

누군가는 "준결님 탈퇴하셨어요?"라며 지나가듯 말했지만, 그 누구도 그 안에 감춰진 연애와 결말을 알지 못했다.

그것만이라도 어쩌면 다행이었다.

보름쯤 지난 어느 날. 은경의 사무실로 한 통의 등기 우편이 도착했다. 처음 보는 봉투. 보낸 이는 '〇〇〇법률사무소'였다.

은경은 고개를 갸웃거리며 조심스럽게 봉투를 열었다. 그리고 그 순간 두 손이 믿기지 않을 만큼 부들부들 떨리기 시작했다.

민사 소송 제기서

청구인: 정지은

피청구인: 김은경

사건: 위자료 청구 (부정 행위로 인한 혼인 파탄의 책임)

눈이 흐려졌다. 숨이 막혔다. 그 안에는 진수의 아내가 제기한 민사 소송 문서가 정확하고 차가운 문장으로 기록돼 있었다.

주요 내용 요약 (법률 문구 기반):

피청구인(김은경)은 원고(정지은)의 배우자(이진수)와 부정 행위를 하여 혼인 생활을 침해하고, 이로 인해 정신적 고통을 입힌 사실이 명백함.

원고는 피청구인과 배우자 간의 부정한 관계로 인해 결혼생활이 파탄에 이르렀으며, 이는 민법 제750조 불법 행위에 해당함.

이에 원고는 피청구인에게 정신적 손해에 대한 위자료로 금 3,000만 원을 청구함.

입증자료:

배우자의 문자 내역, 숙박 업소 영수증, SNS 대화 흔적, 은경의 집 대문 사진

기타 진술서 포함

은경은 숨을 쉴 수 없었다.

'정신적 손해. 불법 행위. 위자료.'

이건 단순한 사랑의 실패가 아니었다. 법이 은경에게 '죄'라는 이름을 붙이고 있었다. 세상이 그녀를 처벌하는 느낌이었다.

그녀는 속았다. 진수의 말, 그의 눈빛, 그의 온기. 그녀를 향한 모든 것이 칼날이 되었고, 그 칼끝이 그녀를 지옥으로 끌어내리고 있었다.

은경은 그날 밤 톡방을 탈퇴했다. 무엇 하나도, 아무것도 더 이상

남기고 싶지 않았다. 그 안에서 웃던 순간, 함께 술을 마시던 사람들, 사랑이라고 믿었던 감정— 모두가 자기 자신을 파괴한 도화선이었다.

그리고 그날 밤, 은경은 처음으로 자신의 책상 앞에 앉아 수첩 한 페이지를 조용히 찢었다. 그 위에 적었다.
"사랑은 때로 형벌이고, 어리석음은 가장 비싼 수업료다."
그리고 펜을 던졌다.

삶은 계속됐지만, 이제 은경은 다시는 그 어떤 감정도 믿을 수 없을 것만 같았다.

서른여덟, 은경

19. 연애

변호사는 말을 아꼈다.

사실상 법적으로 은경은 불리한 입장이었다.

"상대방이 유부남이라는 걸 몰랐다고 주장해도, 정황 증거와 입증 자료가 많아서… 피해자로 보기엔 어렵습니다."

책상 위에 놓인 민사 소송 서류, 인쇄된 문자 캡처, 영수증, 진술서 복사본.

은경의 과거는 전부 증거가 되어 그녀를 향해 조용히 총구를 겨누고 있었다.

그날도 비슷한 하루였다. 법률 사무소, 상담 센터, 지인의 조언, 도움이 될 만한 정보를 찾아 이곳저곳을 돌아다녔다. 머리는 아팠고, 심장은 뻐근했다. 숨이 가빠왔다. 도망치고 싶었지만, 도망칠 곳은 없었다.

그리고 그날 저녁 정환(비온)에게 전화가 왔다.

"가을… 아니, 은경아… 목소리가 왜 그래? 괜찮아?"

"요즘 나도 좀 바빠서 톡방을 자주 못 봤는데, 너도 안 보여서 확인해 보니까 나간 것 같더라. 계속 걱정했어."

은경은 순간, 그의 목소리에 숨을 고르게 되었다. 이상했다. 그의 말투는 여전했고, 그 다정함은 여전히 부담스럽게 다정했다. 하지만 지금, 그 다정함조차 현실보다 덜 아픈 것 같았다.

"한잔… 할래요?"

은경은 그렇게 말했다.

작은 술집. 조용한 음악. 그는 예전과 똑같은 셔츠를 입고 있었고, 그의 눈빛은 여전히 부드러웠다.

"뭐라도 털어놔. 내가 듣고 잊어줄게."

은경은 말없이 잔을 비웠다. 그리고 또다시 채워졌다.

술은 어느새 감정의 벽을 부수고 있었다.

"나, 바보 같죠."

"아니. 누구나… 마음에선 다 그런 선택할 수 있지."

"사랑이라고 생각했는데… 그게 죄였대요."

"그건… 그 사람이 잘못한 거야. 니 잘못이 아니야."

그의 말은 위로였다. 그것도 상투적인 위로였지만, 지금은 그마저도 너무 간절했다.

밤은 길어졌고, 술은 더욱 깊어졌다. 둘은 어느새 말 대신 눈빛을 나누고 있었다.

그의 손이 은경의 손등을 덮었고, 은경은 아무 말 없이 그 손을 놓지 않았다. 그리고 자연스럽게, 너무 자연스럽게 둘은 함께 모텔에 들어갔다.

그날 밤, 은경은 다시 사랑을 한 게 아니었다. 그저… 도망칠 구멍이 필요했다. 버티는 힘이 필요했다. 그리고 그가 마침 거기에 있었을 뿐이었다. 의 손길은 서툴렀고, 그의 숨소리는 다정했으며, 은경은 그 안에서 울지도, 웃지도 못한 채 밤을 지새웠다.

그리고 다음 날 아침, 햇살이 커튼 사이로 스며들 때, 은경은 조용히 생각했다.

'이래도 되는 걸까…'

자책 같기도, 포기 같기도 하고, 희미한 위안 같기도 한 감정.

정환은 말없이 커피를 내밀었다.

"다음엔… 내가 저녁 살게."

은경은 웃지도 못했다. 그저 고개를 끄덕였다.

술을 많이 마셨다. 눈물이 났고, 감정은 벼랑 끝까지 치달았다.

절망과 좌절의 골짜기에서 벗어나고 싶은, 그저 살아남기 위한 몸부림이었다.

이건 시작을 위한 관계가 아니었다. 스스로를 탓하며, 방향을 잃은 마음은 현실에서 도망치듯, 술에 몸을 내맡겼다.

우울과 피로, 위로와 욕망 사이.

그 어딘가에서 맴돌던 흔들리는 감정.

하지만 그것은 회복이 아니었다. 그저 살아 있어야 한다는 지탱이었다.

2⊙. 새출발

시작은 어긋남이었다. 고백도 없었고, 떨림도 없었다. 그저 술잔 위로 기댄 감정이, 그날 밤부터 관계가 되었다. 그러나 이상하게도, 그렇게 시작된 관계는 조금씩 조용히 스며들었다.

정환은 의외였다. 분위기는 처음보다 훨씬 부드러워졌다. 가벼운 농담 속에 진심을 슬쩍 담기도 했고, 익살스러운 말장난으로 은경의 웃음을 터뜨리게 했다.

그의 행동 하나하나가 은경에게 '괜찮다'는 신호처럼 느껴졌다.

"밥은 먹었어?"

"오늘 날씨 좀 풀렸네."

"힘들 땐 말해. 그냥 들어만 줄게."

그 말들이 특별하지도 않았고, 가슴을 뒤흔들지도 않았지만, 그래서 더 편했다.

둘은 자주 만났고, 함께 밥을 먹고, 차를 마시고, 조용히 손을 잡았다.

그는 기대에 꼭 들어맞는 사람은 아니었지만, 감정의 무게를 조심스럽게 덜어주는 사람이었다.

은경은 그게 이상하게 좋았다.

은경은 자주 정환의 집을 찾았다.

그의 집은 정리정돈이 잘 되어 있지 않았고, 깔끔한 편도 아니었다. 하지만 그 어수선함조차 은경에게는 이상하게 위안이 되었다. 그가 진짜로 혼자 살고 있다는 게, 그렇게 실감 나는 장면들이었다.

정환은 가방을 조용히 한쪽 구석에 내려두곤, 거실에 앉아 TV를 켰다.

어느 날은 은경이 청소기를 돌리면, 정환은 걸레질을 했고, 어느 날은 정환이 된장찌개를 끓였다. 맛은 엉망이었다. 하지만 그렇게 스쳐 지나간 사소한 일상들조차, 어딘가 '가족'이라는 감각에 가까워지고 있었다.

그리고 어느 밤. 은경은 스스로에게 말했다.

'이쯤에서 그만… 이제, 그냥 이렇게 살아도 되지 않을까.'

그건 사랑의 선언이 아니었다. 피로에 대한 항복이었고, 슬픔에 대한 퇴각이었고, 그리고 삶에 대한 마지막 타협이었다.

"혼인신고… 할까?"

은경이 조용히 말했다.

정환은 놀란 얼굴로, 그러나 곧 미소 지었다.

"그래. 그렇게 하자. 우리… 이젠… 같이 살아보자."

그날, 구청 민원실에서 이름을 적을 때, 은경은 잠시 펜을 놓고 한 번 더 손을 떨었다.

이혼녀가 아닌 재혼녀. 그게 과연 무엇이 달라질까.

하지만… 적어도 세상이 그녀를 '누구와 함께 사는 여자, 아내, 기혼녀'라고 불러주는 일, 그 하나만으로도 그동안의 수치에서 도망칠 수 있을 것 같았다.

그리고 3천만 원. 그 금액은 단순한 돈이 아니었다. 그건 은경이 '이혼녀'로서 겪은 사회적 리스크, 그 단어 하나에 깔린 모든 취약함과 무력함의 증거금이었다.

그 금액 앞에서 은경은 자신의 인생 전체가 평가당한 기분이었다.

'결혼 생활 3년, 이혼 15년… 그리고 3천만 원짜리 낙인.'

그 금액은 그녀가 감정적으로 무너진 대가였고, 세상이 그녀에게 매긴 위자료였다.

정환은 그 이야기를 알고 있었지만, 크게 말하지 않았다. 그저 다독였고, 그냥 말했다.

"이젠, 같이 모으자. 같이 다시 시작하면 되잖아."

미래는 알 수 없다. 새로운 가정, 그것은 끝이 아닌 시작일 뿐이다.

은경은 다만, 이제는 인생이 조금이라도 평온하게 흘러가길 바랄 뿐이었다. 혼자 걷는 길이 아니라, 적어도 함께 걷는 삶. 그것이 지금, 현실 속에서 그녀가 택할 수 있는 유일한 희망이었다.

그녀는 불확실하더라도 당장 종지부를 찍고 싶었다.

지금처럼 흔들리는 생, 계속되는 인연, 연애. 사람들과의 소란, 남겨진 상처들…

그 모든 엿 같은 인생에, 마지막으로 '버텨낼 끈 하나'라도 잡고 싶었다.

이제 그녀는 재혼녀. 미래의 두려움을 안고 새롭게 출발한다.

불확실함에 더 이상 떨지 않기로 했다. 삶은 언제나 예측할 수 없으니까.

그녀의 밤, 그리고

은경은 오래도록 혼자였다. 그것이 삶의 시작이었는지도 모른다.

18살, 세상의 축이 갑자기 무너진 날부터 그녀는 '여자'가 아니라 '엄마', '딸', '가장의 그림자'로 살아야 했다.

나이에 어울리지 않는 무게를 짊어졌고, 감정보다 현실을 먼저 배웠으며, 마음보다 의무가 먼저였던 아이.

그리고 그렇게 서둘러 세상에 몸을 던진 결과, 경은 아이를 품고, 아내로 살았다가, 이십 대의 한복판에서 이혼녀가 되었다.

그녀는 그 어떤 역할도 제대로 배워본 적이 없었다. 살아야 했고, 견뎌야만 했다. 마음은 늘 제자리에 묶어둔 채, 하루라는 이름의 짐을 조용히 끌고 걸었다.

아이는 자랐고, 세상은 조금씩 숨 쉴 틈을 허락했다.

그런데도 은경은, 마치 감정을 잃은 사람처럼 그 여백 속에 멍하니 서 있었다.

그러다 문득, 그런 자신을 알아차렸다. 무언가를 바꿔야 했다.

그렇게 시작된 카페, 밴드, 오톡방, 벙개, 오프 모임들….

사람들이 웃고 떠들고, 짝을 지어 연애하고, 그 안에서 은경도 사람의 손길과 감정을 다시 배워야 했다.

사랑이라는 단어는 너무 오래 낯설었고, 위로라는 말도 여전히 불편했지만, 그래도 한 번쯤 마음을 열고 싶었다.

그리고 그녀는 사랑했다. 그 사랑은 오해였고, 배신이었고, 법적 처벌이었고, 그럼에도 불구하고 사랑이었다.

은경은 진심을 쏟았다. 그러나 진심은 어떤 때는 가장 치명적인 무기가 되기도 한다.

짧았던 계약 연애, 그리고 거짓말로 시작된 관계, 사랑은 범죄가 되었고, 그녀의 삶엔 또다시 상처만이 남았다.

그 후에 찾아온 정환. 뜨거운 사랑은 아니었지만, 지극히 현실적인 연애. 기대하지 않았던 감정이었고, 그렇기에 더 의외의 평온이었는지도 모른다.

그녀는 결국 그를 택했다. 이혼녀가 아닌, 재혼녀로서의 삶을 다시 시작하기로 했다. 그 선택은 은경에게 최고의 선택은 아니더라도, 그녀가 할 수 있었던 최선이었다. 그리고 그 선택을 할 수 있었다는 사실만으로도 삶은 조금 덜 외로워지는 듯했다.

은경은 여전히 부동산 사무실에 앉아 오늘도 일정을 정리했다. 반찬을 만들어 아버지께 전했고, 아들의 학교 상담 일정을 확인했다.

사람들의 소문쯤이야, 이제 그냥 멀찍이서 흘려듣는다.

서른여덟, 은경

사랑이라는 감정에 또다시 휘둘리고 싶진 않았다.

두근거림? 설렘? 그보다 안정. 이제는 그것이 더 중요했다.

그저, 조용히 자기 삶을 잘 살아내고 싶었다.

많이 아파봤기에, 작은 따뜻함에도 눈물이 핑 도는 사람이 되어버렸다.

세상 어디에나 있을 법한 사람.

하지만 또 어디에도 없는 사람.

그 이름, 은경.

그녀는 결국 자기 삶을 포기하지 않고 살아내고 있는 여자다.

그것이면… 충분하지 않을까.

오톡방이 조용해졌다.

탈퇴한 사람도 있었고, 강퇴당한 사람도 있었다.

말 한마디 없이 사라진 이들도 적지 않았다.

한때 그곳은 그들 모두에게 작은 불빛 같은 공간이었다. 현실에선 말할 수 없는 이야기들이 허공을 타고 날아갔고, 이름 대신 닉네임으로 서로를 부르고, 감정 대신 이모티콘으로 위로하던 곳.

누구도 완전하지 않았고, 모두가 불완전한 존재들이었다.

수진.

아내이자 엄마였고, 그래서 '여자'라는 이름을 가장 늦게 부르던 사람.

남편의 외도로 일상이 조각나고 홀로 울던 밤, 그녀는 오톡방이라는 익명의 온기에 기대어 자신의 감정을 몰래 일으켰다. 그곳에서 만난 남자는 또 다른 유부남이었다.

서로에게 사랑을 말할 수 없었고, 도망치기엔 이미 감정은 너무 깊었다.

그들은 끝내 어떤 말도 하지 못한 채 각자의 자리에 머물렀다.

어떤 사랑은 말로 시작되지 않고, 말로 끝나지도 않는다.

수진은 그렇게 다시 현실로 돌아왔다.

아무 일도 없었던 사람처럼, 그저 다시 아내, 엄마, 그리고 여자 아닌 사람으로.

현수.

술에 절어 살던 이혼남.

친구의 소개로 얼결에 오톡방에 처음 들어왔을 때, 그는 그저 "같이 술 한잔 마셔줄 사람"을 찾고 있었을 뿐이었다.

그러나 사람들과 어울리면서 그는 조금씩 웃음을 되찾기 시작했고, 마침내 누군가를 만났다. 하지만 오해는 사건이 되었고, 결국 그는 방에서 강퇴당했다.

이후 오톡방 경험이 많은 친구(기성)와 함께 새로운 방을 만들었고, 그는 운영진이 되었다. 그곳에서 다시 사랑이 시작되었지만, 그 여자의 양다리로 인해 관계는 끝나버렸다.

현수는 마음을 내려놓았다. 그러던 어느 날, 운명처럼 한 여자를 만났다. 그녀를 만나며 현수는 조용히 오톡을 떠났다. 하지만 그녀는 몰래 다시 오톡방에서 다른 이성들을 만나고 있었다.

그리고 결국 그는 자신의 천사를 떠나보내야 했다.

은경.

그녀는 일찍 어른이 되었고, 일찍 엄마가 되었으며, 그리고 너무 일찍 혼자가 되었다. 누군가에게 기대거나, 잠시 숨 돌릴 틈도 없이 그저 버티며 살아온 삶.

새로운 사람, 새로운 인연이 간절했던 그녀에게 인터넷 카페와 밴드는 작은 활력이 되었고, 보다 손쉽게 마음을 나눌 수 있는 오픈방은 어느새 그녀의 감정을 기댈 공간이 되었다.

그곳에서 웃었고, 술을 마셨고, 그리고 사랑도 했다.

하지만 마음은 꽃을 피우기도 전에 시들어버렸다.

사랑이라 믿었던 관계, 다정하다 여겼던 인연은 결국 거짓으로 짜인 허상이었다. 안락해야 할 자신의 집에 그 여자가 들이닥치던 날, 은경은 자신의 존재 자체가 부정당한 듯한 기분에 사로잡혔다.

그럼에도 결국 또 다른 인연은 시작되었고, 그녀는 혼인신고를 했다. 이제, 이혼녀가 아닌 재혼녀가 된 은경. 그 결심이 그녀에게 진정 아름다운 출발이 되기를 간절히 바라본다.

세 사람 모두 그곳을 떠났다.

오톡방.

그들은 거기서 외로움에서 벗어나고자 했다. 처음엔 그저 수다로, 그리고 사람을 만나고, 혹은 인연이 되어 사랑을 찾았다.

그러나 사랑에 상처입고 다만 자신을 더 깊이 들여다보게 되었다.

그곳은 위로의 공간이자 시험의 공간이었고, 누군가에겐 탈출구, 누군가에겐 늪이었다.

어떤 사랑은 처음부터 끝까지 불안했고, 어떤 감정은 나중에야 사랑이었음을 알았다. 그러나 한 가지는 분명했다. 그곳에서 그들은 '사람'이었다.

이름이 아닌 닉네임으로 불리더라도, 밤마다 채워지는 텍스트 속에 진짜 감정은 살아 있었다.

그리고 어쩌면, 지금도 또 다른 누군가가 그 방 안에 들어와 익숙한 어조로 말하고 있을지도 모른다.

"안녕하세요. 반갑습니다. 신입이에요."

"닉네임 변경해 주세요."

"얼공 부탁해요?"

"예뻐요~"

"멋져요~"

"그냥 같이 수다나 함께해요."

"한잔 하실래요?"

그렇게 사람은 또다시 외로움 속에서 사람을 찾고, 사랑은 그 외로움 위에 조용히 놓인다. 그리고 누군가는 또다시 자신의 감정을 닉네임 속에 숨긴 채, 그 방 안에서 누군가를 사랑하고 있을 것이다.

오톡방은 그렇게 오늘도 사라졌다가 다시 열리고 있다.

그리고 그들의 이야기는 그 방 안 어딘가에서 지금도 조용히… 이어지고 있을지도 모른다.

오톡방. 매일 스쳐 지나가는 카톡창 안, 수없이 열리고, 사라지는 셀 수 없이 많은 방.

그곳은, 언제나 열려있다.

그리고 외로운 사람들에게

조용히,

손짓한다.

오톡방

초판인쇄	2025년 5월 19일
초판발행	2025년 5월 26일
지은이	장하늘
발행인	조현수
펴낸곳	도서출판 프로방스
기획	조영재
마케팅	최문섭
편집	이승득
디자인	호기심고양이
본사	경기도 파주시 광인사길 68. 201-4호
전화	031-942-5364, 5366
팩스	031-942-5368
이메일	provence70@naver.com
등록번호	제2016-000126호
등록	2016년 06월 23일

정가 18,000원
ISBN 979-11-6338-484-7 03810